虹猫喫茶店

坂井希久子

祥伝社文庫

虹猫喫茶店

contents

Menu

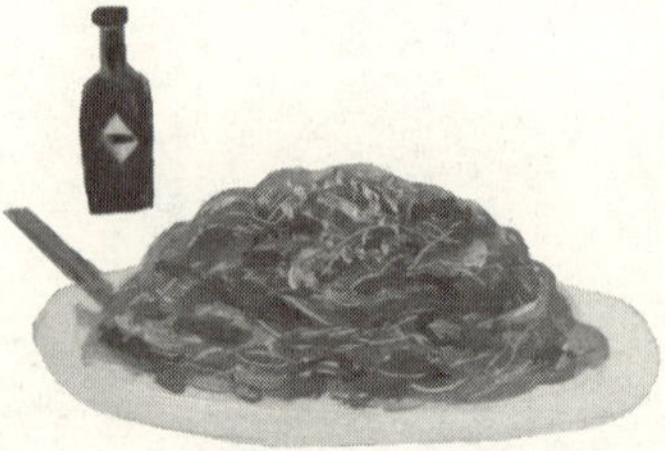

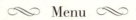

chapter 0.

こんなはずじゃなかった

青のりは偉大である。

生協で購入した百二十円の焼きそばパンにかぶりつきながら、そう思う。女子からは「歯につく」と嫌われて、紅ショウガほど発色がいいわけじゃないから彩りにもならない。でもこれがあるとないとでは、風味において雲泥の差がある。

青のりの代わりにパセリが添えられていることもあるが、あれは本当にいただけない。たまごサラダパンには合うが、焼きそばパンにはお呼びでない。

さしずめ僕は、場違いに添えられてしまったパセリといったところだろうか。なにしろここは、男子トイレの個室の中だ。便座に座ってモソモソと、大きいだけが取りえの惣菜《そうざい》パンを食べている。

大学に進学して、はや一ヵ月。ゴールデンウィークはなすこともなく、ワンルームのマンションに引きこもっていた。東京の都心に出かけてみるなんて恐ろしくてとても一人じゃできないし、かといって誘ってくれる相手もいない。友達なんか作る必要を感じないから、べつにそれでいいのだが。

「そういや一昨日、サークルのOBにキャバクラ連れてってもらったんだけどさぁ」

小便器のほうから品のない話し声が聞こえてくる。三人ほどで連れ立って、用を足しているようだ。よくぞ並んでできるものだ。僕なんか先客がいたら大でなくても個室に入ってしまうのに。

「お姉さんたちに、犬のペニスには骨があるんだよって教えてやったら超ウケんの」

「お前、キャバでなんの話してんだよ」

「この学部に入って、最も常識が覆《くつがえ》された件ではあるけどな」

僕は中学のときに買い与えられてからずっと使い続けているガラケーを、ポケットから引っ張り出した。検索してみるとなるほど、犬にかぎらず多くの哺乳類《ほにゅうるい》が陰茎骨《いんけいこつ》を有している。むしろ霊長類で骨がないのはヒトだけのようだ。

って、なにを調べているんだ僕は。獣医学部なんて入りたくて入ったわけじゃないのに、こんな下ネタを覚えたところで、使いどころがないじゃないか。

焼きそばパンの残りをひと口で押し込んで、包んであったラップを丸める。下品な笑い声が手洗い場へと移動した。早く立ち去ってくれないか。たぶん顔も知らない先輩だろうが、彼らがいては出るに出られない。

「そういやお前、バイト探してたの見つかった？」

「いや、まだだけど」

「学生課の求人、けっこう割よさそうだぞ」

「お、マジで。行こう、行こう、見に行こう」

男たちの声が遠ざかってゆく。僕はカモフラージュで水を流し、フックに掛けてあった鞄《かばん》を手に取る。ドアを開けてぎょっとした。同学年の、鈴木だか佐藤だかいう男が順番待ちをしていた。もう一つの個室はといえば、ドアに『使用禁止』の貼り紙がしてある。完全に見落としていた。

くそ、中に焼きそばパンの匂いが残っていないだろうか。こいつもなんで、他の階のトイレに行かずに待ってんだよ。

内心の動揺を押し隠し、会釈《えしやく》をして通りすぎる。廊下に出てから、カモフラージュのために手を洗うのを忘れたことに気がついた。

武蔵野《むさしの》獣医大学獣医学部獣医学科は、一学年八十人ぽっちりの小所帯だ。各種オリエンテーリングのおかげですでにグループが固まっており、いずれにも属していない僕でさえ顔を覚えられている。トイレで飯を食っていたことがバレたら、またたく間に脚色されて広まるだろう。

やっぱり来るんじゃなかった、こんな大学。入学式の三日後に開かれた懇親会のときから、僕はずっと後悔している。一年生全員が食堂に集められ、一人ずつ自己紹介をしてゆく、その半ばあたりからすでにげんなりしていた。

どいつもこいつも、頭がお花畑かよっていうくらい、動物愛を語りたがる。死んでしまった実家の柴犬《しば》の話をしながら涙ぐむ女子もいて、でも誰一人呆《あき》れるでもなく、うんうんと頷《うなず》いて共感しているのである。

しまった。ここは三度の飯より動物が好きという奴以外、来てはいけない場所だったのだ。僕が立ち上がって「玉置《たま》翔《きかける》です。出身は福岡です」と切り出したところで、柴犬ほどの興味も引かない。かといって僕は動物を飼ったこともなければ、みんなが大好きだというディスカバリーチャンネルのアニマルプラネットも見ておらず、「よろしくお願いします」と無難につけ加えることしかできなかった。

うつむいたまま話を聞いていると、どうやら全体の約八割が臨床を希望し、残りが研究分野や公衆衛生などに進みたいと思っているようだった。入試をパスしてなりたいものに一歩近づけたという充足感からか、どいつもこいつも生き生きした顔をしやがって。我が身には疎外感ばかりが降り積もる。

そもそも僕は、医学部に行きたかったんだ。第一志望は旧帝大系。現役合格は難しく、一浪くらいはしかたがない。でもまさか今年こそはと臨んだ二度目のセンター試験で、マークの位置を一つずつずらすという初歩的なミスを犯すとは思わなかった。

科目は国語だ。問題をすべて解き終えた時点で解答欄が一つ余っていたから「やっちまった！」と焦ったが、書き直す時間は残っていなかった。この大失敗で、国公立受験は絶望的となってしまった。

高校入学から四年間、脇目も振らずに勉強だけをしてきたのに、こんな結末は納得できない。もちろんもう一年挑戦させてほしいと、両親に頼み込んだ。でも母親は悲しげに微笑むだけ。父親にいたっては「来年なら受かるっち保証があるとや?」と、僕の目も見ずにそう言った。

失意のうちに受けた私大入試の結果は惨敗だった。唯一届いた合格通知が、「医学部以外も受けてみんね」と母に勧められてしぶしぶ受けた、武蔵野獣医大学だったのである。

入学手続きをするころには、もうどうでもいいやという投げやりな気分になっていた。診る相手が人か獣かの違いで、獣医学部だって一般的に見ればけっこうな難関だ。どうせ旧帝大系医学部卒でなければ医者になっても扱いが違うし、だったらいっそ獣医でいいや。

それでも新生活に対する期待なら少しはあったのに、入学後間もなく他の学生たちとの温度差を思い知らされてしまった。決定的だったのが、先月末に一泊二日でとり行われた新入生オリエンテーションである。

武蔵野獣医大学は、富士の裾野に実習用の牧場を持っている。乳牛をはじめ、肉牛、馬、ブタ、ヤギ、めん羊などの家畜が飼育されているわけだが、それらの大型動物とはじめて触れ合い、つくづく身に染みた。獣医学部というのは、農学系の学部なのだ。

朝五時に起きて作業着にゴム長靴、巨大なスコップを片手に牛舎掃除。これのどこが医療系だ。しかも汚れた寝藁《ねわら》をかき集めるのに集中していたら、背中から糞《ふん》をかけられた。牛の尻尾《しっぽ》がきゅっと上がったら要注意、と教えられてはいたが、そんなもの下を向いてりゃ分かりゃしない。

こんな実習がオリエンテーションの名を借りて、年に何度かあるわけだ。牛の尻に腕を突っ込む直腸検査もそのうちやることになるのだろう。ああ、おぞましい。冗談じゃない。だいたい牛舎の隣の糞処理場を見学して、「香草みたいな匂い！」と女子が喜んでるのってどうなんだ。乾いていようが発酵していようが、うんこはうんこだ。僕には耐えられない。

こんなはずじゃなかったと、一日に一度はそう思う。だけど他にすることもないから、一コマも休むことなく学校に来ている。見るものみんな色あせて、初夏の木漏れ日の降りそそぐカフェテラスも古いフィルム映画の映像みたいだ。現実感などまるでなく、とても馴染《なじ》めそうにない。

「あ、ねえねえ、ちょっとキミ」

テラスの前を足早に通り過ぎようとしたら、甘い女の子の声に呼び止められた。まさかと思いつつも、体が反応してしまう。顔をそちらに向けてみると、ふわふわの髪に白い肌、アイシングクッキーみたいな色合いの洋服に身を包んだ女の子が、椅子から立ち上がったところだった。

桜田美代子《さくらだみよこ》、通称桜子《さくらこ》ちゃん。武蔵野獣医大学一年生の中で一番かわいいと定評のある女の子が、僕の目の前で微笑んでいる。感動的に顔が小さい。手足が華奢《きゃしゃ》だ。それになんだかいい匂いがする。

「ごめんね、いきなり声かけちゃって」

そのはにかんだような上目遣《うわめづか》いに、口の中が一気に干上がった。喋《しゃべ》ると声がかすれそうだ。僕はかすかに首を振る。

「あのさ、お願いがあるんだけど、いいかなぁ」

いいも悪いも、まずは内容を言え。と思うより先に、頷いていた。呼吸をすると桜子ちゃんに鼻息がかかっちゃうんじゃないかと気になって、息を詰める。なんだか胸が苦しかった。

「一限の哲学のノート、もし取ってたら貸してくれないかな」

だよね、ですよね、そりゃそうだ。桜子ちゃんは「キミ」と僕を呼び止めた。名前も憶《おぼ》えられていないくせに、なにを期待してたんだ。

「わぁ、ありがとう」

気落ちして頭が下がったのを、桜子ちゃんは承諾と受け取ったようだ。訂正する必要も感じられず、僕は斜め掛け鞄から「たのしい哲学」と表書きしたキャンパスノートを取り出した。手渡そうとしたところで「なにやってんの？」と、男の声が割り込んでくる。

「あ、日下《くさか》先輩」

桜子ちゃんがとろけるような笑顔を男に向けた。長身で、韓流《はんりゅう》アイドルグループの中の一人といった顔立ちをしている。イケメンではあるが、髪形がソフトマッシュなのが少しばかり気持ち悪い。

「ノート、貸してもらってるの。あたしの周り、誰も哲学取ってないんだもん」

「ふぅん。一年生？」

韓流先輩が目を細めて僕に向き直った。なんだよ、文句あんのかよ。自慢じゃないが僕の身長は百六十五センチだ。上から見下ろされりゃいい気はしないが、素直に頷く。だって平和主義だから。

「サークルは？」

入っていない、と言う代わりに首を振った。先輩の顔が笑み崩れる。

「そっか。じゃあさ、ボランティアとか興味ない？　俺、ＡＡＥの代表やってんだけどさ」

先輩が脇に挟んだクリアファイルから、ピンク色のチラシを差し出した。

どうやらＡＡＥとはAnimal Assisted Educationの略で、動物介在教育と訳されるらしい。近隣の小学校と連携して、動物とのふれあいの場を設けているようだ。それを通じて子供たちには「命」の大切さ、思いやり、責任感を学んでもらい、また動物がもたらす効果を具体的にデータに取る。図やイラストで紹介されている活動内容を言葉でまとめると、そんな感じだ。

「広義のアニマルセラピーなんだけどさ、協力校もどんどん増えてるところだから、興味があったら遊びに来てよ。二号棟の一階に部室あるから」

「はぁ」

「桜田もいるしさ」

チラシからそっと視線を上げる。桜子ちゃんの柔らかな微笑みにつられて、僕の口角も久しぶりに上向きになった。一年生のうちは専門科目がなく、教養科目ばかりなので時間にはかなり余裕がある。この子がいるなら、入ってもいいかもしれない。

「待ってるね。じゃ、よろしく」

韓流先輩が踵《きびす》を返す。それと同時に桜子ちゃんも、彼のほうに半身を向けた。

「ノート、しばらく借りてていい?」

「あ、うん」

「ありがと」

先に歩きだした先輩を、桜子ちゃんが追う。名残惜《なごりお》しい気持ちでその後ろ姿を見送った。だから肩を並べた二人がどちらからともなく手を繋《つな》ぎ合ったところも、しっかり目撃してしまった。

ああ、なるほど。そういうことね。

ほんの一瞬でも充実したキャンパスライフを夢見た僕が馬鹿だった。ボランティアサークルなんて綺麗事《きれいごと》を言ったところで、実態は発情した男女の出会いの場にすぎないのだ。危うく踊らされるところだった。

もらったチラシを半分に折る。そういや一枚の紙を四十二回折ると、厚みが月に届くんだっけ。もっともそんな紙を用意するのも、折るのも不可能だから「理論上は」という注釈がつくわけだけど。

チラシをさらに半分、もう半分と折ってみる。どうしても七回までが限界だった。それ以上は厚くて硬くて小さくて、指が痛い。

いったい僕は、なんの検証をしているのだろう。けっきょくのところ、暇なのだ。今日はもう一コマ授業を受けて、まっすぐ部屋に帰るだけ。明日も明後日も明々後日もそう。土日ともなるとコンビニ以外に外出をしない。

このままじゃ僕の声帯は退化しそうだ。たまには誰かと食事がしたい。作った人の顔が見える飯を食べたい。しかしいかなるサークルにも入るまいと、今決めた。じゃあいったいどうやって、この無聊《ぶりょう》を慰めればいいのだ。

「アルバイトかぁ」

かすれた声で呟《つぶや》いた。僕は足の爪先を、学生課のあるB棟へと向ける。

人気のないじめっとした校舎裏に入ると、やけに居心地がいい。これじゃいけないと、慌てて足を速めた。

chapter 1.

猫の世話をするだけの簡単なお仕事

聞いてない。声を大にしてそう言いたい。

黄、緑、青色、褐色《かっしょく》。無数の目が僕の一挙手一投足を監視している。茶色く染まった汁かけご飯の皿に手を伸ばすと、白黒のブチ猫に「シャアッ！」と前脚で払われた。違うんだ、お前のメシを横取りしようってわけじゃない。ほら見ろ、猫缶だぞ。『舌平目のテリーヌ入り』――って、本気か？　もはや敗北感すら覚える。最近の猫は僕よりいいものを食べているらしい。

ごちそうの気配を察したか、三毛猫がしゃがんだ膝頭《ひざがしら》にすり寄ってくる。猫にもいろいろあるものだ。ブチ、三毛、キジトラ軍団、ハチワレに白。段ボール箱の中には生まれたばかりの仔猫《こねこ》が三匹。文句なしの猫屋敷である。みんなコリコリに痩《や》せており、怪我をしていたり目ヤニがひどかったり毛並みがボソボソだったり、どうもいまいちかわいくない。

「英語でしゃべり、マンデー！」

奥の和室から破れ障子越しにテレビの音が聞こえてくる。毎週月曜午後五時放送の、ローティーン向け英語番組だ。ウィナーと名乗る司会のオッサンのハイテンションが面白く、僕も中学時代はたまに見ていた。まだやっていたなんて、懐かしい。

「カットシ、ついでに頼まれてちょうだいな」

建てつけの悪い障子をガタピシ言わせつつ、奥の部屋から腰の曲がった老婆《ろうば》が出てきた。グレーの髪は伸び放題、顔は青白く目の下はどす黒く、幽霊じみた婆《ばあ》さんである。四十ワットの白熱電球を手に握り、玄関の電球交換をご所望の様子。ところで僕は便利屋ではないし、カットシという名前でもない。

取り替えたばかりの猫砂を、茶トラが盛大にまき散らしてくれている。すでに大きいほうがほかほかと湯気を立てていて、僕は肩にのしかかる徒労を感じた。

「猫、何匹いるんですか」

ようよう、カットシよう、と袖《そで》を引いてくる婆さんに問いかける。婆さんは目をぱちくりさせて、「三十七匹」とこともなげに答えた。

もはや正気の沙汰《さた》ではない。そのくせ猫のトイレは一つしかないのだ。猫たちはそこら中に粗相をするのだろう、壁紙はふやけてはがれ落ち、床には得体のしれないシミが浮いている。臭いというよりも、痛い。僕の鼻はすっかり馬鹿になっていた。

「ねぇカットシ、電球ぅ」

婆さんが甘えたような声を出す。

カットシってホント、誰なんだ。

あり余るプライベートタイムを有効活用しようじゃないかと、学生課のアルバイト求人用掲示板を覗《のぞ》いたのが、ほんの三日前のこと。トイレで耳にした噂《うわさ》どおり、たしかに割のいいバイトが多かった。

家庭教師は給料がよくてかけもちもできる。でも親の相手が面倒だし、生意気な子供に当たると最悪だ。僕はきっと年下にナメられる。試験監督のバイトはおいしいが、人気があるようですでに『済』の判子が押されていた。イベントの機材撤去作業、これは腕力に自信がないからもちろん却下だ。

そんな僕の目を引いた誘い文句が、これだった。

『猫の世話をするだけの簡単なお仕事』

募集要項には『男子学生。経験不問。小柄な方に限る』とある。学生課にくる求人は、男女雇用機会均等法とやらに引っ掛からないんだろうか。もっとも僕にとっては好都合。悲しいかな、小柄には自信がある。

こんな求人を出すのはどこのペットショップか、はたまた猫専門の動物病院か。依頼者の欄には『喫茶　虹猫《にじねこ》』と書かれていた。

なるほど、猫カフェだ。しかも時給が千二百円、さすが東京、ずいぶん気前がいいものだ。

決めた、ここにする。「接客」と書かれてはいないから、人を相手にする必要はないのだろう。猫の世話くらいなら、僕にも務まりそうだった。

学生課でもらった地図によると『喫茶　虹猫』は大学のある西国分寺《にしこくぶんじ》駅から電車でふた駅。そこから徒歩十分ほどの、これといった特徴のない住宅街にあった。

外観は昭和の香り漂うボロい民家だ。二階部分の外壁には、ひび割れを補修した跡まである。なのになぜか古い木格子のガラス戸が洒落《しやれ》て見えて、僕は少しばかり物怖《ものお》じをした。

だがここで引き下がるわけにはいかない。だって面接の予約を取りつけてあるのだから。人と約束をする機会がめったになかったとはいえ、僕がそれを破ったことは記憶にあるかぎり一度もない。

意を決して取っ手に指をかける。引き戸を開くと、猫形のドアベルがカラカランと訪《おとな》いを告げた。

「玉置翔。武蔵野獣医大学一年、満十九歳」

僕の真正面に、貫禄《かんろく》のあるデブ猫が座っている。灰色に黒縞《くろしま》の、サバトラ柄。まるで人間のように背もたれに身を預け、腹を見せて座っている。その顔面は僕の拳の一・五倍はゆうにあろう。値踏みするようにこちらをじっと観察している。

午後三時というのに他に客はおらず、僕は校長室に置かれていそうな黒い合皮のソファに腰かけていた。ソファ席の他には椅子席二つとカウンターがあるだけの、狭い店だ。テーブルも椅子もスツールも、同じものは一つもない。そのくせ妙な統一感があり、ランプ形の電灯がいい雰囲気を出していた。

「煙草《たばこ》は？」

店主が履歴書から顔を上げた。デブ猫がどかないので、その隣で脚を組んでいる。縁なし眼鏡にひっつめ髪、それがまったく地味に見えない美人である。いや、むしろ宝塚的「イケメン」だ。立てば僕より目線が高く、足元はと見ればペタンコのローファーを履いていた。スレンダーな体にギャルソンエプロンがスタイリッシュである。年齢はだいたい三十歳くらいだろうか。座っているだけで人を威圧する迫力があった。

「吸いません」

「猫を飼ったことは？」

「ないです」

「猫アレルギーは？」

「ないと思います」

面接なんて勝手が分からないけれど、もっと志望動機をアピールするべきなんだろうか。「かわいい猫ちゃんたちのお役に立ちたいです」的ななにかが。

見上げれば元は欄間だったと思《おぼ》しき梁《はり》に、黒猫が一匹腹這《はらば》いになっている。他にも椅子の下、棚の上、バスケットの中で丸まってるの、ざっと数えて五匹いた。こいつらの世話が僕の仕事になるのだろう。猫が入り込まないように、厨房《ちゅうぼう》とフロアの間はカウンターと黒い木枠入りの窓ガラスで仕切られている。

「あの、ここはつまり猫カフェなんですよね」

「違う。猫のいる喫茶店だ」

どう違うんだ。問い返す前に店主はかなりぞんざいに履歴書を置いた。

「アタシの猫はあいつだけだ。あとはみんな、里親募集中。断じて猫を『展示』しているわけじゃない」

そう言って店主は梁の上の黒猫を指さした。眉間《みけん》に皺《しわ》を寄せており、どうも機嫌を損ねたらしい。僕は小声で「すみません」と謝った。

「今日これからの予定は？」

「特に、ないです」

「じゃあさっそく始めてもらおう」

店主が膝を叩《たた》いて立ち上がる。急展開に頭が追いつかない。これは採用ということでいいのだろうか。カウンターに猫缶とカリカリを積み上げている彼女に、間の抜けたタイミングで「ありがとうございます」と頭を下げた。

「とりあえずハイ、これ持って。重いぞ」

なんとなく店主の隣に並ぶと、一キロの猫砂を二袋押しつけられた。それから大量の餌を詰めた紙袋。ちょっと待って、ホントに重いんですけれど。

「それ持って、ここに行ってきてくれ」

手渡されたのは自治会で作る住宅地図だった。袋小路のどん詰まりにある『東丸一枝《ひがしまるかずえ》』さんちに赤丸がついている。

「一人で？」

「そう。アタシは店番があるからな」

べつに客なんていないくせに。なんで僕が、まったく知らない家に送り込まれなきゃならないんだ。

「エサやりと砂交換が終わったら戻っていい。時給は実働時間で支払おう」

だがなんにせよ、これが仕事だというならやるしかない。僕は重い荷物によろけながら、精一杯背筋を伸ばした。

「はい、マスター」

「鈴影《すずかげ》サヨリだ。『サヨリさん』でいい」

なんだか名前までが宝塚めいていた。

靴下の裏が真っ黒になっている。外がすっかり暮れきってから、僕は裸足にスニーカーで東丸さんちを後にした。青い瓦屋根の家から遠く離れても、髪や服から獣臭がしてたまらない。散歩中のプードルにすわ乱心かというほど激しく吠《ほ》えつかれ、ますますみじめな気持ちになった。

「おかえり。遅いから逃げ出したかと思ったぞ」

店に戻るとサヨリさんがカウンターのスツールで脚を組み、今日の夕刊を開いていた。客は一人。窓辺の席で優雅に白猫を撫《な》でている、目も覚めるような美女が――。いや、違った。Tシャツの胸がぺったんこだ。体は全体的に華奢だけど、手の骨格が完全に男である。なんてこった。僕の一瞬のときめきを返してほしい。

「汁かけご飯？　あのババア、猫に塩分与えるなって言ってんだろ」

できるだけ細かく報告してくれと言われて、僕は婆さんの服装から見ていたテレビ番組まで、思い出せることをすべて話した。終わったとたんにサヨリさんが毒を吐く。お客さんがいるのに大丈夫かとハラハラしているのは僕だけで、窓辺の美青年は伏し目がちに白猫を撫で続けている。

「しかもまた仔猫が増えてんのか、ちくしょう」

言葉づかい悪いな、この人。でも悪態をつきたいのは僕のほうだ。三十七匹も猫がいるのなら、求人票に注意書きを入れておくべきじゃないだろうか。

「どういう関係なんですか、あのお婆さんとは」

東丸さんは一人暮らしのようだった。おおかたサヨリさんのお祖母《ばあ》さんか、大叔母さんといったところか。身内の面倒事のために他人をお金で雇うなんて、よっぽど暮らしに余裕があるらしい。

「ただの顔見知りの婆さんだよ」

意外な答えが返ってきた。その程度の関係でどうして、サヨリさんが身銭を切る必要があるんだ。

「あのとおりの猫屋敷だろ、このへんじゃ有名なのさ。六年ほど前から急に猫が増えだして、苦情もかなり出てるが婆さんボケてて分からない。猫ボランティアが行っても門前払いで、アタシはとっくに出入禁止だ」

「なにがあったんですか」

「不妊手術しろと言っても聞かんから、何匹かこっそり連れ出そうとして失敗した」

それは暴挙だ。猫を無計画に増やすのは問題だが、所有権はあくまで婆さんにある。同意なしに手術をしていいはずがない。

「赤の他人のためにそこまでするなんて」

「違う、猫のためだ。婆さんがご近所からどう思われようとかまわないが、猫にしわよせがいくのはたまらない」

呆れた。この人ときたら、とんだ猫バカである。

そこが特等席なのか、黒猫が梁の上に寝そべっていた。よく見ると顎《あご》の下だけが蝶《ちょう》形に白い。僕を監視する黄色い双眸《そうぼう》。見た目はたしかに可愛いが、そこはかとなく不気味でもある。

「そんな婆さんだが、ハタチ前後の小柄な男子なら『カットシ』と勘違いして家に入れてくれるんだ。おかげさまで助かった」

入れたはいいが、出るのが大変だった。婆さんは何度訂正しても僕をカットシだと思い込み、帰る素振りを見せると「どこに行くの」と追いすがる。トイレに入った隙を見て逃げ出さなければ、今もまだあの家で猫に囲まれていたことだろう。

「誰なんですか、カットシって」

「さぁ。よく知らんが、息子なんじゃないか」

婆さんの年齢からすると、子供はもう中年の域に達しているはずだ。十九歳の僕と間違えるなんて失礼な話だが、時間の観念がおかしくなっているのかもしれない。でなきゃ「宿題はしたの？」とか、「三者面談いつだっけ」なんていう質問は出てこない。

息子がいるならあの家の問題は、そいつがどうにかするべきだ。いったいどこで、なにをしているんだか。現状を知りながら放置しているなら、かなりタチが悪い。その尻拭《しりぬぐ》いが、僕に回ってくるなんて理不尽すぎる。

だいたい、僕はどちらかといえば潔癖なのだ。あの家はいたるところ毛にまみれ、裏庭の土までが猫のトイレと化している。それにあの臭気は拷問レベルだ。できればもう行きたくない。

「なんだアンタ、かゆいの？」

サヨリさんに指摘されて、腕を掻《か》いていたことに気がついた。かゆいというより、表面がムズムズする。

「ノミでもうつされたんじゃないか？」

本当に無理だ。もう二度と行くもんか！

「辞めないよな？」

辞めますと、言葉が喉まで出かかっていた。サヨリさんに先を越され、もう少しのところでつっかえる。その目力に圧倒されて、僕は唾《つば》を飲み下しながら頷いていた。

「よかった。ありがとう」

ガッデム！　なにをやっているんだ僕は。だってしょうがないだろう。美人に十秒も見つめられるなんて、人生初のことなんだから。免疫ってものがまずないし、あったとしても打ち勝てるものだろうか。

「でもあの、こういうことは身内に任せたほうが。カツトシさんは、今どこに？」

「さぁ。知らんね」

サヨリさんは無関心の塊みたいな顔でそう言い放つ。なんだ。猫にかける情熱との、このあからさまな温度差は。

視線を感じて足元に目を向けると、デブ猫がなにやらものほしげに見上げていた。「ナァーオォ」と、恨みがましくひと声鳴くと、伸び上がって僕のジーンズで爪を研《と》ぎ始める。

「ダメだ、豚丼《ぶたどん》。ご飯の時間は終わったろ」

サヨリさんが屈《かが》んでデブ猫を引っぺがす。彼女の手前蹴り飛ばすのは我慢したが、猫なんかもうこりごりだった。

僕はたぶん、律儀な人間なのだろう。そういや小中高を通して無遅刻無欠席、熱が出たくらいじゃ休まなかった。こんなはずじゃなかったと後悔している今だって、毎日大学に通っている。

要領よく授業をサボれる奴らならきっと、こんなバイトはあっさり「飛んで」しまうのだろう。そんなの僕にとっては離れ業だ。いつお叱りの電話がかかってくるかとビクビクして、なにも手につかなくなる。

それに加えて、サヨリさんがまかないと称してつくってくれるナポリタンが絶品なのだ。その甘みと酸味の絶妙な調和は、寝る前にベッドにひっくり返って「旨かった」と呟いてしまったほどである。あんなものを食わせてくれた人を裏切るのはしのびない。
そんなわけで僕は翌日も、キャットフードと猫砂を抱えて東丸さんちの前に立ってい
た。なんだかすでに、頭痛がする。自宅のパソコンで『アルバイト　円満な辞めかた』と
検索をかけたところ、「最低でも一ヵ月前には正式に伝えましょう」と書かれていた。こ
んな生活を一ヵ月も続けなきゃいけないのかと思うと、涙が出そうだった。
「ねぇねぇ、アナタ」
呼び鈴を押そうとして、呼び止められた。お隣の門柱から六十がらみのオバサンが顔を
覗かせている。「はい」と返事をすると、驚くほど距離を詰めてきた。
「アナタ、昨日も来てたわよね。猫のボランティアさん？」
ご近所の目は恐ろしい。昨日の今日で僕はもう注目の的だ。東京ってのは隣人の顔も知
らないのがあたりまえではなかったのか。昔ながらの一戸建てが並んでいる地域であれ
ば、住民の意識に都会も田舎もないのかもしれない。
「えぇっと、まぁそんなところです」
違うけど、詳しく説明するのは面倒だった。そういうことにしておこう。
「まぁそう、それはよかった」
オバサンが目を輝かせる。手と手首の境目に溝ができるくらいふくよかな人だ。声だけ
は少し僕の母に似ていた。福岡の実家から、三日に一度は電話がくる。「元気？　ちゃん

とご飯食べてる？　学校はどう？」たった三日ではなにも変わらないのに。

「ここの猫にはみんな迷惑してるのよ。どうにかしてくださいとお願いしても、お婆さん分からないみたいでしょ。風向きによってはにおいがね、ひどいのよ。他にも洗濯物に飛びかかられるわ、花壇にオシッコされるわ、洗いたての車のボンネットで寝られるわ

――」

オバサンの話は相槌《あいづち》を打っているかぎり永遠に続きそうだった。猫による被害を数え上げるごとに、興奮が高まるようだ。猫砂を抱えた腕が痺《しび》れてきた。

お隣さんは東丸さんちと並んでも遜色《そんしょく》のない程度に古びている。これは昨日今日のつき合いではないだろう。積年の恨みつらみがあるようで、オバサンの愚痴《ぐち》は猫から脱線しはじめた。

「そもそもここのお婆さん、ボケる前から難しい人だったのよ。高校教師だかなんだか知らないけど、変にインテリぶっちゃってね。息子さんが東大に受かったときなんか、そこら中に触れ回って、厭味《いやみ》だったわぁ」

東大、その二文字に僕の学歴コンプレックスがぶすぶす燻《くすぶ》る。カツトシめ、思いがけず優秀じゃないか。ついつい「学部は？」と尋ねそうになって、飲み込んだ。

「その優秀な息子さんは、今どこに？」

「それがねぇ、海外でお仕事されてるらしいのよ」

くそ、カットシの野郎。東大卒で世界を股にかけた仕事をしているなんて、超エリートかよ。

「長いんですか？」

「ええもう、ずっとよ。大学を出て、すぐだったんじゃないかしら」

オバサンが頰《ほお》に手を当て、身をくねらせる。

「でもねぇ、一度も帰ってきてないみたいなの。旦那《だんな》さんを早くに亡くして女手一つだったのに、ずいぶん薄情な話よねぇ」

そう言って憂いのこもった吐息をついた。さっきまで悪《あ》しざまに罵《ののし》っていた婆さんに、今度は同情を寄せている。けっきょくこの人はどうしたいんだ。

婆さんの歳を七十代半ばとすれば、カットシは五十前後だろう。オバサンの話を信じるならば、実に三十年近く帰っていないことになる。

だとしたらカットシは、実家がこんな状況になっていることを知らないのだ。どうにか連絡を取って、呼び戻せないものだろうか。でなきゃ僕が辛《つら》すぎる。オバサンはカットシの居場所までは把握していないみたいだし、婆さんから直接聞き出すしかないようだ。

それからさらに十五分間オバサンの無駄話を聞かされて、僕はようやく解放された。途中からは東丸さんの話題ですらなくなって、醬油《しょうゆ》の話になっていた。

「あら、福岡のご出身？　九州の醬油って甘いのよねぇ。嫁が関西の人でね、こっちのうどんは黒いって言うんだけども、私はやっぱりあの色じゃないと味がなさそうで嫌なのよ。九州のうどんはどっちなの？」

「つゆは澄んでますけども、麺にコシがないのが特徴です」って僕もまた、なにを律儀に答えてんだか。牙城《がじょう》に入る前からすでに、ぐったりと疲れきってしまった。こんなバイトは遺恨を残さず、きれいさっぱり辞めてやる。

そう誓った二日後に、僕は東丸さんちの台所を磨いていた。極厚のゴム手袋と使い捨てマスク、足元は風呂用のプラスチックスリッパ。百均で買い揃《そろ》えた防具を装備して、安い消臭スプレーを振り撒《ま》きまくる。臭気の元となっているラグマットをゴミ袋に突っ込んで、掃除機がないので舞い散る毛は箒《ほうき》と雑巾《ぞうきん》とコロコロローラーを駆使して集めた。

「ねぇカツトシ。お手伝いに熱心なのは嬉《うれ》しいけれど、お勉強のほうは大丈夫？」

婆さんはいっこうに手伝う気配がなく、台所の椅子に座って緑茶を啜《すす》っている。そこにいられると、むしろ邪魔なんですけど。

「僕はカツトシさんじゃありませんよ。ほら、カツトシさんはこんな顔でしたか？」

顔の周りに指で楕円《だえん》を描いてみるも、婆さんは目をパチクリと瞬いて、なにごともなかったかのように微笑んだ。知りたくない事実や都合の悪いことは、こうして「なかったこと」にしてしまう。

彼女の頭の中ではカットシはまだ学生で、一緒に暮らしていることになっている。僕が来ると「お帰りなさい」と出迎えるし、帰るときは「塾に行ってくる」と言えばすんなり引き下がることも発見した。息子が傍にいない寂しさを、そういった妄想や大量の猫で慰めているのだろう。

いや、ちょっと違うか。猫が増えだしたのは六年ほど前だとサヨリさんが言っていた。きっと、認知症が進んでしまったのだ。

「カットシさんはどこにいるんですか。まったく連絡を取っていないんですか」

そう聞いてみても目をパチクリ。これじゃあいっこうに埒《らち》が明かない。婆さんからカットシの居場所を聞き出せないなんて、誤算もいいところだ。誰か、早く僕の肩の荷を下ろしてくれ。

それにアルバイト代だって、時給がよくても実働時間が短ければたいした額にはならないのだ。だから「猫の住環境をよくする」という名目で、時間を稼ぐことにした。

だってサヨリさんを前にすると、どうしても「辞めます」のひとことが言えない。それどころか「お疲れさん」とたまに労《ねぎら》われると、ほのかな喜びすら感じてしまう。この矛盾をどうすりゃいいんだ。

悩んだ末に、これまで見る側専門だったネットの掲示板にはじめての書き込みを投下してみた。だがしばらく待ってもそれにレスがつく気配がない。完全なるスルーだ。ネット住民にも相手にされず、僕は誰に優しさを求めればいいのだろう。

ゴム手袋を脱いで、こめかみを揉《も》む。猫のトイレを増設しようと『虹猫』から持ってきた空き段ボール箱の中に、いつの間にか猫がしこたま詰まっていた。どいつもこいつも、どうしてこんな狭いところに入りたがるんだ。

「こら、どけ」と促してもそ知らぬ顔をしているから、上蓋を互い違いにして閉めてやった。このまま川原にでも捨ててきてやろうかな。さすがにかわいそうだから実行はしないが、考えるだけなら自由である。

僕はわずかな癒しを求め、仔猫のいるみかん箱を覗き込んだ。猫が飽和している環境でも、仔猫だけは別格に可愛い。目が開いたばかりで歩行もいまだおぼつかず、か細い声でニーニー鳴いているのを見ると、思わず手を差し伸べてやりたくなる。

今も五匹が折り重なるように肩を寄せ合い、暖を取って――。

ん、五匹？

「あの、増えてますけど」

「拾ってきたのよ。公園に行ったら鳴いてたもんでね」

ああ、婆さんの悪びれない顔が憎らしい。

これで総勢三十九匹。四十の大台は目の前だ。

本格的に頭痛がした。

「やぁん、きゃわいいーっ」

引き戸を開ければ黄色い声。大学から『虹猫』に直行した僕は、店を間違えたのかと疑った。店内では猫の食事がはじまっており、僕と同年代の女の子が二人、その光景にスマホのカメラを向けている。バイトをはじめて今日でちょうど一週間だが、こんなキャピキャピした声を聞くのははじめてだ。

「タイ、下りて来ないとなくなるぞ」

サヨリさんが梁の上に向かって呼びかける。デブ猫が二皿目を狙っているというのに、蝶ネクタイ柄の黒猫のタイはそれをのんびりと見下ろしていた。

茶トラのサクラ、シャム系のナゴヤ、白猫のアイ。食い意地の張ったデブ猫の名前は豚丼だ。みんな捨てられていたり野良だったり、知り合いから持ち込まれたりした猫らしい。とはいえ競争率が低いから、食事風景も和《なご》やかだ。猫缶を開けたその瞬間に戦場と化す婆さんちとは大違いである。

「こんなところに猫カフェがあったんだね」

女の子がミニスカートでしゃがむものだから、生脚がきわどいところまで見えた。猫ってホント、いいものですね。

だがサヨリさんはなにが気に食わないのか、彼女らにツカツカと歩み寄った。

「失礼ですが、ここは猫カフェではありません。猫を商売道具にするなど言語道断。ここにいるのは里親募集の猫たちですから、ぜひ一度ご検討を」

力説だったが女の子たちは「はぁ」と曖昧《あいまい》に頷いただけで、面倒を避けるようにテーブル席に戻ってしまった。双方の温度差はいかんともしがたい。彼女らはもう二度と来ないだろう。

「おはようございます」

おずおずと出勤の挨拶《あいさつ》をすると、睨《にら》まれた。おおかた猫を無責任に愛《め》でたいだけの女の子たちに苛立《いらだ》っているのだろう。サヨリさんは人間よりもずっと猫が好き。そういうことも分かってきた。

彼女の話では、飼い主に愛されて死に別れたペットはみんな、虹の橋のたもとで主《あるじ》を待っているのだという。つまりそれが『虹猫』という店名の由来なわけで、サヨリさんはすべての猫に虹の橋で再会できる飼い主を見つけてやりたいと思っている。

クールな外見に似合わず、センチメンタルなところがあるものだ。ただしそんな情緒が発揮されるのは、相手がもっぱら猫である場合にかぎられる。

「ほれ、早く行け」

サヨリさんが餌と猫砂をカウンターに置き、僕に向かってシッシッと手の甲で追い払う仕草をした。五月とはいえ、今日は三十度を超す真夏日だ。一杯の水くらい恵んでくれてもよかろうに、すぐさま炎天下に追い出された。

彼女がにっこりと笑うことなんて、あるんだろうか。笑えばきっと素敵だろうに。

万年更年期みたいな顔しちゃってさ。と、腹立ちまぎれに胸の中だけで悪態をついた。

『Mahal kita: マハル・キタ――愛しています』

『Mahal kita talaga: マハル・キタ・タラガ――本当に愛しています』

僕はなんとなく赤面して、手にした本を閉じてしまった。

タイトルがすでに恥ずかしい。『恋するあなたのタガログ語』。しかもこれはと思ったらしい口説《くど》き文句が、ピンクの蛍光マーカーでチェックされていた。

東丸さんちの二階に上がるのは、はじめてだ。婆さんはもはや一階と二階の行き来が億劫《おっくう》らしく、一日のほとんどを台所の奥の和室で過ごしている。夜もそこに床《とこ》を延べて寝るものだから、つまり二階は完全なる猫の王国。その荒れ具合を思うと恐ろしく、立ち入るのが躊躇《ためら》われたわけである。

だが二階にはカツトシの使っていた部屋があるはずだ。そこを探れば今度こそ、彼の居場所が摑《つか》めるかもしれない。僕は未開の地に踏み込む決意をした。

辞めると言いだす勇気がないんだから、これしか方法がないじゃないか。婆さんはこれからも、際限なく猫を増やすだろう。サヨリさんは婆さんが死ぬまでずっと、僕みたいなバイトを雇い続けるつもりなのか。そんなの、婆さんが百まで生きたら破産である。ちゃんと現実を見なくちゃいけない。

二階は三部屋で構成されており、そのうち二部屋が和室である。襖《ふすま》を開けられる猫がいるのか、中は地震の後みたいにひっくり返っていた。一歩足を踏み入れると悪臭が鼻をつき、猫の毛と埃《ほこり》が吹雪のように舞い上がる。風呂用スリッパとマスクがなければもはや発狂寸前だっただろう。ここは立ち入り禁止と覚えておこう。

残る一つがカツトシの部屋だった。丸いドアノブは猫には開けられないのか、ここだけが別世界のように整頓《せいとん》されている。壁紙には爪痕《つめあと》一つついておらず、フローリングもピカピカだ。

ベッドカバーはモスグリーン。窓際にコクヨの学習机が置かれており、左側の壁一面が本棚で埋まっていた。ラインナップはほとんどが教科書と参考書、それから推理小説の文庫が少しと、図鑑類だ。

隅っこに紙カバーのかかった本が二冊だけあったのを抜き出してみると、一冊は『モテる男の口説き方』なるハウツー本、もう一冊がこの『恋するあなたのタガログ語』である。恋愛に関しても、いかにも秀才らしいお勉強ぶりだ。僕が言えた義理ではないが、カツトシはモテない部類の青年だったのだろう。それなのに外国人を口説こうなんて、ちょっとハードルが高すぎやしないか。

しかも几帳面《きちょうめん》なタイプのようだ。学習机の引き出しの中が、仕切りつきのトレイできっちり区分けされている。なにげなくトレイを持ち上げると裸の女の表紙が覗いて、申し訳ない気持ちで元に戻した。使い込まれた形跡のある洋モノだ。ごめん、カットシ。これは見なかったことにする。

「カットシ、入るわよ」

ドアがノックされて肩が震える。机の引き出しを閉めて振り返ると、お盆を手にした婆さんが立っていた。

「お勉強、お疲れさま」

「あ、あの、お邪魔してます」

いくら婆さんが僕をカットシだと思い込んでいるからって、他人の部屋を漁《あさ》る行為は後ろめたい。弁明がましく言い連ねた。

「この部屋だけがきれいだから、びっくりしました。猫の出入りがないと、こうも違うのなんですね」

「カットシは、きれい好きだものねぇ」

婆さんは穏やかな微笑みを浮かべ、お盆を学習机の上に置いた。出されたお茶はごく薄く、まんじゅうにはヒビが入っている。

「なんなら泊まってってくれてもいいのよ」

ごめんなさい、それは遠慮します。そう言う代わりに、僕は乾《かわ》いた笑い声を上げた。

店に戻ると先ほどの女の子たちの姿はすでになく、サヨリさんがカウンターで夕刊を広げていた。窓辺にはいつもの美青年。この一週間一日も欠かさずやって来て、膝に白猫のアイを乗せたままぼんやりしている。

サヨリさんが「ヒカル」と名前で呼んでいるから知り合いなんだろうが、お互い干渉もせず好きにしていた。身にまとう雰囲気がどこか似ている二人である。無関心の空気の膜に包まれて、いつも涼しい顔をしている。

「首尾は？」と、サヨリさんが新聞から目も上げずに問いかけてきた。今日は「お疲れさん」を言ってくれない日のようだ。

けっきょくカットシの部屋にはあれ以上留まれず、「塾だから」と告げて帰ってきた。嘘《うそ》も方便とは言うけれど、やっぱり気が引けるものである。

「タガログ語？」

僕の報告を聞き終えて、なにが引っかかったのかサヨリさんが顔を上げた。

「フィリピンの公用語だな」

カットシが口説いていた相手は、フィリピン人だったようだ。

「アンタがこの間から気にかけているカットシは、フィリピンにいるのかも」

「そんな、安直な」

思わず鼻で笑ってしまった。フィリピン人との恋が実って、国際結婚をしたとでも言いたいのだろうか。発想が幼稚すぎる。

「たしかに安直かもな」

サヨリさんは尖《とが》った声でそう言って、僕の膝に夕刊を投げた。

「でも知ってたか。『英語でしゃべりマンデー』は、とっくに終わっているんだぞ」

「えっ」

「英語でしゃべりマンデー」は毎週月曜の午後五時から。だが新聞のテレビ欄を確認すると、そんな番組はどこにも載っていなかった。

「アタシもさっき新聞を開いて気がついた。で、ここに女子大生が二人いただろ。彼女らに聞いてみたんだ」

あの子たちは大学生だったのか。僕と同世代なら「英語でしゃべりマンデー」を知っているに違いない。

「その番組は六年前にはじまって、二年ほどで終わったそうだ」

「そんなに早く?」

受験に役立ちそうになかったから、たまにしか見ていなかった。じゃあ婆さんちで流れていたあれは、録画だったのか。

「司会のウィナー氏が多忙だからな。彼はフィリピンの国民的コメディアンらしい」

「いやいや。あのオッサン、どう見ても日本人でしたよ」

「外タレだ」

外タレ、つまり外国人タレント。海外で活躍する日本人タレントも、あちらでは「外タレ」のくくりに入る。

「ちょっと待ってください。もしかしてそのオッサンがカットシだとでも?」

「だから言ったろ、安直だって」

まったくだ。ボケた婆さんが古い録画番組を見ていたというだけで、よくぞそこまで話を飛躍できたものである。

「でもこれはかなり自信を持って言えるぞ。あの婆さんたぶん、ボケてない」

なにを根拠にそんなことを。危うくため息が出そうになって、僕は口元を引き締めた。

「だってほら、婆さんはアンタに『泊まってけ』と言ったんだろ」

「あっ!」

僕の大声が狭い店内に響きわたった。五匹の猫たちと美青年が、反射的にこちらを振り返る。黒猫のタイが梁の上から、「ニャー」と抗議の声を上げた。

「英語でしゃべり、マンデー! 今日のイディオムは、『アット・リースト』イェー!」

古いブラウン管テレビの中で、ずんぐりむっくりのオッサンが腰をくねらせ踊っている。このテレビではデジタル放送は映らない。再生専用になっているらしく、しかもDVDではなくビデオデッキが繋がれていた。

「まさかバレるとはね。失敗したわ」

婆さんはコタツに肘《ひじ》をつき、ふてくされたように甘納豆を噛《か》んでいる。

東丸さんちの、台所の奥の和室である。部屋にはいまだにコタツが出ていて、しかも婆さんは下半身をすっぽりと布団の中に入れている。暑くはないのだろうか。体温調節機能がおかしくなっているのかもしれない。

婆さんは三十分もせず戻ってきた僕を出迎えて、「あらおかえり」と笑顔を作った。だがその前にわずかだが、驚いたように目を見開いたのだ。

疑惑が確信に変わった瞬間である。この婆さん、ボケちゃいない。

この人の中でカツトシは、「同居の息子」という設定だった。実家住まいの息子に対して「泊まってって」とは、普通は言わない。

僕がそれを指摘すると、婆さんは「バレたか」とあっさり舌を出した。言葉を失うほどの変貌ぶりだった。

「どうしてボケたふりなんかしてたんですか」

「面白いからだよ」

苛立ちを抑えるために、シミだらけの天井を見上げて息をつく。この婆さん、ボケてたときより本性のほうがはるかに腹立たしい。

「たいていのやっかいごとは、これでやり過ごせるからね。どうせアンタ、あの猫女のさしがねだろ」

猫女とは、サヨリさんのことだろうか。だったらあんたはさしずめ猫婆だ。

「悔しかったら直接文句を言いに来なって、猫女に伝えといてよ。どうせまだ家から出られないんだろ」

僕は軽く眉《まゆ》を寄せる。なんだそれは。サヨリさんは引きこもりなのか？

「でも助かったよ。私は掃除のできない女でね。アンタがマメマメしくやってくれるから、ホントにカットシの再来かと思ったわ」

まぁいい、今はカットシのことを問い詰めるのが先決だ。掃除係として便利に使われていたらしいことも、ひとまず忘れよう。

「それで、この方が本物のカットシさんですね？」

「イエェェス！」粒子の粗い画像の中で、ウィナー氏が両の親指を突き立てた。

「かつてはね。もう息子とは思ってないわ」

カットシは漢字で「勝利」と書くらしい。それで芸名がウィナーだなんて、なんのひねりもないじゃないか。

「東大出の自慢の息子さんが、なんでこんなことに？」

「出ちゃいないよ、中退だもの。四年の夏にフィリピンに行っちゃったからね」

婆さんはもはや嘘をつく気力もないらしい。「リピート、アフタ、ミー！」と声を張り上げるウィナー氏に、甘納豆を投げつけた。

フィリピンはタガログ語のほかに、英語も公用語として使われているそうだ。ウィナー氏の英語は現地で身につけたものだろうか。少しばかり癖がある。

「なにせ勉強ばかりで遊びを知らない子だったからね。たまたま連れて行かれたフィリピンパブの女に、骨抜きにされちまったんだ。絶対に騙《だま》されてるって忠告したんだけどさ、『お母さんになにが分かるんだ』ってもう、聞かないのなんの。けっきょく国に帰った女を追って、行っちゃったってわけ」

カツトシ、恐るべし。恋は盲目というけれど、行動力が伴うとこんなにやっかいなものなのか。

「カツトシさんとは、それっきりなんですか？」

「いいや。フィリピンに着いてから、泣きの電話が入ったよ。『迎えに来る予定の女が来ない』ってね。ざまあみろと笑ってやったわ。二度と帰って来るなと突っぱねた。まさか本当に帰らないとは思わなかったけどね」

呆れた。婆さんとカツトシには、たしかに同じ血が流れている。なんたる意地の張り合いだろう。

だけど、肉親だからこそ許せないことってある。僕だってセンター試験の失敗以来、父親とはひと言も喋っていない。

「一人息子を二年も遊ばせとけんもん」と、父は言った。来年こそはきっとやれると信じて挑戦させてほしかったのに、田舎者らしく世間体を優先させたのだ。

「私はもう、カットシは死んだものと思うことにしたの。それなのに六年前に突然電話がかかってきてね、『日本のテレビに出る』って言うじゃない。まさかコメディアンになってたなんて、天地がひっくり返るかと思ったわ。もうアッタマきちゃってねぇ。『帰国してもウチの敷居はまたがせない』と宣言した。で、それっきりよ」

「なんでそうなるんですか」

自分の境遇と重なって、顔が熱くなってくる。僕が挨拶すら返さずにいると、父もむくれて目も合わせなくなった。板挟みになった母はオロオロするばかりで役に立たず、顔色を窺《うかが》うような言動にますます神経を逆撫《さかな》でされた。

僕は居心地の悪くなった実家から、逃げるようにして東京に出てきたのだ。

「そこで突き放す必要があったんですか。自慢の息子が期待どおりにならなかったからですか」

あんたたちにとっちゃ、期待外れの息子なのかもしれない。それでもこっちは精一杯だった。高校時代は隣の席の奴をいかに追い落とすかしか考えていない特進クラスで、必死に上だけを見て齧《かじ》りついてきたんだ。一度足を滑《すべ》らせたくらいで見放すなんて、あんまりだ。

「そんで寂しさまぎらわすために猫ば飼って、こんな増やして。なんばしよっとですか、あんた」

いつの間にか方言が出ていた。婆さんの目が充血したのを見て、僕ははっと口をつぐむ。

「アンタこそなに言ってんだよ」

僕の興奮につられて、婆さんの声まで裏返る。この人が元教師だという情報は本当なのか。ヤンキーばりに睨みをきかせてくるじゃないか。

「私が猫を飼いだしたのは、カツトシ除《よ》けのためよ。あの子は可愛がってた文鳥を野良猫に食い殺されて以来、猫が大っ嫌いなの。そりゃもう、じんましんが出るくらいにね。猫のいる家になんか、一歩たりとも入れやしないんだから」

この婆さんのひねくれ具合は、絶望的だ。息子が帰って来てもいないのに、「敷居をまたがせない」を自ら実行するとは。その挙句近隣住民の鼻つまみ者になって、どうしようもないからボケたふりでやり過ごす。人としてちょっと救いようがない。

だけど、なにかが引っかかる。長年放置されていたはずなのに、カツトシの部屋には塵《ちり》一つ落ちていなかった。そこに意味がないはずはない。

「でもあなたはカットシさんの部屋に、猫を一切入れていなかったじゃないですか。しかもあそこだけは、マメに掃除していたでしょ」

　カットシが出て行った当時のまま、あの部屋は大切に保管されていた。「掃除のできない女」のくせに、ずいぶん頑張るじゃないか。

「このビデオだって、何度も繰り返し見ているはずだ。画質、悪すぎですよ」

　そう言って、僕はウィナー氏がコントをくり広げているテレビ画面を指さした。

「それは、もともと古いテープに録画したせいだよ」

　言い訳をする婆さんを無視して、テレビ台の引き出しを開けてみる。案の定「英語でしゃべりマンデー」と、手書きラベルの貼られたテープがびっしり並んでいた。ご丁寧に放送日まで書き込んである。

「じゃあ、他のテープも再生してみますか」

　婆さんの行動は案外素早かった。コタツの上のリモコンに手を伸ばし、停止ボタンを押してしまう。カコンという軽い音とともに、カットシの姿がかき消えた。リモコンを握ったままの、婆さんの手が震えている。

「私はね、あの子に勉強しろと口うるさく言ったけど、コツコツと努力のできる人間になってほしかっただけよ。でもなにも響いちゃいなかった。あの子ったら、フィリピンに発《た》つとき『もう俺を解放してくれ』って言ったんだよ。ひどいじゃないか」

肩を縮めて震えている婆さんの姿が、何十年後かの僕の母親と重なった。しわしわになった母親に、こんなふうに声を殺して泣かれると辛い。

「すみません」

「なんでアンタが謝るのさ」

「分からないけど、なんとなく」

僕は両腕で膝を抱えた。昔から不安なときは、こうすると落ち着く。婆さんが鼻を啜って、苦笑いをした。

「なんだよ、それは。この放蕩《ほうとう》息子」

「うん。それでも僕は僕なりに、頑張ったつもりだったんだ」

「ああ、本当は分かってるよ」

「認めてもらいたかったし、応援してほしかった」

「そうだね。でもこっちも上手くないからさ」

今この瞬間僕はカッとしたで、婆さんは三日にあげず電話をかけてくる母だった。僕らは世界中どこにでもいる、ありふれた親と子なのだ。

「いちいち『ちゃんとご飯食べてる?』って聞かなくていいんだけど」

「馬鹿だね。それは『愛してる』の代わりじゃないか」

血の繋がりのない相手にならこんなに素直に言えるのに。近すぎるとお互いに、「もっと分かって」と甘え合ってしまう。ツンと痛む鼻柱を揉んでから、僕は顔を上げた。

「カットシさんの連絡先、分かりますか？」

そう尋ねると、婆さんは唇をすぼめて押し黙った。知っているのだ。

僕は婆さんに向かって手を伸ばした。リモコンをよこせという意思表示だが、婆さんはなにも言わずに手のひらを見つめている。コタツに飛び乗ってきた三毛猫が、不思議そうに僕の指先を嗅《か》いで行った。

婆さんの唇の端が、ふっと緩む。僕の手にリモコンが引き渡された。再生ボタンを押してみると、ちょうどヴィナー氏が拳を突き上げ、「ヴィークトリィィィィ！」と絶叫しているところだった。


「お手柄だな」

僕が婆さんからの伝言を持って帰ると、サヨリさんは唇をゆがめてニヤリと笑った。なんだか極悪人顔だ。もっとこう、晴れやかに笑えないものだろうか。

「でも、本当に大変なのはこれからだよ」

「そうですね」と、僕はしみじみ頷いた。

婆さんは、カットシに連絡を入れるだろうか。そのときカットシが、へそを曲げていなければいいんだけれど。

僕にはたぶん、まだ無理だ。あっちと違って、そんなに時間が経《た》っていない。進路を間違えたと思うたびに、どうしても両親を恨んでしまう。この気持ちを消化できるころにはウチの親も、しわしわに縮んでいるのだろうか。

「言質《げんち》が取れたからには、さっそく明日からはじめるぞ」

サヨリさんはどうやら機嫌がいい。表情からは読み取りづらいが、語尾が心なしか跳ねている。

「なにをですか？」

尋ね返すと、細い指が伸びてきた。

「いて、いてててて！」

「『猫の世話』に決まってるだろ、馬鹿者」

暴力反対！　サヨリさんに抗議の目を向けながら、めいっぱいつままれた鼻をさする。涙が出るほど痛かった。

「それがあんたの仕事だろ」

「ええ、そうですけども」

嫌な予感がしたのは本能だろうか。「英語でしゃべりマンデー」をエンドロールが流れるまでぼんやりと見て、婆さんはぽつりとこう呟いた。

「猫女にさ、ここの猫のことは任せるって、伝えといて。さすがに増やしすぎだわ」

東丸さんちの猫の世話が、僕の仕事だ。その猫たちの身の振りかたがサヨリさんに一任されたということは――。

「婆さんちのすべての猫に、ワクチン接種と不妊手術を施して、飼い主を探す。忙しくなるけど、頑張ってくれ」

ああ、やっぱりだ。鼻の痛みも吹き飛んだ。

「三十九匹もいるんですけど」

「一匹残らずだ。譲渡が成立するごとに、成功報酬を出してもいい」

なんでそんなに太っ腹なんだ。でも金を積まれたところで、そこまで面倒臭そうなことはやりたくない。

「獣医学部なら友達に猫好きは多いだろ。友達の友達や、さらにその友達に聞いて回ればなんとかなるさ」

僕に期待しないでください。猫好きの友達どころか、普通の友達もいないのに。だいたいこの人は、後出しじゃんけんが多すぎる。面接の時点で説明するべきことをしないのは、言えば逃げられると分かっていたからだろう。

冗談じゃない。今度こそあの言葉を言ってやる。

「あの、僕やっぱり――」

辞めます、と言う前にサヨリさんが、カウンターのスツールから立ち上がった。

「さて、まかないどうする。ナポリタンでいいか？」

「ナポリタンがいい、です」

いいのか、それで本当に。

サヨリさんのナポリタンは捨てがたいが、食えばもう断れないぞ。そんな黄泉《よみ》の飯みたいに後戻りのきかないものを、口にしてしまうのか。

僕がそうやって一人煩悶《はんもん》しているうちに、サヨリさんはさっさと厨房のドアを開けて中に入ってしまった。ガラス窓の仕切り越しに、きびきびと立ち働く姿が見える。

料理をしているときのサヨリさんは、ちょっといい。猫に見せるのと同じまろやかな表情で湯を沸かし、タマネギを刻む。うつむきがちになると秀でたおでこが際立って、伏せたまつ毛が素晴らしく長い。

僕はスツールに腰掛けて、頬杖をついた。さっきまでサヨリさんが座っていた隣のスツールめがけて、梁の上からタイが下りてくる。目が合うと、なぜか誇らしげに顎を反らせた。

ああ、そうだな。おまえのご主人様はものすごくおっかないけど、綺麗だな。

手を伸ばすと、タイが耳の後ろをこすりつけてきた。柔らかくて、あったかい。口角が自然に持ち上がるのが分かった。

タイを撫でながら、ほかほかのナポリタンが出来上がるのを待つ。今度母親から電話がかかってきたら、「旨かもん食べよるよ」と答えてやろう。

chapter 2.

猫と人とのいい関係

じとじと、じめじめ、六月下旬は梅雨《つゆ》まっ盛り。除湿をしていてもガラス戸の隙間から、ナメクジのように湿気が忍び入ってくる。気圧が低いせいか猫たちの睡眠時間も長く、みんな思い思いの場所でアンモナイトみたいになっていた。

「お引き取りください」

そんな店内に、湿っぽさとは無縁の硬質な声が響き渡った。

サヨリさんがソファ席のテーブルに広げてあった書類をひとまとめにし、トントンと端を揃えている。正面に座るOL風の女が睨んでいるが、そんなことはお構いなし。やがて女はダン！　と足踏みの音をひとつ立て、ものも言わずに出て行った。

降り続く雨のせいで、ドアベルの音まで重たげだ。

「サヨリさん」

カウンターでことの顚末《てんまつ》を見守っていた僕は、あまりのことに天を仰いだ。梁の上に腹這いになっている黒猫のタイと目が合う。声には出さず口だけが、「ニャー」の形に開いた。「まぁまぁ」と慰められたようでも、「諦めろ」と突き放されたようでもある。

「なんで追い返しちゃうんですか。せっかくサクラに貰《もら》い手がつきそうだったのに」

バスケットに丸まって惰眠《だみん》をむさぼっていた茶トラのサクラが、名前に反応してぴくりと耳を動かした。かといって顔を上げるでも、ましてや寄って来るでもない。それが猫の通常の反応だと、ようやく僕にも分かってきた。

右の耳にV字の切れ込みが入っていて桜の花びらみたいだから、サクラ。クレオパトララインと呼ばれる、目尻に続く縞がくっきりと入った美猫である。

「条件が厳しすぎませんか。ちょっとくらい緩めないと、貰ってくれる人なんていませんよ」

サヨリさんがまとめてクリアファイルに突っ込んだのは、猫の譲渡に関する契約書類一式だ。飼い主の条件として、『終生飼育できる方』『年に一度のワクチン接種など健康管理のできる方』『完全室内飼育が可能な方』『家族全員の同意が得られている方』と、読むのも面倒なくらいびっしりと羅列されている。

だけど『一ヵ月に一度は写真つきの近況報告ができる方』なんてのは、半ばサヨリさんの楽しみのためだと思うから、外してしまってもいいんじゃないか。さっきの女性が引っかかったのは、『ペット可物件にお住まいの方』の項目だ。

とはいえ彼女のマンションではペットを飼っている世帯が大半で、お隣にもマルチーズがいるらしい。「猫や小型犬くらいなら大丈夫なんです」と請け合ってくれたのに、なにも追い返すことはないだろう。

「たしかに『ペット不可』の物件でも、それが形骸化している事例はあるよな」

サヨリさんがゆっくりと立ち上がった。動作がいちいち絵になる人だ。僕の前まで歩いて来て、そして思いっきり鼻をつまんだ。

「痛い、痛いですって！」

「だが、大家が突然取り締まりを厳しくしたらどうするんだ。サクラは捨てられるのか。それとも保健所か？」

「ぺ、ペット可のマンションに引っ越せばいいと思いますっ！」

「そんな選択ができる奴なら、まず引っ越してからウチに来てるさ。そうだろう？」

「はい、そうです。すみません！」

分かったから、失言のたびに鼻をつまむのはやめてほしい。『喫茶　虹猫』でアルバイトを始めて、一ヵ月と一週間。このままじゃ僕は酔いどれ親父みたいな赤っ鼻になってしまう。

うつむいて鼻をさすっていると、足元に寝起きのナゴヤが巻きついてきた。シャムの血が入ったきれいな猫だ。なにか要求があるときは、みゃーみゃー、みゃーみゃーとしつこく鳴く。その声が名古屋のオバちゃんの恨み節みたいに聞こえるから、というのが名前の由来だ。

こいつとは対照的に、白猫のアイは寄っても来ない。サヨリさんにすら甘えているのを見たことがない。毛が少し長くて目の色が左右で違う、オッドアイ。いかにもプライドの高そうな顔をしているが、常連客の「ヒカル」という美青年だけはお気に入りらしい。今も窓辺のテーブル席で、青年の膝の上に丸まっている。

巨大なサバトラ猫の豚丼は、昨日から里親候補者のお宅でトライアル中だ。厳しい譲渡条件をクリアした相手には、二週間のお試し期間を設けて実際に猫と暮らしてもらう。それで問題がなければようやく本契約となるわけで、傍《はた》で見ているとずいぶんまどろっこしい。猫なんて、欲しいと手を上げた人に片っ端からあげてしまえばいいのに。

「いいか、これだけは間違えるな。アタシはこいつらを貰ってくれる人を探してるんじゃない。生涯愛して、大切にしてくれる人を探しているんだ」

「それならボクにお任せあれ！」

ドアベルがけたたましい音を立てた。入り口の格子戸を全開にして、長身の男が仁王立《におうだ》ちしている。「バーン」という効果音を背負っていそうなそのたたずまいに、サヨリさんの表情が目に見えて曇った。

「サヨリさん。私はあなたのことを、全身全霊かけて生涯愛し抜くと、ここに誓います！」

男は入り口も閉めずに大股でサヨリさんに近づくと、中世の騎士よろしく片膝をついた。その芝居がかった演出に、早くも胸やけがしそうである。しかしサヨリさんは腕を組んだまま、眉一つ動かさずに言い放った。
「いえ、猫の話です」

プラスチック製のキャリーバッグの中で、腹巻きのような胴衣《どうい》を着せられた白茶猫が丸まっている。ぐったりと頭を垂れて元気がなく、覗き込むとその目に怯《おび》えの色が走った。不妊手術のために、動物病院に入院させていた雌《めす》猫だ。

相田《あいだ》アニマルクリニック院長、相田博巳《ひろみ》先生はカウンターに座り、サヨリさんが淹《い》れたコーヒーの香りをうっとりと嗅いでいる。長い脚を持て余し気味に組んでいるのが、僕の僻《ひが》みかもしれないけれど厭味に見えた。

「猫はウチのバイトを迎えに行かせるので、雨の中わざわざご足労いただかなくて結構ですよ、相田先生」

「いやだなぁ。私とあなたの間に、そんな遠慮はナシですよ。ちょうどね、コーヒーが飲みたかったんです。ああ、いい香りだ。美人が淹れたからかな。まるでバラのようですよ」

バラの香りがするのなら、それはもはやコーヒーではない。サヨリさんから遠回しに「いちいち来るな」と言われても、高らかに笑っていられる心臓の強さは脅威である。この人の笑い声は、ＨＡＨＡＨＡＨＡと可視化できそうだ。

「やぁ、ヒカルくんも久しぶりだね。元気かい?」

そして相田先生は、一幅《いっぷく》の美しい絵のような美青年とアイの世界に、土足で踏み込むことも厭《いと》わない。青年は無感動な瞳を先生に向けて、申し訳程度に頭を下げた。一応知り合いではあるのだろう。

「相変わらずもやしっ子だなぁ。もっとたくさん食べて、スポーツをしたまえ。スポーツはいいぞぉ。なんせスポーツときたら――」

「玉置クン!」

サヨリさんが唐突に鋭い声を出した。僕は反射的に「はい!」と姿勢を正す。相田先生をも黙らせてしまうほどのド迫力だ。

「その子、隔離部屋な」

「はぁ」

どんな理不尽な叱責《しっせき》が飛んでくるかと身構えたのに、拍子抜けである。おそらく相田先生の関心を、美青年から逸らしたかったのだろう。たしかに、迷惑そうだもんな。

「おいおい、待てよ翔。キミもしかして、レディの住む二階にズカズカと上がり込む気なのかい?」

サヨリさんの狙いどおり、相田先生のターゲットは僕に移った。とても残念なことに、彼は武蔵野獣医大学の卒業生。つまり、僕の先輩である。そうと分かったとたんに先輩風を吹かしだし、初対面から「翔」呼ばわりされている。

「隔離部屋になっている納戸《なんど》に行くだけです。ご心配なく」

「ホントだな？　サヨリさんの部屋をちらっとでも覗いてみろ、大学の裏サイトにキミの悪口をあることないこと書き込んでやるからな」

相田先生の世迷い言を背中で聞き流し、僕はキャリーバッグを持って店舗の突き当たり右手にあるカーテンを開けた。一階は店舗用にリフォームされているが、もとは昭和の半ばに建てられた民家だ。階段の急勾配《きゅうこうばい》がいかにも昔の家である。

階段を上がると廊下の左側は窓になっており、右手に襖、その奥にあるのが納戸のドアだ。この二階部分に、サヨリさんは一人で暮らしている。襖の向こうが彼女の部屋なんだろうが、相田先生に釘《くぎ》を刺されるまでもなく、一度も開けたことはない。気にならないことはないけれど、ここは開かずの間なのだと自分自身に言い聞かせている。

この小ぢんまりとした一軒家から、サヨリさんはほとんど外に出ることがない。店の前を掃いていたり、お隣に回覧板を回したりという程度のことはするが、仕入れも買い物も配達かネット通販で済ませている。

どうしてそんなことになったのか、東丸の婆さんはなにか知っていそうだけど、なんとなく聞きそびれていた。ついでに言えばこのアルバイトも、今日こそ辞めると思いながらずっと辞めそびれている。

東丸の婆さんが増やしに増やした三十九匹の猫たちの、餌とトイレの世話だけしてりゃいいのかと思いきや里親探しまで命じられて、はや一ヵ月。なんせどいつもこいつもワクチン接種すらまともに受けていないのだから、僕は毎日のように猫を連れて相田アニマルクリニックに通い詰めていた。

恐ろしいのはこの猫まみれの生活にも、最近慣れてきたということだ。相田先生に手伝わされるせいで、猫の保定《ほてい》もお手のもの。「獣医を目指すには最高の環境だなぁ」と先生は得意げだが、僕は獣医になりたいなんて言った覚えはない。サヨリさんだけでなく相田先生にまで、いいように使われているという気がしなくもなかった。

廊下を突っ切って、納戸のドアを静かに開ける。キャットタワーに猫トイレ、爪とぎ板や猫のおもちゃがあるだけの、三畳ほどの部屋である。「隔離部屋」と言うと聞こえが悪いが、病気になった猫が他の猫にうつさないよう、閉じ込めておくための部屋らしい。そこが今は、術後の猫たちの療養所になっている。

先客は二匹。キャットタワーの上段と下段に寝そべって、僕が入ると疑心暗鬼の目を向けた。

無理もない。どちらもまだ術後三日しか経っていない。手荒く捕まえて薬の臭いがする怖い場所に連れて行った僕のことを、警戒していてあたりまえだ。かわいそうだと思うけど、手術をしないと仔猫がぽこぽこ生まれて里親探しどころじゃない。

僕は白茶猫のキャリーバッグを床に置くと、その扉を開けただけで納戸を後にした。術後はナーバスになっているため、無理に引きずり出すとストレスにしかならない。他の二匹とは顔見知りだから、あとは猫に任せておけばいいそうだ。

婆さんちの猫は、雌が二十二匹。うち三匹が生後一ヵ月の仔猫だから、十九匹分の不妊手術がこれで完了したことになる。雄猫にはまだ手をつけていないけど、ひとまず猫が増える心配はなくなった。あとは特別急がなくても大丈夫だ。


一階に戻ってみるとサヨリさんが、相田先生の隣に並んでなにやら仲睦《なかむつ》まじげに喋っていた。聞き耳を立ててみると、なんだか難しそうな内容である。

「私はどうも未練がましいところがあるのか、ついつい値が戻るのを待ってしまうんですよ。頑張れ、頑張れと、パソコンの前で応援しているんですけどね」

「完全にダメなタイプですね。損切りのルールはあらかじめ決めておいたほうがいいですよ。ポジションを持つ前に損切りの位置を決めておいて、逆指《ぎやくさし》注文を出しておくんです」

「そんな、ポイ捨てみたいなことはできませんよ」

「じゃ、株取引きに向いてないですね。やめたほうがいいと思います」

この喫茶店はまったく儲《もう》かってなさそうなのに、猫の餌代、手術代、薬代、それに僕の給料までどうやって賄《まかな》っているんだろうと不思議だった。だがサヨリさんはデイトレードで、どうやらけっこうな儲けを出している。しかも売買の注文受付がはじまる午前八時から十時までの、二時間のうちにだ。

「祖父から生前贈与された資産を元手に、大学時代からやっている」らしく、そもそも実家が裕福なようだ。外に働きに出たことは一度もなく、株で稼いだお金で四年前に自宅をリフォームし、『虹猫』をオープンさせた。そんなわけでサヨリさんは客がまったく入らなくても、余裕綽々《しゃくしゃく》で猫と戯れていられるのである。

　知識がないからかもしれないが、デイトレードって半丁博打《はんちょうばくち》のようで僕にはどうも胡散《うさん》くさく思えてしまう。最近はじめたばかりだという相田先生も、さっきの会話を聞くかぎり手を出さないほうが無難だろう。

「ああ、そうだ翔。キミはもうすぐ、前期試験じゃあないのかな」

　サヨリさんにダメ出しをされてきまりが悪かったのか、相田先生がわざとらしく声を張る。バスケットの中で午睡《ひるね》を楽しんでいたサクラが、「ニャー」と抗議のひと鳴きをして二階に避難してしまった。

「はぁ、来月ですが」

「分からないことがあったら、いつでも私に頼りたまえ」

「あ、はい。大丈夫です」

　先輩風の突風に、僕は軽く首をすくめた。患畜思いで腕も確かで良心的、獣医としてはいい先生なんだけど、いかんせんキャラが暑苦しい。

「サヨリさんも翔が試験休みの間に困ったことがあったら、いつでも呼んでくださいね」

「どうも、お気持ちだけでけっこうです」

相田博巳、四十三歳。造りが濃すぎるきらいはあるが整った顔立ちをしているのに、誰もが納得の独身である。それでも六十前後のマダムには人気があって、病院はそこそこ繁盛している。

この騒音をものともせずに、美青年は窓枠に肘をついて、うつらうつらとまどろんでいた。アイもその膝の上でくつろいだ寝顔を見せていたが、なにかを察知したように耳がぴくぴくと小刻みに動く。

湿気を吸ったドアベルが、二度陰気な音を立てた。来客なんてめったに重複しないのに、いったい今日はどうしたことだ。雨の降りしきる日曜日、みんな行くあてがないのだろうか。

入ってきたのは首のひょろりと長い、三十そこそこの男性だった。サヨリさんが「いらっしゃいませ」と言い終わる前に、つかつかと歩み入って布製のバッグをカウンターに放り出す。その衝撃に、バッグが驚いて「ギニャ」と鳴いた。

「ちょっと！」

サヨリさんの声が非難めく。一見なんの変哲もないボストンバッグだが、赤地に水玉のそれは猫用のソフトキャリーだ。呼吸の妨げにならないように側面がメッシュになっており、猫のシルエットが透《す》けていた。

バッグを庇《かば》うように胸に抱き、サヨリさんが天面についたチャックを開ける。中からひょっこりと顔を出したのは、白に黒のブチ猫だった。

「ソウセキじゃないか！」

顔見知りの猫だったようだ。名前の由来は、ちょうど鼻の下に夏目漱石《なつめそうせき》みたいなヒゲ模様があるからだろう。

「チョビです。もう飼えないので、お返しします」

男の顔は、昼から酒でも飲んだみたいに上気している。サヨリさんに負けず劣らず、抑えられた声の中にふつふつと怒りが煮えたぎっているのが分かった。

雨足が強まって、トタン屋根にカンカンと当たる音が響いてくる。その軽快なリズムが降り積もる沈黙を引き立たせ、僕の居心地を悪くする。

ソファ席ではサヨリさんがうなだれて、腰に巻いたギャルソンエプロンを引き裂かんばかりに握っていた。その肩を抱くように、相田先生が控えている。

「元気を出してください、サヨリさん。私がついています！」

お願いだからこれ以上よけいなことは言わずに、空気を読んで帰ってほしい。

タイが梁から下りてきて、白黒のブチ猫に鼻をくっつけた。「おかえり」とでも言っているのだろうか。ブチ猫はこの『虹猫』から、一年ほど前に貰われて行った猫だという。

ここでの名前がソウセキ、「榎田《えのきだ》です」と名乗ったさっきの男の家では、チョビと呼ばれていたようだ。どちらにせよ、ヒゲ模様のインパクトによる命名である。

「くそっ。ふざけやがって、あの野郎」

「ええ、ええ。心置きなく罵ってください」

サヨリさんの悪態を、相田先生は心なしか嬉しそうに受け止める。まさかそういう趣味があったとは。東丸の婆さんちに持って行く猫砂とエサを用意しながら、僕はつい口を挟んでしまった。

「でも、しょうがないですよ。二ヵ月の赤ちゃんを引っかいちゃったんじゃ」

「ソウセキはそんなことはしない。赤ちゃんを傷つけちゃいけないってことくらい、すべての猫が分かってる」

う、まずい。サヨリさんが顔を上げ、怒りの矛先《ほこさき》を僕に向けた。

「大人なら問答無用で引っかかれるようなことでも、赤ちゃんが相手だと猫はじっと我慢しているんだ。アタシは猫を枕にして育ったようなものだが、爪を立てられたことなんか一度もないぞ」

それでも榎田さんは、「女の子なのに、太腿《ふともも》に血がにじむくらいの傷がついたんだ。どうしてくれる」と怒り狂っていたのだ。あれは、嘘をついているようには見えなかった。

ソウセキを欲しがったのは、榎田さんの奥さんらしい。ここから徒歩十五分ほどのマンションに、夫婦二人で越してきた。はじめから猫を飼いたくてペット可の物件を選んだそうで、トライアルの結果旦那さんもソウセキを気に入り、譲渡にはなんの問題もなかったはずだ。ただその時点では、奥さんは自分の妊娠に気がついていなかった。

妊娠が判明してから奥さんは、『虹猫』に相談にやって来た。遠方に住む姑《しゅうとめ》に、妊婦と猫は相性が悪いと脅されたという。必要以上に不安がる奥さんに、サヨリさんは「なんの問題もない」と請け合った。そういう経緯があったからよけいに、旦那さんはサヨリさんに腹を立てていたのだ。

「ひと昔前ならいざ知らず、衛生管理のしっかりしている今は妊婦が猫を飼っても本当に問題はないんだ。赤ちゃんはミルクのにおいがするから猫が引っかくなんてのも、まったくのデマ。得体の知れないものに、猫は基本的に近寄らない」

背中を撫でようとする相田先生の手を避けて、サヨリさんがイライラと足踏みをする。

「たとえ引っかいたとしてもそんなもん、唾つけときゃ治るだろ。だけど二度も捨てられたソウセキの心の傷は、そんなに簡単じゃないんだ」

ソウセキは前の飼い主の引っ越しにともない、捨てて行かれた猫だという。かわいそうな運命ではあるが、その話を持ちだして榎田さんを責める必要はなかったんじゃないだろうか。

「アンタは人間の子供と猫と、どっちが大事なんだ！」

そりゃあ、そうなる。真っ赤な顔で口から泡を吹きだした榎田さんを見て、緊張感のない相田先生が「カニみたいだな」と僕の耳元に囁いた。なんてことを言うんだ。笑いを堪《こら》えるのに必死で、サヨリさんの口が「ね」の形に開くのを阻止できなかった。

サヨリさんの答えなんか分かりきっている。でも、それを言っちゃおしまいだ。窓辺の美青年が「お会計」と立ち上がらなければ危ないところだった。もっともそんな緊迫した場面に割って入って平然と帰って行った彼も、やっぱりどうかしているんだけど。

ソファ席ではソウセキとタイが、代わりばんこに毛づくろいをしている。もともと仲がよかったのだろう。気持ちよさそうに目を細め、微笑ましい光景だ。

一ヵ月間みっちり猫と関わってきて、彼らにも人間と同じで性格があるということが分かってきた。ソウセキはキョトキョトと周りを見回すこともなければ気性の荒さも感じられない、落ち着いたタイプに見える。それでも赤ちゃんの太腿には猫の爪痕が残っているというし、きっとなにかのはずみで引っかいてしまったのだろう。

だけどサヨリさんはソウセキのことを尻尾の先まで信じているようで、「爪を立てた瞬間を見たわけでもないくせに」と歯噛みしている。猫のこととなると、こうやってすぐムキになる。榎田さんの状況説明を、ちゃんと聞いていたんだろうか。

休日出勤だった榎田さんが昼過ぎに帰ってみると、奥さんが赤ちゃんを抱いて泣きじゃくっていた。キッチンで洗い物をしていたら、リビングで寝ていた赤ちゃんが突然泣きだしたというのだ。尋常じゃない泣き声に驚いて様子を見に行ってみると、左の太腿に大きな引っかき傷が走っていたそうである。

蒸し暑い時期だから赤ちゃんは脚が丸出しになるロンパースを着ており、その傍らにはソウセキならぬチョビがいた。決定的瞬間は誰も見ていないわけだが、猫以外に犯人がいるとは思えない。

「分かった、かまいたちだ！」

相田先生が自信満々に膝を打つ。この人もどちらかといえば猫擁護派、いや動物全般の味方である。ペットフードの営業マンが「これは犬も大喜びの新商品で」と言ったのを聞き咎《とが》め、「犬じゃない。ワンちゃん、もしくはお犬様と呼びたまえ」と注意していたことがある。動物好きは人がいい、なんてのは迷信だ。

「ソウセキ、お前はまたしばらく『ソウセキ』だぞ。すまなかったな。次こそ生涯一緒にいてくれる飼い主を見つけてやるからな」

「及ばずながら、僕も力になりますよ。病院に里親募集のポスターを貼ります。ホームページにも載せますし、ツイッターでも呟きまくります！」

そんなことなら僕だって、学生課に頼んでポスターを貼ってもらっている。だが問い合わせの電話はおろか、いたずら電話すらかかってこない。自ら進んで猫を引き取ろうなんて人はそうそうおらず、だからサヨリさんのやりかたがまどろっこしかった。厳しい条件なんかつけずに欲しがる人に片っ端からあげるくらいじゃなければ、東丸さんちの猫は片づかない。

「でも、そう上手くはいかないんだな」

思わず呟くとソウセキが、チラリと目を上げて僕を見た。鼻の下に髭《ひげ》をたくわえた無駄に威厳のある面持ちで、「まぁゆるりとやりたまえ」とでも言うように。

「ふぅん。それは大変だったたねぇ」

東丸の婆さんが、関心のかけらもない様子でモナカを齧る。健康体だと見抜かれてからはざんばらだった髪をお団子に結うようになり、ずいぶん見た目がサッパリした。ただ生来の不器用なのか、お団子はいつも不格好だ。

それにしてもこの部屋のコタツは、いつになったら仕舞われるんだろう。そっと布団を持ち上げてみると、かろうじて電気は入っていない。その代わりに猫が五、六匹、身を寄せ合って眠っており、目つきの悪い黒猫にうるさそうに睨まれた。

破れ障子の隙間を通って入ってきたかぎ尻尾のハチワレ猫が、和室を横切って裏庭へと続くサッシ窓の前で立ち止まる。前脚を揃えて座ってから、顔だけをこちらに向けて「ナーン」と鳴いた。

「ちょっとアンタ、窓を開けてやっとくれ」

「ダメですよ。猫が外に出ちゃうでしょ」

「猫は外に出るものさ」

真理である。だけどサヨリさんからは、猫を外に出さないようにと厳命されていた。これ以上猫の糞尿被害でご近所の心証を悪くしたくはないし、なによりこの家にはもう妊娠可能な雌がいないから、雄が遠征してそのまま帰らなくなることだってあるそうだ。

そんなことになったら、僕がサヨリさんにシメられる。でもハチワレは自分の要求が通らないなんて信じられないと鳴き続ける。「ダメなんだってば」と追い払うと、僕の手に猫パンチをくれて逃げて行った。

手の甲に、赤いミミズ腫《ば》れが浮かび上がる。無節操に増やしただけあって、この家の猫には名前がない。婆さんが構ってやらないから人慣れしていない奴もいて、これで本当に貰い手がつくのだろうか。

婆さんちの猫がすべて片づけば、「辞める」と言うまでもなく僕はこのアルバイトから解放される。だけどそんなめでたい日は、永遠に来ないんじゃないかと頭を抱えた。

「なにやってんのさ、アンタ」

僕の煩悶の元凶である婆さんが、ケロッとした顔をしているのも気に食わない。赤の他人に尻拭いをさせているのだから、もっと謙虚になれないものか。

「いいかげん、猫に汁かけご飯をやるのはやめてください」

「はいはい、はいよーっと」

本当に分かっているのだろうか。婆さんは小指で耳をほじりながら返事をした。

ブラウン管テレビには彼女の息子、カットシが映っている。息子といっても、すでに五十間近のオッサンだ。よく日に焼けて、腹が前に突き出ている。相変わらずのハイテンション。ただしテレビに繋がれているのはビデオではなく、ＤＶＤの再生専用デッキである。

「カットシから出演番組のＤＶＤが送られてきたんだよ。ウチにはビデオしかないのに、気の利かない子だねぇ」と不満を洩《も》らす婆さんは、口元に浮かぶ笑みを完全に殺しきれていなかった。

どうやら親子関係は順調に修復されつつあるらしい。ちなみにＤＶＤのデッキを買いに走らされたのは僕である。こちらも順調に、婆さんの世話係をやらされている。

テレビの中のカットシは、英語と日本語とタガログ語のチャンポンという難解な言語を操っていた。フィリピンではそのカオスっぷりがウケているらしいのだが、僕が聞いてもサッパリ理解できない。婆さんも「なにが面白いんだか」とくさしつつ、最近はいつ来てもこのＤＶＤが流れている。

「そういやカツトシも、よく自分の顔を引っかく赤ちゃんだったわねぇ」

「ディバ、ディバディバ！」

タガログ語で「～でしょ」の意味らしい「ディバ」を連発しているカツトシを眺めつつ、婆さんが急にしんみりと呟いた。この脂《あぶら》ぎったオッサンにも、かわいい赤ちゃん時代があったわけだ。

「自分で引っかくんですか？」

「そう、モロー反射と言ってね。両手を上げて急にビクッとするんだよ。その勢いで顔を掴んで、ギギギギと引っかいてしまう。カツトシなんか目の中にまで指を突っ込もうとするもんだから、気が気じゃなかったね」

「それって、どの赤ちゃんもするんですか」

「原始反射らしいからね。生後四ヵ月まではどの赤ちゃんにもあるよ。引っかくかどうかは、個人差があるみたいだけど。カツトシは湿疹《しっしん》が出ちゃったからひどくかきむしって、肌がボロボロだったわ。きれいに治ってくれてよかった」

たしかにかきむしった痕はないようだけど、カツトシの肌はちょっとオイリーすぎる。食生活には少し気をつけたほうがいいかもしれない。

「じゃあ真犯人はソウセキじゃなく、赤ちゃん本人だったとか」

「いや、そりゃないわ」

一筋の光明が見えた気がしたが、婆さんにアッサリと否定された。

「その赤ちゃん、まだ生後二ヵ月なんだろ？　顔と手の認識すらできてないのに、太腿をかくなんて芸当はできやしないよ」

「たまたまかけちゃったのかも」

「いいや。体がかけるようになるのは、せいぜい五、六ヵ月以降だろうよ。ありえない」

そうだよな、犯人はやっぱりソウセキだ。分かりきったことなのに、そうじゃなきゃいいなと思うのは、サヨリさんの猫バカぶりが移ってしまったんだろうか。

この家で一番人懐っこい三毛猫が、コタツ布団から這い出てきた。喉をゴロゴロと鳴らしながら、僕の足首に頭をこすりつける。尻尾がピンと立っているのは甘えたいときだ。

「分かってるよ、ご飯だろ」

三毛は僕の顔をまっすぐ見上げて、「そのとおり」と鳴いた。


雨は翌日になっても止むことなく降り続いていた。外出が億劫になるのか、試験までまだ間があると油断しているのか、出欠に厳しい必修科目の授業以外は人が少ない。

みんな、学校を休んでなにをすることがあるんだろう。僕にはなにもなくて、はじめのうちは週七で『虹猫』に通っていた。三週目に入ったとき「アンタ休みいらないの？」とサヨリさんに聞かれ、一番コマ数の多い木曜日に貰うことにしたが、家に帰っても時間を持て余すばかり。けっきょく教科書を開いて勉強をはじめてしまう。受験から離れてみると、数学の問題集が楽しかった。

ガランとした大教室に、終業のチャイムが鳴り響く。教授もまったくやる気がなくて、断りもなくスライドを消してしまった。まだノートに書き写している途中だったのに。

誰かに見せてもらおうと、僕は見知った顔を探す。五列後ろに座っているのが同じ獣医学科の、鈴木だか佐藤だかいう奴だ。

なんて声をかけようか。「やぁ」じゃフランクすぎるし、同学年で「すみません」はちょっと硬いかな。

そんなことを考えているうちに、「飯行こうぜ」と他の学生に誘われて、鈴木だか佐藤だかは行ってしまった。いったん腰を浮かせかけていた僕は、その動作の流れでノートを閉じて鞄に入れる。

いいんだ、どうせこんなところはテストに出ないさ。キャンバスバッグを斜めに掛けて、さて、焼きそばパンでも買いに行くかと教室を出た。

大学から『虹猫』まではほんの二駅。僕の住むマンションはちょうどその中間くらいだから自転車を買えば電車代が節約できるんじゃないかと思うけど、こうも雨ばかりじゃ乗る気になれない。真面目に検討するのは梅雨が明けてからとしよう。

ガラスの曇った『虹猫』の格子戸を開けてみると、いつもどおり来客はない。それなのに、全体の気配がどことなく賑《にぎ》やかだった。

「あ、豚丼」

その理由はすぐに分かった。巨大なサバトラ猫の豚丼が、我が物顔でソファを占拠している。彼の存在感は並大抵ではない。人間でいえばたぶんボブ・サップ級にでかい。

「どうしたの。トライアル中でしょ」

そう尋ねても豚丼は、尻尾をゆっくりと振るだけである。カウンターでノートパソコンを広げていたサヨリさんが、スツールを軋《きし》ませて振り返った。

「トライアルは終了だ。懐かないから、いらないんだと」

「そんな。だってまだ二日しか——」

僕は耳を疑った。言葉の通じる人間同士でも、たった二日でなにを共有できるというんだ。僕なんか大学に入ってもうすぐ三ヵ月になろうというのに、誰とも親しくなっていないんだぞ。

「子供たちも、やっぱり仔猫がいいと言いだしたらしい」

「それじゃあ、東丸さんちの仔猫が離乳したら——」

サヨリさんは僕の言葉を遮るように、重苦しく首を振った。

「仔猫だって二日じゃ懐かん。それに、すぐ大きくなるさ」

そう言って、諦めたように肩をすくめる。その家族にはもう、他の猫を勧めるつもりはないようだ。僕は拳を握ってうつむいた。

なんだろう、このやるせなさは。僕は特別猫が好きというわけではないけれど、彼らが僕らとは別の生き物だということくらいは分かっている。そりゃあ感情もあれば成長もするし、人間のルールから外れたことをしでかすことだってあるだろう。そんなあたりまえのことを、自称猫好きが理解できていないのはどうしてなんだ。

だいたい豚丼は食い意地が張っているぶん扱いやすく、『虹猫』の中では一番懐くのが早かった。ソウセキだって赤ちゃんを引っかいてしまったのは、やむにやまれぬ事情があったのかもしれない。

スニーカーの汚れをじっと見つめていたら、豚丼の顔がぬっと視界に割り込んできた。僕の爪先に前脚を置き、そのまま座り込んでしまう。左右の頰が張り出した大きな顔は、元野良の証拠。猫社会は顔の大きさで強さが決まるものらしく、去勢をしていない雄猫は成長するにつれ頰の肉が厚くなるそうだ。

豚丼がだみ声で「なんかくれ」と催促してくる。サヨリさんがローファットの餌しかやらないから、物足りないのだろう。彼はひもじいと「ごぉはぁぁぁぁん」と鳴く。なんとも言えない愛嬌《あいきょう》があって、つい吹き出してしまった。

「こら、どいてくれソウセキ。画面が見えん」

サヨリさんがパソコンに向かっているのが気に食わないのか、ソウセキは画面との間に我が身を割り込ませる。どけと言われても、聞かぬふりでキーボードの上に寝そべった。

猫の行動は見ていて面白い。こんなにたらい回しにされてもまだ、人間に愛想をつかさない優しい奴らだ。次こそいい出会いがありますようにと、いるのかどうか分からない猫の神様に僕は祈った。

「かんべんしてくれよ、ソウセキ。アタシはお前の家族からのメールを待ってんだぞ」

「もう引き取り手が見つかったんですか！」

しゃがんで豚丼の顎を撫でていた僕は、びっくりして顔を上げた。猫の神様は案外霊験あらたかなのかもしれない。

「違う、榎田さんだ。奥さんのほうな」

サヨリさんはソウセキを膝に抱き取ると、「見てみるか？」とパソコンを軽く横に押しやった。

榎田さんの奥さんは、ソウセキを引き取ってから既定どおりに毎月写真つきのメールを送ってくれていたようだ。それが『ソウセキ→チョビ』と題されたフォルダに保存されている。

一番古いのが、ソウセキを引き取った数日後のメール。日付は昨年の八月になっている。

『不安もありましたが、やっぱりソウセキを我が家にお迎えできてよかったです。昨夜はケージの扉を閉めるのを嫌がってひどく鳴くので、開けっ放しにしていたら同じベッドで寝てくれました。少し白目を剝《む》いていますが、すごく可愛い。こんなに幸せだったらきっと、胎教にもいいですね。P.S.夫と話し合って、名前はチョビになりました』

文面から猫を飼いだして浮かれている様子が伝わってくる。白目を剝いて寝ているソウセキ、猫じゃらしを追いかけて手がパーになっているソウセキ、変な帽子を被《かぶ》らされて爪を切られているソウセキ、いつの間にかタブレット端末で自撮りをしていたソウセキ。毎月のメールには微笑ましい写真が添付されており、カニみたいだった旦那さんが目尻を下げてソウセキを撫でているものもある。

『一昨日退院しました。チョビは新しい家族の登場にびっくりしていましたが、すぐにお姉ちゃんとしての自覚を持ってくれたようです。私が家事をしているときは、赤ちゃんを見ていてくれるんですよ』

最後のメールが約二ヵ月前、四月下旬の日付である。猿の子供みたいな赤ちゃんと、それに寄り添うソウセキが写真に収められていた。あまりに立派なヒゲ模様のせいで早とちりしていたが、ソウセキはどうやら雌らしい。

「先月分の定期連絡がなかったから、気にしてはいたんだよ。でも育児で忙しいんだろうと思って、催促もしなかった。こんなことならこちらから、近況を聞いてやればよかったな」

「どういうことですか？」

「だから、ソウセキはやってないってことさ」

な、とサヨリさんはソウセキに顔を振り向ける。ソウセキはサヨリさんの肩に顎を乗せて、同意するように「ナァ」と鳴いた。

「しかし朝から矢のようにメールを出してるのに、ちっとも返事をしてこないな。もうひと押ししてみるか。こらソウセキ、肩に乗るな」

待ちわびた返事がやって来たのは、サヨリさんがひょいとソウセキを抱き上げたそのときだった。入り口の湿ったドアベルが、遠慮がちにカラカラと鳴った。

「ああ、やっと来たか」

サヨリさんが苦笑して、来客を迎える。大判の風呂敷みたいなものでくるんだ赤ちゃんを前抱きにして、顔をくしゃくしゃにした女の人が立っていた。

「なにもこの雨の中、赤ちゃん連れて来なくても。メールでよかったんだぞ」

ソファ席で長雨のようにじくじくと泣き続ける女の人に、サヨリさんがタオルを手渡した。赤ちゃんをくるんで肩からかけられるようになっている布は、スリングという抱っこ紐《ひも》が進化したものらしい。赤ちゃんを抱いたまま涙にくれるこの人が、ソウセキをもらい受けた榎田さんの奥さんである。

「でも私、どうしてもチョビに謝りたくて」

奥さんは化粧っ気がまったくなく、カラーリングした髪も根元が黒く浮いていた。痩せているというよりやつれた感じで、二十九歳という実年齢より少しばかり上に見える。

母親の情緒不安定が伝わるのか、赤ちゃんが唐突に泣きだした。体に見合わぬ泣き声の大きさに、蟬《せみ》を連想してしまう。猫たちも文字通り尻尾を巻いて、部屋の隅に逃げてしまった。ソウセキだけがソファの上に居残って、泣きじゃくる赤ちゃんを心配そうに覗き込んでいる。

「チョビ、チョビ、ごめんね。ホントにホントに、ごめんね」

とりあえず赤ちゃんを泣きやませてほしいが、奥さんの嗚咽《おえつ》までひどくなる一方だ。母体を気づかってか、サヨリさんがコーヒーではなくオレンジジュースを差し出した。

「ひとまず落ち着け。話はその後だ」

奥さんはどうにかそれで泣きやんだ。だが問題は赤ちゃんである。声帯がひび割れるんじゃないかと心配になるくらいの大音量で、疲れも知らずに泣き続ける。大人がこれをやろうとしても、三分ともたないんじゃないだろうか。

「一度ソファに下ろしたらどうだ」

「すみません。だけど体を離すとよけいに泣くので、こうしてるのがいいんです。ミルクもあげたし、オムツも替えたばかりなんですけど」

いったいなにが嫌でこんなに泣き叫ぶ必要があるのだろう。この先の人生、もっと辛いことがいくらでも転がってるぞ。それとも泣くに泣けない日のために、今のうちに泣いておこうというのだろうか。

たっぷり二十分泣き続けて、赤ちゃんはようやく眠りについた。立ち上がってあやしていた奥さんが、さらにげっそりとして席につく。これと四六時中一緒にいるのはほとんど責め苦だ。ただ見守っていただけの僕でさえ、早くも疲れ果てている。

「本当にすみません。ご迷惑をおかけして」

「いえ、赤ちゃんは泣くのが仕事ですし」

どこかで聞きかじった言葉を、僕はそのまま引用した。その響きの薄っぺらさに、奥さんが顔を曇らせる。

「みんな、そう言うんですよね。この子はちょっと神経質なのか、他の子よりも寝ぐずりがひどいんです。眠るのもあまり上手くないみたいで、すぐに起きて泣いちゃうし。でも助産師さんもお義母《かあ》さんも、泣くのが仕事なのよって言うんです」

完全に地雷を踏んだようだ。無責任な発言はするものじゃない。できることなら上下の唇を縫い合わせてしまいたかった。

「この近辺に友達はいないのか?」

「一年半くらい前に越して来て、産休に入るまで働いていたので、全然です」

「しばらく実家に帰ってはどうだ。もしくは母親に来てもらうとか」

「実母は他界しているんです。義母は青森だし、頼りづらくて」

「旦那さんの協力は？」

サヨリさんもこういうのは苦手なはずなのに、なけなしの共感力を発揮している。さすがに猫が絡《から》むと違うものだ。

奥さんは少し詰まってから、静かに首を横に振った。

「土日まで仕事してるような人ですよ。毎日帰りがほぼ終電だし、夜泣きで迷惑かけるんじゃないかって、むしろビクビクしています」

「そうか、誰にも頼れなかったんだな。辛かったな」

優しい言葉をかけられたとたん、奥さんの目にみるみる涙が盛り上がった。わっと泣き伏した奥さんを前に、僕はおろおろするばかり。また赤ちゃんが起きちゃうんじゃないかと、そればかりが気がかりだ。

やがて奥さんは嗚咽の下から声を絞り出した。

「ごめんなさい、ごめんなさい。私がやったんです。チョビのせいにしちゃって、ごめんなさい」

狼狽《ろうばい》のあまり、頭が上手く回らない。「なにをですか？」と危うく聞き返しそうになって、そういうことかと額を打った。サヨリさんに視線を移すと、「みなまで言うな」とばかりに頷き返す。

「夫があんなに怒るとは思わなかったんです。まさか、チョビを返しちゃうなんて」

赤ちゃんを引っかいたのは、奥さんだった。一時的な激情に任せ、泣きやまない赤ちゃんの太腿に爪を立ててしまったのだ。

けれどもすぐに正気に返り、なんてことをしてしまったんだと、恐ろしくなった。後悔にまみれて泣きじゃくっているところにカニ旦那が帰ってきて、とっさに嘘をついたという。

「許してください。夫にはちゃんと、本当のことを話しますから」

「そうだな。チョビの名誉は回復させてくれ」

サヨリさんは泣きじゃくる相手にも容赦がない。腕を組んで言い放つ。

でも昨日のカニ旦那の取り乱し具合を考えると、今度は奥さんがひどく責められるんじゃないだろうか。だってこれって、つまるところ虐待だし。

「だから、家具の角にでも引っかけたと言っておけばいいんじゃないか」

なんちゅういいかげんなことを言ってのけるんだ。僕は信じられない思いでサヨリさんを見た。

「いいんでしょうか？」と、奥さんまでが心を動かされている。

「しょうがないだろう。チョビには幸せな家庭が必要だからな」

榎田さんの奥さんが、テーブルの紙ナプキンを取って目頭を押さえる。それじゃあごわついて痛いだろうと、僕はカウンターに置いてあった箱ティッシュを差し出した。お礼を言って盛大に洟《はな》をかんだ奥さんの、口元にようやく笑みのようなものが浮かぶ。

「私にはまだ、チョビの家族でいる資格はあるんでしょうか」

「だって、こいつはもうその気じゃないか」

そう言って、サヨリさんが軽く顎をしゃくった。

ソウセキ、もといチョビは赤ちゃんから片時も目を離さない。泣きじゃくっている間は上を見上げたままソワソワしていたし、眠りについた今は穏やかな目でその寝顔を覗き込んでいる。

「そうだね、チョビ。ごめんね。あなたこの子の、お姉ちゃんだもんね」

どちらかといえば、お母さんだと思っているんじゃないだろうか。チョビは慈母のようなまなざしで、そっと赤ちゃんのにおいを嗅いだ。

かくしてチョビは再び榎田家の一員になった。サヨリさんの命により、僕はチョビが入ったキャリーバッグを手に、奥さんをマンションまで送り届けた。

「やっぱり、旦那さんには本当のことを言うべきだと思うんですけど」

店に戻ってから、僕はサヨリさんに面と向かって抗議をした。大丈夫、リーチが届かない距離は保っている。いきなり鼻をつままれるおそれはない。

「この先エスカレートして、引っかき傷じゃ済まなくなるかもしれないですよ。次にあの奥さんの顔を見るのはニュース映像ってことになったら、寝覚めが悪くて震えるんですけど」

サヨリさんはソファで脚を組み、羽のついた猫じゃらしでタイと遊んでいた。僕が猫じゃらしを振っても誰も見向きもしないのに、サヨリさんだとよく食いつく。

「言ったところで、あの旦那にできることはそんなにないよ」

「どうして分かるんですか」

「忙しすぎるんだ。奥さんが言ってただろ、働きづめだって。どうにかしたくても、単純に時間がない」

チリチリンと、猫じゃらしについた鈴が鳴る。サヨリさんに踊らされて、タイは休みなく飛び跳ねている。

「余裕のない人間の怒りかただっただろ？　あれは下手をすると、奥さんを責めて追い詰めかねないぞ」

たしかに旦那さんは、感情が先走りすぎていた。途中からはサヨリさんをやり込めたいだけだったように思える。

　だけどそれじゃあ奥さんを取り巻く環境はなにも変わらない。幼児虐待なんてどんな鬼母のすることだと思っていたけど、案外一人で頑張りすぎただけの、普通の母親なのかもしれない。

「でも、少しくらい頼れる人がいないと」

　ぽつりと洩れた僕の呟きに、サヨリさんは平然と返した。

「頼るあてならあるじゃないか」

「えっ、どこに」

「いるだろ。育児経験があって、暇を持て余している婆さんが」

　僕は思わず顔をしかめた。その婆さんの家に、これから行くところではあるけれど。

「息子との再会に備えて、いいリハビリになるんじゃないか？」

「へんくつな婆さんですよ」

「だからこそ、赤ん坊との触れ合いで純粋な気持ちを取り戻してもらおうじゃないか」

　考えてみると、それほど悪い思いつきではないような気がしてきた。榎田さんの奥さんにも婆さんにも、外部との交流は必要だ。問題は二人の相性だけど、それは会わせてみないと分からない。

「だけど、旦那さんは騙されてくれるんでしょうか」

「なにがだ？」

「家具の角云々《うんぬん》ってやつですよ」

「さぁな。だが人間ってのは、自分の信じたいことを信じるもんだ。たとえばアタシは猫だけを信じている」

　それはとてもよく分かる。なんの根拠もないのにサヨリさんは、「ソウセキはやってない」の一点張りだった。

「本当に猫が好きなんですね」

「ああ、好きだぞ。神奈川県の形が、猫を横から見た図にしか見えないくらいだ」

　なんて斬新《ざんしん》な。頭の中に神奈川県を思い浮かべてみる。僕にはヒトコブラクダのようにしか見えないけれど。

「なんせ猫が乳母《うば》代わりだったからな。赤ん坊のころから、アタシのお守りはルイっていう黒猫がやっていた。だから今でも人より猫のほうがつき合いやすい」

　サヨリさんの横顔は穏やかだ。瞳の色が少し淡くなったから、その猫はもうこの世にいないのだろう。過去を懐かしむ目をしていた。

　タイは早くも遊びに厭《あ》いたのか、ソファの背に登ると見事な三点跳躍で梁の上に着地した。お気に入りの場所で少し眠るつもりらしい。食って遊んで一日の大半を寝て過ごす、猫の生活はいいものだ。

「さてと、アンタはさっさと行って、婆さんを説得してこい」

「なんて言えばいいんですか」

「知るもんか。だがボランティアってことは強調しろよ。人間の赤ん坊にはビタ一文払う用意はないからな」

猫には大枚をはたいても平気なくせに、やれやれだ。サヨリさんにこそ「リハビリ」とやらが必要なんじゃないだろうか。へんくつ具合では東丸の婆さんといい勝負である。

そんなことを考えながら、僕は重たい猫砂を働きアリのように肩に担ぐ。

chapter 3.

いのちの選択

虹の橋のたもとに立っている。

あたりは見渡す限りの草原で、頬をくすぐる風が香ばしい。

虹は七色の層を横に並べ、三歩先の大地から空へと突き出していた。巨大なアーチの先はすっぽりと雲に覆われて、彼方になにがあるかは知れない。立派なものだなぁと見上げすぎて、くしゃみが一つ。その音に驚いたのか、草むらにぴょこんと尻尾が立った。

そのサバトラ柄のカギ尻尾には見覚えがある。近づいてみると案の定、豚丼がだらしなく寝そべったまま、尻尾を右へ左へと揺らしていた。

「なんだ、お前ら。こんなところで」

すぐ傍にアイもサクラもナゴヤもいた。それぞれ惰眠をむさぼっていたり、毛づくろいに精を出していたり、風に揺れる草花にじゃれついたり。声をかけた僕にうろんな視線を投げただけで、また元の作業に戻ってしまう。まったく、薄情な奴らだ。

風が吹く。鼻がムズムズする。

「ふええっくしょい！」

仰向《あおむ》けの体がUの字になるほどの、盛大なくしゃみだった。座卓を蹴り上げた痛みで目が覚める。扇風機がつけっぱなしで、風が顔に直撃していた。

右足の甲をさすりながら起き上がる。ノートパソコンの画面がスリープモードに切り替わっていた。時計を見れば午前四時。「やべ」と呟いて僕はレポートの続きにとりかかる。

これをやっつければ、大学の前期試験は終了だ。十日間の休みをもらっていたアルバイトにも、今日の午後から復帰する。そのせいだろうか。夢の中にまで『喫茶　虹猫』の猫たちが出てきてしまったのは。

案外僕はあのアルバイトを、気に入りはじめているのかもしれない。と考えて、まさかと首を振った。人使いの荒い美人の顔が頭の片隅をかすめたからだ。

『虹猫』の店主、鈴影サヨリさんは「お猫様」至上主義者で人間にさほど興味がない。年齢は三十そこそこのはずだけど、彼女に今まで恋人がいたことなんてあったのだろうか。そんなこと、来月で彼女ナシ歴が二十年になってしまう僕に心配されたくはないか。

僕はあくびを噛み殺し、『私』について哲学せよ」というわけの分からないお題と格闘する。一般教養科目「たのしい哲学」の教授は、内容はともかくレポートさえ提出すれば「可」をくれるともっぱらの噂だ。デカルトの「我思う、ゆえに我あり」みたいなことを書いて、それらしいものにしてしまえ。単位の間に合わせのためだけにこんな駄文をこねくり回すのもまた、我なり。

夏はどうして暑いのか、暑いとはなにか、「暑い」と口に出したところで状況はなにも変わらないのに、なぜ人は「暑い」と言ってしまうのか。

哲学のレポートの余韻を引きずりながら、駅から『虹猫』へと向かう。小中学校はもう夏休みに入っているはずなのに、住宅街に子供の姿は見えなかった。部屋にこもっているのならそれでいい。東京の夏の暑さは外で遊んでいいレベルじゃないと、僕は思う。交通費節約のための自転車購入も、体と精神へのダメージを考慮して見送ることにした。

少し眠い。だけどこれで、前期の単位を取りこぼすことはないだろう。望んで入った学部でなくても、勉強は楽しい。高校の授業の延長のような科目が多いおかげで、ここが獣医学部だということをたまに忘れる。でもそうやって現実から目を背けていられるのも、きっと今のうちだろう。

二年生になれば専門分野の実習が増え、ウチの大学では三年生で研究室を選ばせる。そのときまで、僕のモチベーションは続くのだろうか。獣医の社会的ステータスは医者に比べると圧倒的に低い。それを目指すためにハードなカリキュラムをこなさなきゃいけないなんて、虚《むな》しくはないか。

「やあ、翔。ごきげんよう」

そんなことを考えていたら、快活な笑い声とともに肩を叩かれた。暑さと寝不足でただでさえ鬱々《うつうつ》としているところに、食当たりまで起こしたような気分になる。天気予報によると、本日の最高気温は三十六度。この人はどうしてこんなに元気なんだ。

「お久しぶりです、相田先生」

「なんだい、やけにそっけないじゃないか。おおい、待てよ。私だって『虹猫』に行くんだよぉ」

近寄らないでください、体感温度が上がるので。しかし空気の読めない相田アニマルクリニックの院長は、ぴったりと僕の隣に並んで歩きだした。

どうでもいいけど手にした紙袋を逆側に持ち替えてくれないせいで、膝にガションガションとぶち当たる。金網を揺さぶるような、金属的な音がする。

「サボりですか」

「失礼なことを言うなよ。今日は午後が休診なんだ。それにほら、これをサヨリさんに届けて差し上げようと思ってさ」

そう言って相田先生は紙袋を軽く持ち上げた。中身がなにかは知らないが、僕はそれに手を伸ばす。

「ありがとうございます。じゃ、ことづかっておきます」

「よけいなことをするんじゃない。せっかく会いに行く口実ができたんだから」

サヨリさんからはとことんつれなくされているのに、めげない人だ。僕が試験休みに入る前日の、「明日からは私が御用聞きに伺いましょう」という申し出も、「いいえ、結構です」とすげなく断られていた。

　ようするに「てめぇに用はねぇ」ってことなんだけど、この人はそれをどう意訳したんだか、「遠慮深い人だからなぁ、サヨリさんは」と鼻の下を伸ばしている。どうせその「届け物」とやらも、サヨリさんに頼まれたわけではないのだろう。

「いったいなにを持ってくつもりなんですか」

　しょうもないものを持って行って、サヨリさんに不機嫌になられてはかなわない。僕は紙袋の縁に指をかけて、ひょいと中を覗き込んだ。


「捕獲器、ですか」

　カウンターに置かれた紙袋の中をあらためて、サヨリさんは目をしばたたかせた。

　黒猫のタイが興味深そうに、梁の上から首を伸ばしている。騒々しい闖入者《ちんにゅう》に午睡の邪魔をされて、他の猫たちはいささか不機嫌そうだ。そうとも知らず相田先生は、オーバーな身振りで話し続ける。

「ええ、ご明察です、そのとおり。とはいえ、あなたがお持ちのものほど強力ではないですがね」

「ウチには捕獲器なんかありませんが」

「なにをおっしゃる。私の心を恋という名の捕獲器に閉じ込めて放さないあなたなのに」

「やっぱり心当たりはありません」

相田先生の放つ無駄玉に、サヨリさんは冷笑でもって応《こた》える。こんな扱いを受けていても、同じ男として先生に同情する気になれないのはどうしてだろう。おそらく先生も、友達はあまりいないと思う。

「それで、捕獲器なんて持ち出してどうなさるつもりなんですか」

サヨリさんはなにごともなかったかのように、話を本筋に戻す。

捕獲器は檻《おり》型のネズミ捕りを数倍大きくしたような形状で、見たところ機能もまったく同じようだ。奥のほうにエサを取りつけるフックがあり、それに触れるとバネ式に扉が閉じる仕掛けである。

「こら、危ないぞ」

一番若いシャム系のナゴヤが興味を引かれ、金属製の檻に鼻を近づけた。叱られるとつーいっとそっぽを向くのは、無視ではなく反省の意を表しているらしい。「あなたに敵対する気はありませんよ」と、態度で示しているそうだ。

猫のルールは不可解だが、よく観察していれば分かることもある。たとえば気持ちのいい場所は早い者勝ち。エアコンの吹き出し口の真下を占領している豚丼がそれだ。野性を忘れた見事なまでの仰向け寝を披露している。

サクラはお気に入りのバスケットの中に丸まり、白猫のアイは常連の美青年を待って窓辺の席で毛づくろい。十日ぶりの再会だというのに誰も寄って来てはくれず、今朝の夢と同じくちらりと視線をくれただけだった。

そういや夢の中のこいつらは、虹の橋のたもとで誰を待っていたんだろう。あの中にタイはいなかった。だってタイだけは、サヨリさんの猫だから。こいつらにはまだ、待つべき相手がいないのだ。

「ほら以前、やんちゃすぎて手に負えない男の子がいると仰《おっしゃ》っていたじゃないですか」

愛だか恋だかの捕獲器に捕らわれているという相田先生の心は、きっと鋼鉄でできている。だから折れない、壊れない。ちなみにこの場合、先生の言う「男の子」とは雄猫のことである。

「それ言ってたの、僕です」

僕はなんとなくソファ席にコロコロをかけていたが、話が自分の管轄に及んだとみて手を挙げた。東丸さんちの猫の話である。

「凶暴な雄が一匹いて、まったく触らせてくれないんですよ」

「ああ、アンタを嚙んだ奴な」

総勢三十九匹に及ぶ猫のうち、先月中に仔猫を除く雌猫の不妊手術は完了した。続いて雄の手術に取りかかっているのだが、なにせ婆さんは猫を無節操に増やしただけでろくに構いもしなかったから、人間に懐いていない奴が数匹いる。

中でもそのキジトラ柄のオス猫は、元野良という経歴のせいかずいぶんアウトローだ。婆さんが足を踏み入れなくなった二階の和室をねぐらとし、餌も人前では食べようとしない。めったに姿を現さないそいつをようやく見つけて捕まえようとしたら、手の甲を穴が開くほど嚙まれるしまつ。とてもじゃないが、僕にはあいつを病院に連れて行ける自信がない。

「それでもどうにか捕まえて、連れて来てもらわなきゃいけないからね。伊澤《いざわ》さんに、これを貸してもらったわけですよ」

捕獲器に手をかけて、相田先生は誇らしげに胸を張る。感謝の言葉を待っているようだが、当のサヨリさんはにわかに顔を曇らせて「ああ、地域猫活動家のオバサンか」と呟いた。どうやら伊澤 某《なにがし》さんにはあまりいい印象を持っていないらしい。

「地域猫活動家？」

その肩書きに引っかかって首を傾げる。とたんに相田先生が小鼻を膨らませ、僕に見下したような目を向けた。

「おいおい翔ぅ。将来獣医になろうって奴が地域猫も知らないなんて、不勉強がすぎるんじゃないのかい」

はぁ、そうですね。すみません。だから獣医になりたいなんて、一度も言った覚えはないんですけどね。

「地域猫活動ってのは野良猫にTNRを施して、一代限りの命になったんだから存在してもいいでしょうと呼びかける、ひじょうに慈悲深い運動のことだ」

横からかっさらうように、サヨリさんがひと息に説明してしまった。地域猫活動とやらに、なにやら思うところがあるのだろう。言葉の端々に、隠そうともしない棘《とげ》がある。

「TNRっていうのは？」

「Trap, Neuter, Returnだ。捕獲して、不妊手術を施し、元の場所に戻す。おい、サクラ。ほら、ああいうふうに耳がV字にカットされているのが『手術済み』のしるしだよ」

サヨリさんに呼びかけられて、サクラは気持ちよさそうに丸まったまま、耳だけを小刻みに震わせた。たしかにその右耳には、桜の花びらみたいな切れ込みが入っている。僕はそれを、怪我でもした痕なんだろうと思っていた。

「こらこら、そんな言いかたじゃ誤解を生むじゃないですか。地域猫は周辺住民の理解のもと給餌《きゅうじ》や排泄《はいせつ》物の処理といった管理が行われていて——」

「そこまでするなら飼ってやりゃいいんだ」

「まぁ、そのとおりなんですけどね。活動家のみなさんも、すでに里親募集の猫を自宅に何匹も抱えちゃってますから」

「周辺住民一世帯あたり一匹飼えば、どうにかなる」

「ええ、世の中の人間がすべて猫好きならどんなにいいかと、私だって思いますよ」

ようするにバースコントロールした野良猫を、地域住民で生ぬるく見守ろうじゃないのっていう活動か。すべての猫に虹の橋のたもとで再会できる飼い主を見つけてやりたいと考えているサヨリさんとは、相容《あい い》れぬわけである。

「でもそれはそれで、いい活動じゃないですか。猫たちも餌が足りていれば、ゴミを漁ることもないだろうし――」

サヨリさんがご機嫌ナナメのときは、よけいな口出しをするもんじゃない。鼻をつまま れるくらいじゃすまず、なんと捕獲器が飛んできた。僕は絶句して、それをどうにかこうにか受け止める。

「いいからアンタは、さっさと猫を捕まえてこい」

ちょっと待ってください、サヨリさん。さすがにこれは受け損なったら怪我しますよ。実際にほら、腕をちょっぴりすりむいたじゃないですか。

文句のつけようはいくらでもあったけど、サヨリさんの剣幕には「たてつかないのが賢明」と判断した。むしろ「ナイスボール」と嬉しそうに手を叩いている相田先生にひとこと言いたい。こんな女の、どこがいいんだ。

猫トイレの中身をすべてゴミ袋に空け、飛び散った砂を掃き、トレイを風呂場で洗い流す。僕のいない十日間でさぞかし荒れるだろうと思っていたが、その予想はまったく裏切られなかった。

「東丸さん。僕、休みに入る前に猫砂を大量に運び込みましたよね。なんで取り替えてないんですか」

「そんなことない。替えたはずだよ」

「うそ。じゃあなんでこんなに汚れてるんですか」

「たぶん、三日前に替えたよ」

「毎日替えてくださいよ」

三十九匹もいればトイレなんていくらあっても足りないくらいだ。最初は僕が段ボール箱で手作りしていたが、すぐに尿を吸ってダメになった。今は百均の食器用水切りかごで代用している。これなら安価だし、汚れても洗えばすむ。

婆さんは僕が掃除機をかけようが雑巾をかけようが手伝いもせず、一人でのほほんと水ようかんを食っていた。出しっぱなしのコタツ布団に正座した膝先を突っ込んでいるのはいつものことだが、扇風機が回っているから暑さは感じているらしい。

「私だってね、いろいろ忙しかったんだよ」

「どうせそこに座ってただけでしょ」

「忙しいの。今朝だって、若葉《わかば》ちゃんとお散歩だったんだから」

「ああ」と僕は頷いた。

若葉ちゃんとは、榎田家の赤ちゃんの名前である。育児ストレスでまいっていた奥さんに、東丸の婆さんを引き合わせたのが先月末のことだった。

婆さんはこう見えて育児経験があるし、暇もある。でも性格に難があるから、本当にこの人選でいいんだろうかと悩みもした。ところが婆さんは意外にも、孫ができたみたいに大喜びで若葉ちゃんを可愛がっている。奥さんとの相性も思いのほかいいようで、一緒にランチをしたり買い物に行ったりと、息抜きに連れ出しているようだ。

近ごろ奥さんは目に見えて若々しく、そして婆さんまでがなぜか身綺麗になってきた。どうやらお互いに、いい影響を及ぼし合っているらしい。ところでカニの旦那さんは、「実は家具に引っかけた」という奥さんの嘘を信じ、家中の家具の角にやすりをかけるという親バカぶりを発揮したそうだ。微笑ましいと言っていいのか、判断に困る後日談である。

「だからって、猫砂を替えられないほどじゃないでしょう」

「あら、バレた」

「バレますよ」

この婆さんは叱られるとすぐそっぽを向く。猫とは違って、本気でしらばっくれやがるのだ。でもこの無責任な態度がいつもほど癪《しゃく》に障らないのは、人とのコミュニケーションが久しぶりなせいだろうか。

考えてみれば試験休みの期間中、僕は誰とも喋っていない。一コマも抜け落ちていないノートでさえ、誰もコピーを無心しには来なかった。十日ぶりに話した相手が相田先生だったなんて、悲しすぎる。

僕は洗ったトレイを雑巾で拭《ふ》きながら、へんくつ婆さんとの会話すら数少ない喜びになりつつある自分に軽く失望した。

台所と居間を掃除して猫の餌やりをすませると、僕はゴム手袋、マスク、風呂用スリッパを装着した。この家の二階には、なるたけ足を踏み入れたくない。ましてや一日に二度もなんて。でもどうしても、獲物がかかっているかどうかをこの目で確認しておく必要があった。

相田先生から預かった捕獲器は、掃除の前に二階の和室に設置しておいた。階段の途中で、ちょうどいい具合にくだんのキジトラに出くわしたのだ。奴は僕の顔を見るなり「やっかいなのが来た」とばかりに走りだし、開けっぱなしだった和室の押し入れにぴゅっと隠れてしまった。

それならそれで好都合。僕は「七面鳥のテリーヌ仕立て」なる高級猫缶で他の猫たちを和室の外におびき出し、襖を閉めて捕獲器をセットした。ターゲットの、人前ではエサを食べない習性を利用したのである。

おとりは冷蔵庫に入っていたししゃもにした。それにマタタビの粉をたっぷりとふりかけてある。さしものアウトローもこの誘惑には勝てやしないだろう。

罠《わな》を仕掛けてから、ゆうに一時間は経っている。僕は和室の襖にかませてあったホウキを外した。この家には襖を開けられる猫がいるから、つっかい棒の代わりである。

襖を細く開けて中を覗く。室内は雨戸もカーテンも閉めきられ、おまけに天井の蛍光灯まで切れている。豆電球だけはつけておいたから、オレンジ色のささやかな明かりを頼りに目を凝らした。

部屋はまさしく荒れ放題だ。押し入れからアサリの身みたいにはみ出している布団はきっと、猫のオシッコまみれだろう。とっても不衛生ではあるけれど、二階までは掃除の手が回らないし、やるならぜひ別料金をいただきたい。

暗さに目が慣れてくると、檻の内側に物の影が動くのが見えた。バネ式の扉も閉まっている。やった、捕獲成功だ。達成感とともに襖を大きく開けた。と同時に僕の足元を、なにかがサッとすり抜けてゆく。

「えっ」それを目で追ってぎょっとした。捕まえたとばかり思っていたキジトラが、肛門《こうもん》を見せて悠々と去って行くじゃないか。しかし檻の中にはたしかに、うつ伏せになった猫のシルエットが見える。くそ、部屋にもう一匹残っていたんだ。

思わず知らず舌打ちが出た。身代わりになった間抜けはいったいどいつだ。捕獲器の取っ手を摑み、明るい廊下に運び出した。

「なんだお前」

困ったような顔で僕を見上げてくるサビ猫に、見覚えはなかった。もちろんこの家にまだら模様のサビ猫は数匹いる。だがこいつは顔の右半分だけが真っ黒だ。こんな個性的な顔は、一度見たら忘れない。

けれども僕はそんなことより、あらぬことに気づいてしまった。

「大変だ」と、呟いた声がかすれている。

サビ猫は素人の僕が見てもあきらかに、腹が大きく膨《ふく》れていた。

「妊娠四十五日前後だね。猫の妊娠期間は六十日から六十八日、まぁあと二十日ほどで生まれるだろう」

プラスチック製のキャリーバッグから腕を抜いて、相田先生が宣告する。その手の甲に、うっすらと赤い筋が走っていた。

サビ猫はバッグの奥に体を寄せて震えている。我が身を守ろうとなけなしの抵抗をしたのだろう。

「すみません」

僕は所在なく立ちつくしたまま唇を嚙んだ。さっきからずっと謝っている。東丸さんちからサヨリさんにお伺いの電話をかけたときから、ずっと。

サヨリさんに「とりあえず連れて来い」と指示されて、猫をキャリーバッグに移し替え『虹猫』に戻った。サビ猫は驚くほど臆病で、捕獲器の奥に縮こまったままなかなか動こうとはせず、焦る僕をいっそう苛つかせた。

幸いにも（この言葉をこの人に使う日がくるとは思わなかったが）、相田先生がまだ『虹猫』で油を売っていてくれたおかげで、サビ猫はすぐに診てもらえた。妊娠していることはプロの診断を待つまでもなく明らかだったけど、それでも僕はまだ他の要因で腹が膨れている可能性もあると、数パーセントは期待していた。だけどこれで、確定だ。

「もういいよ。謝ったってしょうがない」

サヨリさんはなぜか僕を責めない。「なんのためにアンタを雇ってると思ってんだ、この給料泥棒！」くらいのことは、いかにも言いそうなのに。

四十五日前といえば、雌猫の不妊手術を推し進めていたころだ。発情の兆候が見られた個体から順番に隔離して、相田先生に処置をお願いしていた。なんでも猫というのは、雌が発情しないかぎり雄はなにもできないらしい。その代わりひとたび交尾が成立すれば、妊娠率はほぼ百パーセントである。

「婆さん自身が正確な数を知らなかったってことだろ。アンタはべつに悪くないさ」

これは、慰めてくれているんだろうか。そう、僕は東丸家の猫のリストを作り、♂♀のマークだって入れてあった。オスが十七匹で、メスが二十二匹。それで全部と思っていたんだ。だって婆さんが「三十九匹」と言ったから、その言葉を疑いもしなかった。

「この子はたぶん極度の人見知り、猫見知りなんでしょうね。押し入れの奥にひきこもって、人前に姿を現すことはなかったんじゃないかな。お婆さんちの猫ちゃんは、増えるだけじゃなく出てく子もそうといたでしょうから、分からなくなるのも無理ないですよ」

どんなときでも相田先生は猫を「猫ちゃん」と呼ぶ姿勢を崩さない。そしてこんなときでも僕の「気持ち悪いセンサー」はうっすらと反応してしまう。獣医としては、決して悪い人ではないのだけれど。

「そんなわけだからタイ、気遣いは嬉しいがそっとしといてやれ。ただでさえ妊娠中の雌は雄猫を嫌うものだからな」

そう言われて、カウンターに寝そべっていたタイが上目遣いにサヨリさんを見る。

タイはバッグの中にいるサビ猫からギリギリ見える角度に腰を据え、しかしそちらには目を向けずにあくびなんぞしていたのだ。それでも耳だけはしっかりとバッグに向けていて、サビ猫の動向を気にかけている。

「これは『敵意はないし君を受け入れる用意もある』というサインだ。こうやって、向こうから心を開いてくれるのを待ってんだよ」

タイは喉元だけが蝶ネクタイの形に白く、まるでここの猫たちの執事のようだ。思い返せばソウセキが出戻ってきたときも、率先して挨拶をしに行ったのはタイだった。猫ってのは身勝手だと言うけれど、押しつけがましい愛情で接してくる犬よりよっぽど繊細な生き物なのかもしれない。

「サビ子は当分隔離部屋だな。少しずつ猫と人に慣れさせよう。こいつの飼い主探しは、仔猫たちが卒乳するまでお預けだ」

このサビ猫の腹には、何匹入っているのだろう。仔猫が生まれたらそいつらの飼い主まで探す羽目になるわけで、僕の手間がまた増える。

「本当に、すみません」

やりきれなくてもう一度謝った。窓辺の指定席ではいつもの美青年が、アイを膝に乗せて二人の世界を作っている。汗ひとつかいたことのないような横顔が、ひどく遠い。

「産ませるんですね」と、相田先生が念を押すように確認した。

サヨリさんが「あたりまえです」と頷く。ここにきてまだ、「産ませない」という選択肢があるんだろうか。

僕が疑問を口にするより先に、相田先生が捕獲器の入った紙袋を手に立ち上がった。

「じゃあ私はひとまず、これを返して来ます」

飼い猫が逃げちゃって困っている人がいると、さっき伊澤某さんからメールがあったそうだ。捕獲器は公園の猫を捕まえるだけじゃなく、そういうときにも出動するようである。

「そういうことでしたら、キジトラの捕獲は玉置クンに体張らせます」

サヨリさんがさらりと恐ろしいことを言った。それってやっぱり、僕への制裁なんでしょうか。

「とりあえず玉置クンは、サビ子を隔離部屋へ連れてって。これに毛布を敷いて、ベッドを作ってやってくれ」

そしてサビ子というのはこいつの名前でいいのだろうか。サヨリさんはいったん厨房に入り、『宮崎ピーマン』と書かれた段ボール箱を持ってきた。

「あの、もし産ませなくてすむなら――」

「それでは、チャオ！」

おずおずと切りだした僕の声が、相田先生の暑苦しい挨拶にかき消された。この人が引き戸を開けると、ドアベルの音までけたたましい。だが先生は、敷居を跨《また》いだまま立ち止まった。入り口を開けっぱなしにするのは猫の逃走防止のためにもやめていただきたい。

「あっらぁ、相田先生。入れ違いにならなくてよかったわぁ」

どうしたんですかと問う前に、図抜けて甲高《かんだか》い声が割り込んでくる。

サヨリさんが「伊澤のババアか」と呟いて、露骨に嫌そうな顔をした。

望まれぬ客ほど厚かましい。捕獲器を受け取ってさっさと帰ればいいものを、伊澤さんは相田先生を押しのけて店に上がり込んできた。

「まぁまぁみなさん、お元気かしらぁ。あっらぁ、サクラちゃん。久しぶりねぇ」

ぱっと見た印象は、五十そこそこといったところ。ブラウスの襟《えり》についたレースに少女趣味が窺える。チェーンつきの眼鏡はそうとう度が強いらしく、レンズ越しの目が膨張してデメキンみたいだ。全体的にふっくらしていて、手首足首にくびれがない。

彼女の言う「みなさん」は、人間ではなく猫たちへの呼びかけである。

「サクラに触らないでください」

それに対するサヨリさんの声は、冷えた金属のようだった。張りつめていて、凛《りん》と響く。相田先生をあしらっているときのほうが、よっぽど温かみがあると感じるほどだ。

「相田先生にね、どちらにいらっしゃるか伺ったら、ここだというでしょ。ちょうど近くにいたから寄ってみたのよ」

外に出ようとした相田先生も、引き戸を閉めて渋い顔で戻ってくる。妙な空気になっちゃったじゃないですかと、僕は非難の目を向けた。

伊澤さんはほがらかに笑いながらサクラの頭を撫でている。どんな鈍感力を持っていれば、この状況で笑えるのか。この人はちょっと危険だ。

「あらぁ！」ひときわ高い声で伊澤さんが鳴いた。いや、叫んだ。周波数が九官鳥なみに高い。

「まぁまぁまぁ。この子が捕獲した猫ちゃん？」

この人も猫を猫ちゃんと言う人種だ。「まぁ」の数だけカウンターに置いたキャリーバッグに近づいてゆく。タイがびっくりしてカウンターから飛び下りた。

「まぁ、個性的なお顔ねぇ。東丸さんちの子でしょ。アナタも大変ねぇ」

だいたいの事情は相田先生から聞いているのだろう。僕の二の腕を叩きながらねぎらってくれるが、少しばかり力が強すぎる。だから、痛いんですってば。

「あら、あらあらあらぁ。ねぇちょっと、この子、赤ちゃんいるわよ」

ええ。そんな全力で教えてくれなくても、知ってます。

「大変だわ。相田先生、手術の予約、いつ取れます？」

大きく見開かれているせいで伊澤さんの目はますます膨張し、化け物じみて見えた。その目をまっすぐに向けられて、相田先生が苦笑する。

「サヨリさんの意向で、産ませるそうです」

「あら、まぁまぁまぁ。どうして？」

伊澤さんが厨房に避難しようとしていたサヨリさんを引き留めた。

「アナタ、すでに猫ちゃんをたっくさん抱えちゃってるじゃない。さらに増やしてどうするのよ」

たしかに僕も、そう思う。だけど突然現れて、この言い草はないだろう。サヨリさんから拒絶のオーラがだだ洩れになっていることに、早く気づいてほしいんだけど。

「今ならまだ間に合うわ。相田先生に処置してもらいましょ。ね、それがいいわ」

「それはアンタの都合だろ。そんな主張はアンタの偽善団体の中だけでやってくれ」

ああサヨリさんが、臨戦態勢に入ってしまった。伊澤さんが一瞬ぽかんとして、わなわなと震えだす。

「あらやだ私たちのどこが、偽善だとおっしゃるの」

「猫をとっ捕まえては胎児ごと引きずり出して喜んでるアンタらの、どこが慈善だ」

「サヨリさん、言いすぎです。伊澤さんも、落ち着いて」

相田先生が割って入った。肩に手を置かれて伊澤さんが「あら先生」と素直に身を引く。こう見えて相田先生は、この界隈《かいわい》の中高年に人気がある。伊澤さんはしきりに瞬きをして、先生に甘えるようにしなだれかかった。

「ねぇ、先生からも説得してくださらない？」

「いやぁ、まいったなぁ。はははは」

お願いだから、助けを求めるような目で僕を見るのはやめてほしい。なんのために仲裁に入ったんだ。

「あのう」と、しょうがないから手を挙げた。もう一度、基本的なことを確認しよう。

「TNRって、野良猫に不妊手術をして元の場所に戻す活動、なんですよね」

「そうよ。でも処置が間に合わず妊娠しちゃってるケースもあるから、そういう場合は堕《だ》胎《たい》と不妊手術を同時にやってもらうの」

「堕胎、ですか」

僕は軽く眉をひそめる。子宮系の話はちょっと苦手だ。女子が声高に生理の話をしているのが聞こえても、血の気が引く。

「だってねアナタ、知ってる？　猫ちゃんの殺処分数は年間十万匹におよぶの。その八割以上が生まれたばかりの仔猫なのよ。私たちはね、不幸な仔猫ちゃんをこれ以上増やしたくはないの。分かるでしょ」

「分からなくていい。両端を縛って取り出した猫の子宮は、まるでソーセージみたいなんだぞ。その透明なチューブの中に、仔猫がボールみたいにコロコロ入ってる。それを医療廃棄物扱いで捨てるんだよ。アンタさっき『産ませなくてすむなら』と言ったけどな、その方法ってのはつまり、こういうことだ」

僕の呟きは、ちゃんとサヨリさんの耳に届いていたようだ。言われてみればそのとおり、産ませない方法といえばそれしかない。

「そしてこの相田先生も、頼まれればそういう処置をするわけだよ」

突然矛先を向けられて、相田先生がホールドアップの姿勢を取った。こめかみに汗が噴き出ている。

「私だってそりゃ、気の滅入《めい》る手術ですよ。できればやりたくないですよ」

「じゃあ、どうしてするんですか」

「年間約十万匹殺されているうちの、約八割以上が仔猫だというのもまた、事実だからです」

　おおいにうろたえていた相田先生が、そこだけは毅然《きぜん》とした獣医の顔になって言い切った。不幸な猫を増やさないためには、我が手を血に染める覚悟がある。くっきりとした二重の目にそんな決意がほの見えて、僕ははじめてこの人を、ほんのちょっぴりカッコイイと思ってしまった。

　だけど、僕にはよく分からない。生まれたばかりの仔猫をガス室に送るのと、生まれる直前の仔猫を取り出すのとは、同じことなんじゃないんだろうか。母猫の胎内から出ていないからセーフ、ってことにはならないと思う。だって生命は、母胎に宿ったときからすでに始まっているんだし。

「原始、猫は神様だった」

　サヨリさんが、唐突にそう言った。

「古代エジプト時代、猫は繁殖の女神として崇《あが》められていた。猫を殺した者は故意でなくても死刑にされたそうだ。またある時猫は、悪魔の手先だった。中世ヨーロッパでは数多くの猫が虐待され、火あぶりになった」

表情を変えずに仁王立ちでまくし立てる。伊澤さんに口を挟む隙も与えないほどの早口である。

「そして現代日本の都市部では、猫の生殖能力を奪うことが社会正義になっている。猫自身は一万年前からなにも変わらないのに、不思議なものだな。変わってゆくのは常に人間だ」

ここまで一気に喋るとサヨリさんは、薄い唇をちろりと舐《な》めた。その隙に伊澤さんが切り返す。

「なに言ってるのよ。アナタだって猫ちゃんたちに、手術をさせてるわけじゃない」

「ああ、人間が新しく作ったルールだからな。ある程度は飲まなきゃ、猫が平穏に暮らせないだろ。だけど、すでに宿った命を引きずり出すのはやりすぎだ」

語気こそ強まっているものの、サヨリさんはその整った顔を崩さない。それなのに、ものすごく怒っているのがよく分かった。

「アナタはもともと、私たちの活動に賛同してくれていたのにねぇ」

「賛同じゃない。こういうやりかたもあるのかと思っただけだ。でも、サクラの一件で幻滅した」

噂をされていることに気づいたのか、サクラがまたかすかに耳を震わせる。切れ込みの入った右耳が、さり気なくこちらを向いている。

「サクラが捕獲されたとき、アタシは産ませようと言ったじゃないか。仔猫は引き取るとも言ったよな。それなのにアンタたちは、有無を言わせず堕胎させた。サクラは気づいたら腹がぺったんこになってたから、もう生まれたんだと勘違いして、ぬいぐるみを一生懸命舐めてたんだぞ」

　そんな経緯があったなんて、知らなかった。サクラは僕がかかわっている猫たちの中でおそらく一番の美形だ。そのくせ自分よりひと回り小さい入れ物を見れば丸まってみずにはいられない。テーブルに置かれたガムテープの芯《しん》を、どうにかこの中に入れないかという顔で見つめていたのには笑ってしまった。

「だってそれは、アナタのためを思ってのことよ。アナタ、あのころも猫ちゃんをたくさん抱えていたじゃない。私の家にだって一時預かりが十匹以上いたし、これ以上の負担は無理と判断したの。保護できる数も無限じゃないんだから、堕胎もやむを得ないのよ。私たちだって、やりたくてやっているわけじゃないわ。分かってちょうだい」

　分かるでしょ、分かってちょうだい。伊澤さんは自分の主張を押しつける。けれども僕は彼女のことを、責める気にはなれなかった。伊澤さんだって、ちゃんと猫のことを考えている。サヨリさんとは違って、比重がかなり人間寄りだというだけで。

　先月僕は、この手で直接マウスを殺した。生物学実験のその日の課題が、マウスの解剖だったのだ。解剖する前に生きているマウスを安楽死させなきゃならなくて、僕らは頸椎《けいつい》脱臼《だっきゅう》のやりかたを教わった。

「動物が好きだから獣医学部に入りました」と言っていた女の子は、最初から最後まで泣いていた。覚悟を決めてやってみると、手羽先の軟骨を外すほどの手応えもなく、マウスはあっけなくこと切れた。

そのとき僕は分かったんだ。獣医学っていうのは動物を救うためにあるんじゃない。人間が動物を、都合よく扱うためにあるんだなって。

獣医というものに理想なんか抱いていなかったから、べつに幻滅もしなかった。だけどこの手で命を奪ったってことは、忘れないでおこうと思った。伊澤さんも、そういう覚悟でいるんじゃないだろうか。

「多数決を取りましょうよ。サビちゃんの赤ちゃんを産ませるか、産ませないか」

だけどその提案はちょっとよけいだ。相田先生がすかさず両手を挙げた。

「おっと。私は獣医師として、中立の立場なので」

二度目のホールドアップだ。ずるい、こいつ逃げやがった。

「アタシはもちろん、産ませる」

「産ませないに、一票」

サヨリさんと伊澤さんがそれぞれ手を挙げ、当然のごとく視線が僕に集まった。やめてください。こんな僕に決定権を託さないで。

「あっ、あの、サビ子は一応東丸さんちの猫ですよ。まずは東丸さんの意見を聞くべきじゃないでしょうか」

そんなわけで、僕も逃げた。

「どうするって言われてもねぇ。猫に関しちゃアンタに世話になってるし、アンタがいいと思うようにやってくれたらいいよ」

残念なことに、東丸の婆さんはそれほど猫に関心を持っていなかった。投票権を僕に丸投げして、まだ六時前なのに「じゃ、おやすみ」と電話を切ってしまう。もっとこう、憐《あわ》れみの心を持ち合わせてはいないのか。携帯をポケットに仕舞う手が、勝手に震えた。

「だ、そうです」

電話を切って、婆さんの意向を正直に伝える。サヨリさんと伊澤さんの視線が、「で、どうするの」と詰め寄ってきた。

やめてください、本当に。僕はこんな重大なことを決められるほど、強くはないんだ。

「多数決とは別にして、翔の見解はどうなんだい。東丸さんの猫ちゃんたちを世話してきた立場として、どう思う？」

相田先生が安全圏から質問を投げてくる。サビ子はまさか我が子の運命が決定づけられようとしているなんて、思ってもいないだろう。相変わらずキャリーバッグの奥に縮こまって、すべてのものに怯えていた。

「僕は――」

声が喉に引っかかる。誰とも目を合わせたくなくて、うつむいた。

「堕胎させるのは、後味が悪い」

「そんなの、私たちだって悪いわよ。でも、やってるのよ」

すかさず伊澤さんが反論を被せてくる。僕は目をつむった。

「だけど仔猫が生まれたら、飼い主を探すのは僕でしょう。正直なところ、面倒くさいです」

「アンタ、給料もらっといてなにを」

サヨリさんが気色ばむ。僕はグッと拳を握った。

「僕にはどうしたらいいか、分かりません」

「分からないのはな、自分の感情だけを軸にしてものを言ってるからだ」

「まぁまぁサヨリさん。翔はまだ若いんですよ。主義主張の出来上がっていない年齢なんです」

相田先生め、人をお子様扱いしやがって。だけどなにも言い返せない。本物の子供のほうがまだマシだった。「赤ちゃん殺さないで」と、感情のままに突っ走れる。僕はただ、中途半端なだけなのだ。

「産ませるに、一票」

透明感のある、落ち着いた声が割り込んできた。

顔を上げると窓辺にいたはずの美青年が、僕の隣に立っている。ああ、すっかり彼の存在を忘れていた。色素が薄くて造りが華奢で、同性と分かっていてもその横顔にドキリとした。

「仔猫の飼い主探しには協力するから、投票権、もらっていいでしょう」

青年は眠たそうな顔をして、カウンターの上に小銭を置いた。ちょうど四百二十円。コーヒー一杯分の代金である。そして誰の意見も待たず、すっと歩み去ってしまう。

「え。ててて、天使？」

引き戸を開けて出てゆくその背中を目で追って、伊澤さんがあらぬことを口走った。頰がうっすらと上気している。

「決まり、ですね」

どことなく安堵《あんど》したような面持ちで、相田先生が締めくくる。それに頷く僕もサヨリさんも、それから伊澤さんまでが、ホッと表情を緩めていた。

よかった。これで仔猫を殺さずにすむ。誰もがたぶん、そう思っていた。

chapter 4.

僕らはみんな生きている

光の強さに目がくらむ。

太陽が落ちてくるんじゃないかと危ぶまれるほど近くって、よろめいた拍子に足元の燃え殻を踏んづけそうになった。

『喫茶　虹猫』の門口である。昨日の夕暮れ時に、サヨリさんがここで迎え火を焚《た》いていた。その名残だ。おがらが上げる小さな炎に頰を照らされ、サヨリさんは今まで見たこともないくらいまろやかで、寂しげな表情をしていた。

「ああ、そうか。あそこの爺《じい》さんが亡くなってもう、四年になるのかねぇ」

東丸の婆さんがところてんを啜っている。三杯酢に辛子が添えられて、喉ごしが気持ちよさそうだ。羨《うらや》ましげに眺めていると、「冷蔵庫にもう一カップあるから出しといで」と勧めてくれた。

「爺さんって眼鏡の、眉毛がやけに黒々とした人ですか？」

「酒も飲んでないのにいつも鼻の先が赤い人だよ」

「あ、じゃあそれです。遺影で見ました」

カップのところてんを皿に移さず、プラスチック容器から直接啜る。ちりりんと、どこかで風鈴の音がした。日本の夏だ。

サヨリさんの部屋だとばかり思っていた『虹猫』の二階の襖が、風を通すためかこの頃開けっ放しになっている。だから覗こうと思わなくても勝手に見えてしまったんだけど、そこは仏間だった。仏壇と箪笥《たんす》があるだけのがらんとした和室で、どうやらその奥に見える襖こそがサヨリさんの部屋へと続く扉らしい。

もちろん僕はそれを開けようなんて考えちゃいないし、仏間にすら足を踏み入れていない。鴨居《かもい》から知らない爺さんの遺影が笑いかけてきたから、会釈だけして通り過ぎた。仏間っていうのは人んちで一番、疎外感を覚える場所だと思う。

「久蔵《きゅうぞう》は急におっ死《ち》んじまったからねぇ」

空になった容器に箸《はし》を渡して、婆さんは軽く手を合わせた。コタツはやはりそのままだが、布団は膝が入るぶん奥に押し込まれている。暑いんだったら片づければいいのにと思わないでもない。

「ご友人だったんですか？」

「それほどでもないけど、私が猫を飼いだしてから猫女がやいのやいの文句をつけにくるようになったろ。それで自然と久蔵とも、顔を合わせれば喋る仲になったんだよ」

サヨリさんは僕が見るかぎり、家から半径五十メートルの範囲を出ようとはしない。その円周ギリギリに小さなスーパーと銀行があり、特に不自由はしていないようだ。

「当時はサヨリさんも、ここまで来ていたんですね」

正確な距離は分からないけど、『虹猫』と婆さんちはだいたい一キロは離れているんじゃないだろうか。今のサヨリさんからは想像もつかないくらい行動的だ。

「まったくねぇ。久蔵が死んでからは、すっかり出かけなくなっちまったからね」

東丸の婆さんならサヨリさんの引きこもりの原因を知っていそうだと、前々から思ってはいた。根掘り葉掘り聞くようなことじゃないからスルーしてきたけれど、にわかに知りたい欲求が高まってしまった。

「関係あるんですか、それ」

「さてね。あの頃の猫女は、喫茶店を開業するんだって張り切ってたよねぇ。でもいよいよってときに爺さんが倒れて、猫女が外出から戻ったときにはもう冷たくなってたらしいんだよ」

汗がTシャツの脇をじわりと濡《ぬ》らす。涼を求めた猫たちが、台所の板の間で伸びていた。この家はめったにエアコンをつけない。

「発見が早けりゃ助かったかもしれないけどさ、そんなこと後から言ってもしょうがないじゃないか。だけど猫女はそれっきり、ぱったり姿を見せなくなった。前は塩撒かれても来てたのにさ」

「二人で暮らしていたんですか？」

「そのようだね」

「それでサヨリさんは、あんなひねくれた性格に——」

「いや、元からあんなだったよ」

そうか、筋金入りの性悪なのか。だけど人を猫の下僕だと思っているふしのあるサヨリさんが、お祖父さんの死にそれほどショックを受けるなんて。よっぽど愛していたんだろう。あの仏壇は綺麗に磨き上げられていて、供えられた花も新鮮だった。

「ごちそうさまです」

僕は空になったところてんのカップを重ね、立ち上がる。こうしてはいられない。早く店に戻らないと。

「容器は捨てないで、洗って伏せといて」

「なにに使うんですか、こんなもの」

「べつに使うあてはないよ」

「じゃあ捨てますね」

容器を軽く水洗いして、問答無用でプラスチックゴミの袋に突っ込んだ。この家のゴミの分別をしているのは僕だ。文句は言わせない。

「あと、エアコンは我慢しないほうがいいですよ」

網戸くらいは猫が器用に開けてしまうので、この家では窓が開けられない。扇風機はフル稼働しているが、それだけではさすがに限界がある。

「だって、つけると冷えるじゃないか」

「寝ている間に熱中症で亡くなっていた老夫婦が、ニュースになってました」

玄関で靴を履いていると、愛想のいい三毛猫がすり寄ってきた。「また来るよね？」という目で首を傾げるが、こいつは僕のことを餌の運び屋と認識している。待ち遠しいのは僕ではなく、餌のほうだ。そう分かっていても嬉しくて、僕は三毛に拳を突き出す。三毛はけっこうな勢いで、頭をごりごりとこすりつけてきた。

「じゃ、お邪魔しました」

見送りになど死んでも出ない婆さんが、破れ障子の向こうから「ふぁい」と気の抜けた返事をする。玄関のドアを閉める前に、「ピッ」という電子音がかすかに聞こえた。


東京に来てはじめて知ったことだけど、お盆の風習には地域差がかなりある。僕の地元では八月十三日が盆の入りで、やっぱり母が迎え火を焚いていた。ところが東京の中心部ではひと月違いの七月十三日だし、このあたりを含む多摩《たま》地区の一部地域では七月三十一日が本当らしい。

東丸の婆さんの豆知識によると、農家の副業として養蚕《ようさん》が盛んだった時代に、繁忙期を避けてその日取りになったんだとか。だけど昨日は八月十三日の、旧盆だった。鈴影家のルーツはどうも、地方のようだ。

二ヵ月近い夏休み。上京組の学生たちは、今ごろ実家で過ごしているのだろうか。僕の部屋では母親から届いた飛行機のオープンチケットが、ただならぬ圧力を放っている。クローゼットの中の衣装ケースに仕舞っていても漂い出てくるくらいだから、そうとうの猛《も》者《さ》である。

息子の不在に慣れてきたのか、母からの電話は週一ペースに減ったけれど、やっぱり聞いてくることは同じだ。そこに最近は、「いつ帰れると？」が追加された。そのたびに僕はごにょごにょと、「こっちでやらんといけんことがあるけん」と返している。

東丸さんとカツトシの例を見ていると、このままじゃいけないとは思うんだ。でも父親がかたくなに電話口に出てこないところをみると、まだ僕と和解する気はないのだろう。あのギスギスをまた味わうのかと思うと、なかなか腰を上げられない。それに、やらなきゃいけないことは本当にあるんだ。

『かわいい猫ちゃんの譲渡会　会場はコチラ』

ピンクの色画用紙に、丸っこい文字が躍っている。手書きポスターの貼られたガラス戸を開けると、濃厚なケモノ臭がむあっと僕の鼻孔を塞《ふさ》いだ。

「あら、お帰りなさい。東丸さんはお元気だった？」

戸口に立っていた伊澤さんが、頭頂部から出ているような声で迎えてくれた。白いエプロンをつけた姿は、「ステラおばさんのクッキー」のイラストに似ている。主に、ふくよかなところが。

エプロンは胸当ての部分がハートの形になっていて、『I♥地域猫の会』なる刺繍《ししゅう》が施されている。きっと『I♥NY』のパクリだ。♥はLOVEと読ませるのだろう。伊澤さんが陣頭指揮を執る、地域猫活動家団体の名称である。

本日は、『虹猫』の喫茶営業はお休みだ。テーブルやカウンターには、コーヒーカップの代わりに猫の入ったケージがずらりと並んでいる。一つのケージに成猫《せいびょう》なら二匹、仔猫なら三、四匹。それぞれの「預かりさん」が後ろに控えており、「この猫ちゃんはおっとりさんでぇ」などと、来場者に説明を加えていた。

『I♥地域猫の会』は野良猫に不妊手術を施して、元いた場所に戻すのが主な活動ではあるが、保護した猫に飼い猫の適性があったり、仔猫だったりした場合、そのまま預かり置いて引き取り手を探してもいる。月に一度の譲渡会が、そういった猫たちと飼い主候補との出会いの場である。

「あの婆さんは相変わらずです。こちらは順調ですか」

「そうね、仔猫ちゃんたちはね」

声をひそめて尋ねても、伊澤さんはボリュームを絞らない。この人には音量調節機能がついていないのだろう。

「みぃんないい子ちゃんたちだから、幸せになってほしいんだけどねぇ」

狭い店内は、いまだかつて『虹猫』がこんなに盛況だったことがあろうかというほど賑わっていた。お客さんは七人だけど、スタッフも猫もいるからけっこうな密度だ。

ケージの中で新しい出会いを待っている猫は、全部で二十五匹。うち約半数が生後三ヵ月程度の仔猫である。来客は主に、仔猫のケージに集まっていた。

同じ土俵に上げられると、成猫はやっぱり不利である。なんせ仔猫は文句なしに愛らしい。つぶらな瞳、みずみずしい肉球、おぼつかない動作、か細い泣き声、「いったい僕をどうしたいんだ」と叫びたくなるほど心の柔らかい部分をくすぐってくる。すぐに大きくなると分かっていても、どうせ飼うなら仔猫を、というのが人間の心理というものではないか。身勝手だけど、そういうふうにできている。

「あ、こら豚丼」

サバトラ猫の豚丼が、誰かの鞄にすっぽりと頭を突っ込んでいた。どうやら「預かりさん」が持ってきた、猫用ササミジャーキーのにおいを嗅ぎつけたらしい。

鞄の持ち主に謝って、豚丼を抱き上げる。重い。猫じゃなく大玉スイカを持ち上げてしまったんじゃないかと疑うくらい重い。加えて顔つきもふてぶてしく、どう逆立ちしたって仔猫の愛くるしさには勝てそうにない。

「お前もがんばってアピールしないと、モテないぞ」

梁の上から黒猫のタイが、いつにない活況をおっかなびっくり見下ろしている。こいつはサヨリさんの猫だからいいとして、アイとナゴヤとサクラはどこに行ってしまったんだ。この騒々しさに嫌気がさして、二階に避難しているのだろう。

そもそも店主のサヨリさん自身が、一番奥のテーブルに控えて仏頂面をしている。ああ、こんな機会にサヨリさんも猫たちも、なぜもっと上手く振る舞えないのか。とはいえ僕も接客向きの人間じゃないから、戦力になれそうにはないけれど。

ひとまず三匹の猫を探してこようと、僕は豚丼を抱えたまま人を避けて奥へと進んだ。

猫の譲渡会場として、『虹猫』を開放したらどうでしょうか。そう提案したのは僕であり、サヨリさんは今日のこの日をこれっぽっちも心待ちにしてはいなかった。サヨリさんと伊澤さんの、折り合いが悪いのは知っている。というより主義主張の違う伊澤さんを、サヨリさんが一方的に嫌っている。

でも伊澤さんは婆さんちの猫を、なんと十匹も引き取ってくれたのだ。「アナタのところだけでそんなに抱えてちゃ大変でしょ」と、「預かりさん」たちに振り分けてくれた。

伊澤さんのことは少し苦手だけど、出しゃばりで押しつけがましいところもたまには役に立つのである。困りものなのはむしろサヨリさんだ。こんなありがたい申し出を、「それには及ばない」と断ろうとしたんだから。

その気配が手に取るように分かったから、僕はすかさず「ありがとうございます、助かります」と頭を下げた。だって東丸さんちの猫の世話は僕の仕事だ。婆さんだって「アンタに任せる」と言っていた。

あとからサヨリさんにしこたま鼻をつねられたけど、そんなの痛くも痒《かゆ》くもない。正直言えばものすごく痛かったけど、スタンスが多少違ったって協力し合えるところはするべきなのだ。今回『虹猫』を開放したのは、猫を引き取ってくれたお礼である。

二階にいたアイ、ナゴヤ、サクラを追い落とし、僕はサヨリさんの隣に座った。目の前には仔猫が五匹、二つのケージに分けられて、じゃれ合ったりくっついて眠ったりしている。いずれも東丸さんちの猫である。

はじめて見たときはろくに足腰が立たなかったこいつらも、すでに生後三ヵ月。卒乳は先月のうちに済ませているが、サヨリさんが「兄弟遊びで社会性が養われるんだ」と、これまで手放すことを許さなかった。

「どんな感じですか」

サヨリさんの硬い横顔に話しかけても、返事はない。ついつい懇願口調になってしまう。

「あの、いいかげん機嫌直してもらえませんか」

「今ちょうど、アンタをどう解雇しようかと考えてたところだ」

「そんなぁ」

僕は情けなく眉を下げてから、そういえばこのバイトを辞めたがっていたんだっけと思い出した。慣れというのは恐ろしい。近頃じゃなんの疑問もなく、週六で『虹猫』に通っている。もしかして僕は、ものすごく流されやすい人間なのだろうか。

「哀れっぽい声を出すな。あと、勝手な安請け合いはするな」

「でも、伊澤さんが困ってたから」

猫の譲渡会は、気候さえよければ駅前広場や公園でも構わない。でも真夏の照りつける太陽の下や真冬の寒風吹きすさぶ中での開催は、猫の体に負担がかかる。これまでは猫をモチーフにした手作り雑貨の小売店が場所を提供してくれていたが、六月に店を閉めてしまった。

「それ以来開催できていないのよ。この時期は卒乳した仔猫ちゃんがとっても多いのに」

成猫に比べれば仔猫は貰い手がつきやすい。ところが生後六ヵ月を過ぎるともう厳しい。その限られた期間が勝負となる。ちょうど僕も婆さんちの仔猫を抱えていたことだし、互いに利害の一致を見たわけだ。

それが分からないサヨリさんではないはずだけど、譲渡会の話を勝手に進めた僕への怒りは治まらない。

「そんなに困ってる人間を助けたいなら、難民キャンプでも訪問してろ」

「はぁ、すみません」

「けっきょく、自分が楽したいだけだろ」

「でも、『虹猫』の宣伝にもなると思ったから」

僕はもごもごと言い訳をした。『虹猫』はサヨリさんがろくに宣伝活動をしてこなかったせいでホームページすらなく、せいぜい近隣住民にしか知られていない。

一方の『I♥地域猫の会』(それにしてもこの名称はどうにかならないものか)はこの界隈でもう十年近く活動していて、月一の譲渡会も猫好きの間ではかなり浸透しているようだ。お客さんの中には、埼玉や神奈川からお越しの方も多いと聞く。

これは常時猫の里親募集をしている喫茶店がここにあると、広く知らしめるチャンスじゃないか。

「ギブアンドテイクですよ、サヨリさん」

「なにをえらそうに」

「おっと」

細長い指が伸びてきて、僕はとっさに身を引いた。サヨリさんは気に食わないことがあるとすぐ、親にもぶたれたことのないこの僕の、鼻を思いっきりつまんでくる。でも僕だっていたずらに痛い思いをしてきたわけじゃない。そろそろ間合いが掴めてきた。

舌打ちが聞こえた気がするが、聞かなかったことにしてケージの上に乗せてあったクリアファイルを手に取った。伊澤さんが譲渡会用に作っている、『猫ちゃんを引き取る前のQ&A』なるアンケート用紙が入っている。

『生涯家族の一員として、責任を持って育てることができますか』『怪我や病気から守るため、完全室内飼いができますか』『ペット可住宅、または持ち家にお住まいですか』『仔猫ちゃんを引き取る場合、六ヵ月を目途に不妊・去勢手術ができますか』など、十項目を「はい」か「いいえ」で答えさせる方式だ。

　サヨリさんも厳しいと思ってはいたが、伊澤さんだってそうとうだ。「だってまっとうな里親さんを見つけてあげないと、痛い目を見るのは猫ちゃんだもの」と、伊澤さんは言う。猫の幸福を第一に考えている点では同じなのに、この二人はどうしたってそりが合わない。

「あ、この人全部『はい』に丸ついてるじゃないですか。成約ですね」

　譲渡会では早い者勝ちのルールはない。希望者の中からより条件のいい人に、後日お届けというかたちを取っている。しかもその際には住環境に目を走らせて、希望者が嘘をついていないか、生活態度は健全かといったことまで観察するそうだ。

「ああ、それはもう断った」

「ええっ、どうして」

「全項目、ほとんど読まずに丸をつけていたからな。仔猫は可愛いから、嘘をついてでも貰い受けたい奴がいる。腹立たしいことに、虐待目的の場合だってあるんだ」

言われてみれば、いかにも走り書きな「〇」である。こんなにあざといくらい可愛くていたいけな生き物に対し、「愛する」以外の選択肢を持てる奴の気がしれなかった。

「だいいちこの項目は、全部『はい』なのが最低条件なんだよ。アタシたちは、相手の態度を見てるわけだ。分かったか、若僧」

「あいてててて」

サヨリさんがファイルを受け取ろうと手を伸ばす。と見せかけて、耳たぶを引っぱってきた。これって、カツオくんがサザエさんによくやられているやつじゃないか。

フェイントはずるい。

ナゴヤがみゃーみゃーと哀れっぽく鳴いている。僕の脚に体をこすりつけ、メビウスの輪のごとく回っている。シャム系のきれいな顔立ちをしているのに、鳴き声に品がないのが難点だ。

下に追いやったはずのアイとサクラも、いつの間にか階段の途中でくつろいでいた。

「こんなところで油売ってないで、お客さんに愛想振りまいてきなさいよ」としゃがんでアドバイスをしたところ、強烈な猫パンチが飛んでくる。

分かった、もうなにも言うまい。お前たちの好きなようにすればいいさ。

ナゴヤは構ってほしいのだろうか、二階の廊下を「みゃーみゃー」と鳴きながらついてくる。僕は納戸の前に立ち止まり、「しっ」と人差し指を立てた。

「静かに。ちょっと様子を見るだけだから」

納戸のドアを開けてそっと中を覗くと、窓のない薄暗い部屋に緑色の目が光っていた。婆さんちの四十四目の猫、サビ子である。キャットタワーの下に置かれた段ボール箱に身を横たえて、彼女はもうすぐ母親になろうとしていた。

出産の兆候はすでにある。サヨリさんが言うに、サビ子は今朝のご飯にほとんど手をつけなかったらしい。乳首を押すと母乳がにじみ出るし、「たぶん二十四時間以内に生まれる」そうだ。

これこそが、母からの「帰ってこい」コールを突っぱねていた理由である。サビ子の存在に気づかずに、しかも産ませる産ませないの判断すらできなかった僕には、その出産を見届ける義務があると思う。

あのあとなんとなく気になって、自宅に帰ってからネットで人工妊娠中絶件数を調べてみた。もちろん猫ではなく、人間の。出てきたデータの中で一番新しかったものは、平成二十八年度の十六万八千十五件。猫の殺処分数より圧倒的に多い数字に、なんだか少しだけ涙が出た。

命ってのは、どこから意味を持つんだろう。お腹に宿った瞬間からか、その生き物の形に近づいたときか。それともはじめから、意味なんて特にないのだろうか。

サビ子のお腹は大きくて、毛づくろいをするのも難儀そうだ。それでも器用に身をよじり、お腹周りを舐めている。臆病で人が来ると尻尾を巻いて逃げていた彼女も、近頃は静かに近づけば平気になった。だが急に立ったり座ったりするのはNGである。

「サビ子、大丈夫？　辛くない？」

だから僕は彼女に優しく話しかける。風になびく羽毛のような囁き声で。

猫のお産は深夜から明け方にかけてが多いそうだ。まだ昼の三時過ぎ。サビ子の一日は長いものになるだろう。


彼の来訪をいち早く察知したのは、白猫のアイだった。店内に追いやっても混雑を嫌ってすぐ二階に避難していたくせに、ふと姿を現したと思えば、入り口に例の美青年が立っていた。

「あら、あらあらあらぁ。お久しぶりねぇ」

伊澤さんの声がいっそう黄色くなった。ケージの中でまどろんでいた猫たちが一斉に飛び起きたから、我々には聞こえない音が出ていたのかもしれない。

二週間ぶりの来訪だった。毎日店に来ていたくせに、「産ませる」に投票してからぱったり姿を見せなくなったから、こりゃ逃げたなと思っていた。

だが青年は足元で「ニャーン」と鳴くアイを抱き上げて、「うん、盲腸を切ったから」と答えている。どうやら入院していただけのようだ。

青年は店内をキョロキョロと見回して、僕を見つけるとまっすぐこちらに歩いてきた。そこここで交わされていた会話が不自然に止まり、誰もが視線を釘付けにされる。しばらく見ないうちに青年は、いっそう研ぎ澄まされた美を羽衣《はごろも》のようにまとっていた。「月から来ました」と言われても納得の、淡い光の粒になって、消えてしまいそうな儚《はかな》さがある。

「猫の赤ちゃん、もう生まれちゃった？」

なんの前置きもなく、彼は僕にそう尋ねた。その腕に抱かれて、アイが「ゴロゴロゴロ」と恍惚《こうこつ》の声を上げている。僕が抱っこしようものなら「百年早いわ」とばかりに右ストレートを食らわすのに、この扱いの差はなんだ。

「いえ、まだです。でもたぶん、今夜中には」

「ふぅん」

関心の在りどころが分からない相槌を返し、青年はまたキョロキョロと首を動かした。

「お母さん猫は？」

「二階ですけど」

「そう、ありがと」

「え、ちょっと。待ってくださいよ」

僕の脇をすり抜けて、青年が階段の下で靴を脱ぐ。なんのことわりもなく上がり込もうとしているのを見て、慌ててその肩を摑んだ。

「なんだよ、騒々しいな」

階段の向かいにあるトイレのドアが開き、サヨリさんが顔を出す。

「ああ、ヒカルか」

相手がいつもの美青年と分かると、眼鏡をちょっと持ち上げて表情を緩めた。

「サヨリさん、今日泊まってもいい？」

青年が平然とそんなことを言うものだから、肩を摑んでいた手に力がこもる。この場に相田先生がいたら、きっと今頃大騒ぎだ。そんな先生は両親を連れて、ただ今富良野《ふらの》を旅行中。案外親孝行な人である。

「いいけど、体は大丈夫か？」

「うん、平気。猫の赤ちゃんが生まれるところ、見たいんだ」

「そうか。お母さんは？」

「あの人も今、心労で入院中だから問題ない」

いや、問題ならある。大ありだ。このヒカルという青年は、サヨリさんよりずいぶん若い。それなのにただの常連客じゃなく、家に泊まりにくるほどの仲だったとは。

二人の間柄を計りかねて、僕はひたすらサヨリさんと、青年の顔を見比べた。

午後四時を過ぎると、客足はしだいに遠のいていった。『I♥地域猫の会』のホームページには十三時〜十七時までと明記されていたから、猫の引き取りを本気で検討している人は早い時刻に来てしまったのだろう。店内にいるのはもはや若いカップルだけだ。キジトラの仔猫を気に入ったようだが、同棲《どうせい》関係なのを理由に「預かりさん」にやんわりと断られている。

結婚の予定があるならまだしも、同棲は解消されやすいから、そうなったときの猫の処遇が心配だ。という主旨のことを、「預かりさん」がオブラートできれいに包んで説明している。だがカップルの女のほうはオブラートの表面だけ舐めてなんの味もしないのを不思議がり、「えっ、なんで。ウチ猫超好きだし」と見当違いに食い下がっていた。個人的な意見だが、関西人でもないのに一人称が「ウチ」な女なんか全然信用できないと僕は思う。

その爺さんは、諦めて帰ってゆくカップルと入れ違いにやってきた。白いポロシャツにループタイ、散歩の途中にたまたま立ち寄りましたという出《い》で立ちで、戸口にいた伊澤さんになにをやっているのかと尋ねている。

「ほうほう、猫をね」

猫好きなのか爺さんは嬉しそうに目を細め、両手を後ろに組んでゆったりとケージを見て回った。「可愛いねぇ」と、「預かりさん」に話しかける。

「子供のころは家にお蚕様《かいこ》がいたからね、ネズミ除けのためにこのへんじゃ、どこの家も猫を飼ってたもんだよ。お蚕様の時期になると家中の畳《たたみ》を上げて、棚を作ってお世話をするんだ。ああ、懐かしいなぁ」

また困った人が来てしまった。これはただ昔話をしたいだけの爺さんだ。

「連れ合いが猫のアレルギーでね、ずっと飼えんかったんだが、もう私一人だしねぇ」

奥さんには先立たれてしまったらしい。そりゃあ話し相手も欲しかろうが、そろそろ撤収作業を始めたいのにできなくて、「預かりさん」がソワソワしている。彼女たちはみんな主婦だから、これから家に帰って夕飯を作らなければいけないのである。

「知っとるかな。昔はこの近くに製糸場があって、玉川上水《たまがわじょうすい》の土手は桑畑になっとった。お蚕様は大食いだから、体が大きくなってくると日に何度も籠《かご》を背負《しょ》って、桑摘みに行かにゃならん。なかなか大変だったねぇ、あれは」

とても興味深いお話だけど、そろそろ「預かりさん」を解放してあげてほしい。そんな僕の願いが通じたのか、爺さんがふと顔を上げてこちらを見た。

「おや、チーコ。チーコじゃないか」

目を丸くしてそう叫ぶ。その視線はサヨリさんの前に置かれたケージに向けられていた。

「ああ、すごい。チーコにそっくりだ」

爺さんがよたよたと近づいてきて、仔猫のいるケージに人差し指を近づける。チーコに似ているというのはとくに珍しい柄でもない、白黒のハチワレだ。仔猫が指の動きを追って左右に首を振るのを眺め、爺さんはとろけんばかりに目元を緩める。

「チーコはね、ネズミ捕りの名手だったんだよ。百発百中、狙った獲物は逃がさんかった。あいつの通ったあとはネズミが一匹も残らんと評判になってね、よく貸してくれと頼まれたもんだ。チーコの産んだ子供たちもまた、残らず狩りが上手くてさ。やっぱり教育がいいのかねぇ。引く手あまたで貰われてったよ。あれは頭のいい猫だった」

古き良き少年時代の思い出に浸っているのか、爺さんの頬には赤みすら差している。

爺さんが少年だったころの養蚕農家では、猫はただのペットではなく一家の財産を守る働き手として重宝されていたらしい。猫たちはのびのびとたくましく生き、恋をして、その子供たちもまた人の役に立って働く。ちょうどいい共存のサイクルができていたように思われる。

それができなくなってしまったのは、爺さんの一生が収まりきらないくらいの短いスパンで人の社会が変わってしまったからだ。猫害なんて言葉が生まれてときに忌み嫌われるけど、猫はその習性に従って生きているだけのこと。

僕は少し前にサヨリさんが言っていたことを思い出す。猫は一万年前からなにも変わっていないという話を。それに比べて人の価値観は、猫の目以上にでたらめだ。

「これもなにかの縁かもしれんな。よし、この子を貰い受けよう」

そんなことを考えていたから、僕は機械的にアンケート用紙の束から新しいものを抜き取ろうとした。その手をサヨリさんに制される。

「すみませんが、それはお断りいたします」

「えっ」と、聞き返してしまったのは僕である。

爺さんもきょとんとして、軽く目をしばたたいた。

「でも、飼い主を探しとるんだろう？」

「ええ、ですが六十歳以上の方への仔猫の譲渡は、原則としてできません。最近は猫の寿命も延びていて、二十年以上生きることも珍しくはないですから」

「そんなに生きるのか」

爺さんは心底驚いたようだ。猫背ぎみの背中が一瞬反り返る。

そういえばその昔、十年生きた猫は猫又になると言われていたんだっけ。現在の飼い猫は栄養状態も住環境も改善されて、自由を失った代わりに細く長く生きるようになったというわけだ。

「つまり、老い先短い老人は、わずかな慰めすら得られんというわけだな」

そう言って爺さんは自嘲《じちょう》気味に唇を歪《ゆが》める。ハンチング帽からはみ出た髪は全白で、若く見積もってもおそらく七十代の後半だろう。一人暮らしのようだし、彼にもしものことがあったら猫が路頭に迷うことになる。

「猫は人間を慰めるために生きているわけじゃありませんから」

爺さんの孤独が伝わったのか、言っていることはいつもと同じでもサヨリさんの口調は柔らかい。めったに見せない微笑すら浮かべて、譲歩案を出してきた。

「どうしてもと仰るのなら、今ここにはいませんが十歳以上の成猫をご紹介することはできます。あなたのお宅を、終《つい》の棲家《すみか》にしてやってください」

爺さんはじっと口をつぐみ、名残惜しそうにケージ越しにじゃれついてくるハチワレを眺めていた。その姿を目に焼きつけるようにゆっくりと瞬きをして、首を振る。

「いや、やめておこう。大切な者の死を見送るのはもう、たくさんだ」

サヨリさんの唇が微《かす》かに震えた。誰のことを考えているのかは、僕にも分かる。

不謹慎かもしれないけれど、そこまで思われている久蔵さんが少しばかり羨ましかった。

爺さんが「いい人に貰われるんだぞ」とハチワレに話しかけて去ってゆき、譲渡会はそれでお開きとなった。「ぜひ来月もやりましょう！」と伊澤さんが僕に握手を求めてきたからには、手応えはまずまずだったのだろう。

こちらも結果は上々だ。東丸さんちの仔猫五匹に引き取り手の目途がついた。そしてなんと、驚いたことに豚丼にも白羽の矢が立ったのだ。

「デブ猫には一定の需要があるからな」と、サヨリさんは言う。

そういや以前にも豚丼は、トライアルで貰われていたことがあったっけ。「モテないぞ」と偉そうに意見してしまったけれど、二次元にすら彼女がいたことのない僕よりはるかにモテている。

悲しいかな先週迎えた二十歳の誕生日だって、誰からも祝ってもらえずいつもどおりの一日だった。一人でケーキを食べるのも惨めな気がして、代わりに豆腐を食したものだ。すると母から写真つきのメールが届き、開けてみると『翔くん、おたんじょうびおめでとう』というメッセージチョコが載ったホールケーキである。よけいにやるせなくなって、見なきゃよかったと後悔した。あのケーキはけっきょく、父と母とで食べたのだろう。

「ところで玉置クンは、車の免許は持っているのか？」

「預かりさん」たちが解散したあとの店内を、掃いたり拭いたり消毒したりしていたら、仔猫のケージを二階に運んで行ったサヨリさんが戻ってきてそう尋ねた。仔猫たちはもう東丸家には戻らずに、ここからそれぞれのお宅に貰われてゆくのである。

「いえ、持ってませんが」

勉強一筋だった僕に、教習所に通う余裕があったはずもない。正直に答えると、サヨリさんは残念そうに首を振った。

「そうか。じゃあまだ当分は相田運輸を使うしかないな」

本能的に脇腹がぞっと震えた。相田運輸とは、相田先生のことだろう。引き取り手の決まった猫は後日お届けと聞いていたが、それって相田先生がやらされていたのか。ただでさえ猫の診察代や手術代がサヨリさん価格なのに、運び屋まで押しつけられて、ああ、でも嬉々《きき》としてやっちゃうんだろうな、あの人は。惚れた弱みというよりも、元来下僕体質なのかもしれない。

「サヨリさん」

足音がひたひたと階段を下りてきて、美青年が顔を覗かせる。サビ子のお産に備えて仮眠を取ると言って、仏間に引っ込んでいたのだ。寝ぼけ眼《まなこ》や髪の乱れすら色気になるのは、容姿に秀でた人の特権である。

「お腹すいた」

起きたかと思えば餌の無心をする。猫ならいいが男がそれをするとただのヒモだ。言っておくが、サヨリさんは無為徒食の輩《やから》に優しくないぞ。

「ご覧のとおり、玉置クンが店内を掃除中だ。ちょっと待ってくれ」

でも、どうやら例外もあるようだ。

「分かった」と素直に頷いて、青年は階段の下段にちょこんと座った。その膝によっこらせとアイが乗る。彼に手伝うという発想はないらしい。

「なんだ、その目は。アンタが始めたことなんだから、後片づけくらい自分でやれ」

僕の恨みがましい視線に気づいて、サヨリさんがシッシッと手を振った。この扱いの差はなんだ。仔猫たちの受け入れ先が決まって、本当はまんざらでもないくせに。

「まぁでも、よく頑張ってくれたよ。お疲れさん」

そのひとことで、僕は不満をグッと飲み込んでしまった。タイが梁の上から「ナァーン」と鳴いて、同情のこもった眼差しを向けてくる。やめろ、僕は相田先生とは違うんだ。


携帯の液晶を確認すると、すでに夜の九時を過ぎていた。ヒカルという青年と納戸の戸口にもたれて座り、言葉も交わさずそろそろ三時間が経過しようとしている。

今夜のまかないは、ヒカル青年の希望でチキンクリームドリアだった。彼は極度の猫舌らしく、僕が食べ終わるころにようやくフォークを取った。そして「ごちそうさま」と手を合わせると、あたりまえのように二階に上がってしまったのである。

その背中を見送ってから、「僕もサビ子のお産につき合っていいですか」と、サヨリさんに申し出た。だって心配じゃないか。いや、もちろんサビ子のことが。でもそれからなにごともなく、今に至る。

サビ子はさっきから、落ち着きなく段ボール箱を出たり入ったりしている。サヨリさんには「甘え鳴きをしたら傍に行ってやれ」と言い渡されているが、今のところサビ子に僕らの助けを必要としている様子は見受けられない。

座りっぱなしの尻が痛くて僕は軽く身じろぎをする。ヒカル青年は退屈するでもなく、サビ子の動向をじっと見守っていた。その横顔は、なにかの実験のために神様がとことん美しく作ったサンプルみたいだ。本当に体温があるのかどうか、触れて確認したくなる。

彼のTシャツから突き出た腕には、筋肉らしい筋肉がない。僕だって人に言えた義理ではないが、それでも少しは筋張っている。放っておいても喋り続ける伊澤さんや相田先生と違って植物のように静かで、こちらから働きかけないかぎりいつまでも黙っているし、それが苦痛ではないようだ。

「あの」と、思い切って声をかけてみた。その決断に要した時間を考えれば、僕の腰抜けぶりが分かるだろう。

「なに?」

反応があった。色素の薄い瞳が僕を捉える。

「体は、大丈夫なんですか」

何度も頭の中で反芻《はんすう》していた質問を投げかけた。気負いすぎて、肩が妙に凝っている。

「体？」青年はちょっと首を傾げてから、盲腸の手術をしたことを思い出したようだ。

「ああ、平気。痛いのよく分からないし」

「はぁ、それならよかった」

いけない、会話が終了してしまった。自分から話題を振るのって、難しい。僕は今まで、相手の話に巻き込まれていたにすぎなかったんだ。

「ええと、歳はおいくつですか」

「十八」

年下だった。でもそうと分かったとたん馴れ馴れしく肩なんか抱いてくる、相田先生みたいな年上男性が僕は嫌いだ。ほどよい距離を探りつつ、敬語は続けることにする。

「大学生、ですか」

「高校。学校は、あんまり行ってないけど」

「へぇ」

なんだ、不登校のガキじゃないか。こっちは一応大学生なんだけど、言葉遣いはそれでいいのかな。年上ぶりたいわけじゃないけど、一応ね。

「お、お名前は――」

早くもネタが尽きた。青年が話題の膨らむ返答をしないせいだ。不登校と言われても、「なんで？」とは聞きづらい。

「鈴影ヒカル」

またそんな、宝塚の芸名みたいな。そう考えてからハッとした。サヨリさんの苗字《みようじ》も「鈴影」だ。ぱぁっと目の前が開けた気がした。

「じゃあ、サヨリさんとは姉弟ですか」

なぜだか声が弾《はず》んでしまう。どうりで気軽に泊まりにきちゃえるわけだ。

「いや、違う」

けれどもヒカルくんは否定して、考え込むように首を傾げる。

「なんて言ったらいいのかな。——おばあちゃん？」

僕も一緒になって首を傾げる。サヨリさんの正確な年齢は知らないが、たぶん三十そこそこ。ヒカルくんとは母と子ですら無理がある。この子はいったい、なにを言っているのだ。

「おじいちゃんの奥さんだったから、それでいいと思う」

「はい？」

ダメだ、理解がまったく追いつかない。

サビ子がぐずるように「みにゃあ」と鳴く。ちょっと待って、今頭を整理するから。

「おじいちゃんって、もしかして久蔵さんのことですか？」

仏間の遺影を思い浮かべる。あの写真からすると久蔵さんは、今日来た爺さんと同じくらいの年頃だろう。

「そう、久蔵じいちゃん」

「歳がかなり、離れてますよね」

「でもサヨリさんはずっと、じいちゃんと結婚したいって言ってたよ」

信じられない。祖父と孫娘にしか見えない二人が、夫婦だったなんて。そういうの、なんていうんだっけ。枯れ専だっけ。まさかサヨリさんが、そんな偏った趣味の持ち主だったとは。じゃああの人、未亡人なわけ？

「鳴いてる」

ヒカルくんが水鳥のように、細い首をすいっと伸ばした。頭の中が疑問符で埋め尽くされている僕は、「えっ？」と強めに聞き返す。

「お母さん猫が」

そうだ、さっきから鳴いている。気づいちゃいたけど、聞き流していた。

サビ子を怖がらせないためだろう。ヒカルくんがゆっくりと、這うようにして段ボール箱に近づいてゆく。それより僕はサヨリさんと久蔵さんとの、なれそめが知りたいんですが。

「あ、出てる」

「ええっ」

とっさに立ち上がろうとして、ヒカルくんに手で制された。「しっ」と、たしなめられて、僕は腰を落としたままそろりそろりと忍び寄る。

「うげっ！」反射的に声が出てしまった。

古い毛布に横たわって後肢を開きぎみにしたサビ子の肛門付近から、ぽこっと濃緑色の塊が飛び出している。ぬめり具合といい色といい、サザエの肝、あれがでっかくなったみたいだ。だから、内臓系は苦手なんだってば。

「サ、サヨリさん呼んで来ます」

大慌てで立ち上がり、やはりヒカルくんに制された。よくそんなに冷静でいられるもんだ。気持ち悪いやら怖いやら不安やらで、僕はすっかり混乱していた。


「サヨリさん、サヨリさん」

仏間の襖をほとほと叩く。すると階下で気配がして、足音が階段を上ってきた。風呂上がりなのだろう、サヨリさんはTシャツにコットンパンツ、タオルで濡れ髪を包んでいる。

「どうした」

「なんか、ぬるっと出てるんです。ぬるっと。助けてください」

「アンタ、一応獣医学部だろ」

ごもっともな指摘だけれど、一年生は実習がほとんどないのだ。ましてやお産なんて、男にしてみりゃ錬金術なみの神秘である。

「いいから落ち着け」

そう言われても、いったいどうしていいものやら。僕を追い越して納戸に入ってゆくサヨリさんを、あわあわと追いかけた。

「どうだ」

サヨリさんは、素早く腰をかがめて部屋の奥へと這ってゆく。湯上がりの足の裏が、ほんのり赤く染まっていた。そういえば白シャツに黒いパンツ以外の格好を見るのははじめてだ。

「今、一匹出たところ」

「ああ、羊膜《ようまく》が破れていないな」

僕はサヨリさんとヒカルくんの肩越しに、段ボール箱を覗き込む。サザエの肝状のものはすでに全貌を現しており、よく見ればネズミみたいな生き物が、ぬめりの中で手足をうごめかせている。

「これじゃ息ができない。サビ子、舐めて破ってやるんだ」

ところがサビ子は心細げに鳴きながら、体勢を変えようとお尻を浮かせる。へその緒は繋がったままだから仔猫が引きずられ、その衝撃で水風船が弾けるように羊膜が破れた。

「サビ子お前、もしかして初産《ういざん》か？」

サヨリさんが問いかけても当然答えはない。サビ子は母親になった自覚がないのか、出てきた仔猫に怯えている。

「へその緒を嚙み切れ。それから鼻先を舐めて、呼吸を促してやるんだ」

アドバイスも虚しく、サビ子はオドオドとこちらを見つめるばかり。サヨリさんが「くそ」と悪態をついて、頭に巻いたタオルを外した。濡れ髪がぱらりと解けて頰にかかる。

「ヒカル、これで仔猫の鼻先を拭いてやれ。ただし触りすぎるな。人間のにおいがつくとサビ子が嫌がるかもしれん」

そう指示すると、腰を落としたまま素早く隔離部屋を出て行った。

タオルで鼻先を拭われて、仔猫はようやく呼吸が通ったようだ。ぶるっと首を振ってから、ミーミーと弱々しい産声《うぶごえ》を上げはじめる。ヒカルくんと顔を見合わせ、ほっと一息。

しかし、へその緒はどうすりゃいいんだ。

「玉置クン！」

そこへサヨリさんが戻ってきた。手に持っていた手芸用の絹糸を僕に託す。

「へその緒を、仔猫から三センチ程度のところで縛る！」

「え、は、はい！」

へその緒は羊水に濡れそぼっていて、できれば触りたくなかったが、そんなことは言っていられない。指先をうっすらと血で汚しながら、言われたとおりに結び目を作った。その隣でサヨリさんが、裁ちバサミにエタノールを吹きつける。そして迷いなく結び目の上をちょん切った。

「よし。ほら、ミルクだ。飲め」

新品のタオル越しに仔猫を摑み、サビ子の腹の上に置いてやる。目の開かない仔猫はめいっぱい首を伸ばして乳首の位置を探っていたが、口元にあるのに気づいてむしゃぶりついた。

「よ、よかった」

僕はひとまず、安堵の胸を撫で下ろす。

乳首を吸われた刺激で自分のするべきことを思い出したか、サビ子が仔猫を舐めだした。ぬめりが取れ、しだいに毛皮がふわふわしてくる。爪先だけが白い、黒猫だった。

「かわいい」とヒカルくんが目を細め、サヨリさんはやれやれとばかりに額を拭う。

「お疲れ。キミらが見ていてくれて助かった」

本当だ。傍に誰もいなかったら、この黒猫は産声を上げることなく命を落としていたかもしれない。

「初産の場合、こんなふうに仔猫をちゃんと舐めなかったり、誤って体で押しつぶしてしまうこともある。母猫が仔猫を食べてしまうことだって珍しくないんだ」

思いがけぬ残酷物語に目を剥いた。なんだその血なまぐさい話は。僕らが「産ませよう」と張り切ったところで、母猫に殺されていたかもしれないなんて。生命の誕生なんて、全然綺麗事じゃない。シビアな生存競争がスタートしたというだけだ。無事に生まれてこられるかどうか、そしてその先を生き延びられるかどうかは、ただの運。命なんてものは、本当はこんなに軽くて儚いものなのだ。

「二匹目まではまだ時間があるだろう。手を洗ってこい、二人とも」

サヨリさんにそう促されても、立てやしない。血のこびりついた指先が震えている。仔猫は小さな体でサビ子の乳首にしがみつき、貪欲にミルクを吸い上げていた。捨て置かれては生きていけない存在なのに、この力強さはどうだろう。世界はとても過酷だけれど、それでも僕らは何者かに、「生きろ」と命じられて生まれてくるのだ。

「しょうがない奴だな」

呆然《ぼうぜん》としているうちに、サヨリさんが濡れタオルを作ってきてくれた。それで指先を拭い、一息つく。僕は生命というものの凶暴さに、すっかり打ちのめされていた。

サビ子はそれから四時間かけて、五匹の仔猫を産み落とした。そいつらが一心不乱にサビ子の乳首に吸いついているところを見ると、腹の底がじんわりと温かくなる。サビ子はまるではじめから物慣れた母親であったかのような顔をして、仔猫たちをうんざりするほど舐め回していた。

chapter 5.

二十歳までに
通過しておくべきイマジン

小学校の給食室の前を通りかかったときみたいな、懐かしいにおいがする。午後三時、学生たちの胃袋を満たしきった学食は閑散として、プラスチックの食器やお盆を片づける音だけが平べったく響いていた。

研究室に泊まり込んでいると思しき上級生が、白衣のまま魂を抜かれたような顔でうどんを啜っている。元気なのは女子グループで、テーブルに袋菓子を広げて無料のお茶で歓談中だ。少し離れたところにフットサルサークルの男連中が固まって、時折バカみたいな笑い声を上げていた。

「あ、桜子ちゃん」

女子グループの一人が顔を上げた。その声に導かれるように、男どもが振り返る。死人めいていた上級生の顔にも、心なしか生気が甦《よみがえ》った。

桜子ちゃんが、微笑みながら近づいてくる。ふわふわピンクのチュニック（っていうのか？）に、ミントグリーンのミニキュロット。妖精めいた可愛らしさを振り撒いて、女子グループに「またね」と手を振った。

「ごめんね、玉置くん。待った？」

誰だよテメェと、男どもの怨嗟《えんさ》の声が聞こえるようだ。桜田美代子、通称桜子ちゃん。この大学にミスコンという文化はないけれど、あれば文句なしに選ばれるであろう人気者が、僕の目の前に立っている。この子を待っているんだと思えば、食堂に一人で座っているのも苦じゃなかった。

どうしよう。定番のあのセリフ、言っちゃう？

「ううん、僕も今来たところ」

うっかり声が上ずった。そんな僕を嘲《あざけ》るでもなく、桜子ちゃんは「よかった」と頬にえくぼを浮かべた。

「夏休み、なにしてたの？」

セルフサービスのお茶を汲《く》んで、桜子ちゃんは僕の隣に腰を下ろした。その様子を男連中が未練がましく目で追っている。こんな衆目ホイホイでは気の休まる隙もなかろうに、本人はいたって無頓着だ。

「少しだけ帰省して、あとはバイトかな」

「実家、どこ？」

「福岡」

「あ、あたし佐賀。イェイ、九州勢だね」

両手が肩の高さに差し出される。僕はおずおずとそれに手を打ち合わせた。桜子ちゃんの手のひらは薄くて小さくて、こういう子は爪の形まで綺麗なんだなと感心させられるばかりだ。

九月に入ってから一週間だけ、僕は一応実家に帰った。母親が送りつけてきた航空券を無駄にするのは気が引けたし、意地を張りすぎてカットシのように帰れなくなっても困ると思ったからだ。

すさまじく長い一週間だった。地元に帰ったところで会いたい人なんか誰もいないし、父親は相変わらず視線をテレビや新聞に張りつけて、僕を見ようとはしなかった。浪人時代の最後の三ヵ月間に逆戻りしたような、気まずい食卓。それでも母親の作ってくれた料理は旨かった。

「桜子ちゃんは、なにしてたの?」

「あたしは実家のお手伝い。ウチ、動物病院なんだ。両親とも、獣医なの」

「へぇ。じゃあ獣医界のサラブレッドだね」

僕のくだらないコメントにも、桜子ちゃんは声を出して笑ってくれる。小さな八重歯が零れ出て、癒し系ってこういうことかと実感した。眩《まぶ》しすぎて、老人みたいに目がショボショボしてしまう。

講義ノートを貸してと頼まれるほどの接点しかなかったこの僕に、まさか桜子ちゃんと肩を並べて語らう日が来ようとは。彼女といると、ここしばらくの気鬱もまぎれるようである。

長すぎる夏休みが明けて、九月も下旬になっていた。僕の携帯に桜子ちゃんから着信が入ったのは、昨日の昼休みのことである。誰もいない大教室でカツサンドを頰張っていたら、いつも死んだ貝のように押し黙っている僕の携帯が知らない番号を表示して震えだした。

「あの、学生課のポスターを見てお電話したんですけども」

学生課の掲示板には、猫の里親募集のポスターを貼りだしてもらっている。その連絡先が僕の携帯なのだが、問い合わせ一つなかったから危うく忘れるところだった。

「動物愛護先進国のドイツでは、ペットショップじゃなく保護施設から動物を引き取るのがステータスなんだよ」

目の前の桜子ちゃんは、そう言って色の薄いほうじ茶を啜る。午後の光に照らされて、もはや後光が差して見える。

「夏休みの間、地元のアニマルシェルターでボランティアをさせてもらったんだ。病院が併設されてる施設って、国内じゃ珍しいんじゃないかなぁ。もうすっごい刺激になってね、将来はそういうところで働きたいって思ったの」

さすが、サラブレッドは意識が高い。地方の一公務員の息子である僕は、新しい目標も見つからず日々を無益に過ごすばかりだ。それでも五ヵ月ぶりに実家に帰ってみると、家の裏の畑が住宅用に整地されていたから驚いた。

自家消費分とご近所に配る程度の野菜しか作っていなかったが、祖父から譲り受けたその畑をいじるのが父のなによりの楽しみだったのに。化学肥料を使わずに米ぬかを混ぜ込んで育てた土は固くならされ、『売地』の看板が立っていた。父も母もなにも言わなかったけど、僕の無益な五ヵ月間には莫大なお金がかかっているんだと思い知らされた出来事だった。

「でも玉置くんがすでに活動していたなんて、全然知らなかったなぁ。もっと早く友達になっとけばよかった」

やめてくれ。そんなキラキラした目で見られると、罪悪感が膨らむばかりだ。桜子ちゃん僕はね、ここにいたくているわけじゃないんだよ。

腕時計を見るふりをして、目をそらす。「そろそろ行こっか」と立ち上がった。猫を引き取りたいと申し出てくれた桜子ちゃんを、『虹猫』に案内することになっていた。

猫のいる喫茶店『虹猫』では、今日も新たなご縁を待つ猫たちが、思い思いにくつろいでいる。存在感の強い豚丼が二週間のトライアルののち正式に貰われていって、静かになったのもつかの間、サビ子の仔猫たちがアクティブに動き回るようになってきた。

爪先だけが白い黒猫のタビ、縞三毛のミケ、赤毛のアン、お腹が白い茶トラのオビ、そして母親譲りのサビ柄のアメ。仔猫たちは兄弟とは思えないほど、見事に毛色がバラバラだ。

「かわいい！　写メ、撮っていい？」

許可を取る前からすでに、桜子ちゃんはスマホを取り出して構えている。気がはやるのも無理はない。この時期の仔猫ときたら、暴力的な可愛さだ。

「最近は、動くものに興味を持つようになったんだよ」

僕は猫じゃらしの扱いが下手なようで、どんなに頑張っても成猫たちは見向きもしない。だけど仔猫相手に技術はいらず、ちょっと動かせば容易に釣れた。活発なタイプのアンとオビがおぼつかない動作で猫じゃらしを追い、その尻尾に興味を持ったミケがいつ飛びかかろうかと狙っている。彼らを見ているとパンケーキに載ったバターみたいに、心が蕩《とろ》かされてしまう。

「ごめん、玉置くん。ちょっとどいてもらえる？」

ああ、はい。そうですよね。撮影の邪魔ですね。失礼しました。

僕が拗《す》ねて身を引いたところに、サヨリさんがアイスのカフェオレを運んできた。小柄で柔らかそうな桜子ちゃんとは対照的に、長身で鋭角的な印象である。容姿が整っているのはサヨリさんのほうだけど、男ウケでは桜子ちゃんに軍配が上がるだろう。

「サヨリさん、こちらが昨日言ってた里親候補の――」

「ああ、聞いてる。譲渡条件には目を通してくれたか？」

「あ、はい。大丈夫です」

「ならいい。ゆっくりしてってくれ」

サヨリさんは僕の紹介をみなまで聞かず、言いたいことだけを言って踵を返してしまった。こういう愛想のないところがまさに、男ウケの悪さのゆえんだ。

「カッコイイ。麗矢《れいや》さまみたい」

桜子ちゃんは両手を握り合わせ、その後ろ姿に熱い視線を送っている。なんでもサヨリさんが乙女ゲーに出てくる長髪イケメンキャラにそっくりらしい。そういうオタクっぽい趣味があるのは意外だけれど、それもまた桜子ちゃんの親しみやすさだ。

常連客のヒカルくんはまだ来ていないようで、僕にとってはそれだけが救いだった。だってあんな「国籍はおとぎの国」みたいな美青年に、桜子ちゃんのミーハーっぷりが発揮されないわけがない。僕はこれ以上、自分の肩身を狭くしたくはないんだ。

「あらまぁ、かわいい子ねぇ」

たまたま来ていた伊澤さんが、カウンターからなぜか僕らのいるソファ席に移動してきた。誰か彼女に、人との距離の測りかたを教えてあげてほしい。

「えっと、こちらは地域猫活動家の――」

「どうもぉ。『I♥地域猫の会』代表の伊澤ですぅ」

ああもう、どいつもこいつも。人の紹介を待たない奴らだよ。

「もしかして、玉置くんの彼女かしら?」

「そんな、まさか」

そして桜子ちゃんも、そんなに全力で否定しなくてもいいと思う。韓流アイドルみたいな彼氏がいるのは知っているから、期待なんかしていないけど。

「あの、地域猫についてお話を聞かせてもらっていいですか」

馴れ馴れしいオバサンの登場に戸惑いを見せていた桜子ちゃんが、活動家と聞いて態度を変えた。

「もちろんよ」と伊澤さんも嬉しそうである。

「個体数は減ってますか。TNRをするようになって、むしろ増えたっていうデータもあったと思うんですが」

「そうねぇ、地域外の人が噂を聞きつけて猫ちゃんを捨てにきちゃったりして、なかなか上手くいかないところもあるわ。ただの餌やりさんが活動家をかたることもあるしね。十年やってみて、実感としてはせいぜい二割減ったかなっていうところよ」

「二割、ですか」

「でもね、私は結果云々よりも、この地域のみなさんの、猫ちゃんに対する認識が高まればいいと思うの。猫ちゃんも同じ共同体に暮らす仲間だというふうに捉えられたら、素敵じゃない？」

「TNR-Cですね」

「あら本当によくご存じ。そうね、Communicationよ、大切なのは」

ダメだ、二人の意識の高い話についていけない。だいたい韓流先輩のやっているサークルといい、この手の活動をしている奴らはどうしてみんな横文字の略語を使いたがるんだ。

僕は白熱しだした会話を聞き流すことにして、チビすけたちを構いはじめた。

タビが僕の指先に巻きついて、甘嚙みをする。加減を知らないからけっこう痛い。それでも見ているだけでじわじわと、脳内に多幸感の潮が満ちてくる。こいつの誕生シーンはショッキングだったけど、僕は単純にタビが元気で飯を食い、兄弟たちと遊んでいることが嬉しかった。

納戸から出てこないサビ子の代わりに、世話好きのタイがじゃれ合う仔猫たちを見守っている。ソファから落っこちそうになったアメを咥《くわ》え、毛づくろいをしはじめた。離乳食がはじまると、サビ子は早くも仔猫を遠ざけるようになってしまったのである。

サビ子はあんな性格で、いつか貰い手がつくのだろうか。餌を持っていっても、いまだにおっかなびっくり食べている。こちらを見る目は卑屈だし、顔面は個性的だ。人に愛される要素があまりに少ない。

「あたし、将来は低料金で施術ができる、不妊手術専門のクリニックを開業したいと思っていて——」

「あらぁ、頼もしいわ。じゃ、あなたも獣医学部の学生さん？」

「はい、桜田美代子っていいます。桜子ちゃんって呼んでください」

僕は「えっ」、と顔を上げた。桜子ちゃんって、周りがつけたニックネームじゃなく自己申告だったのか。そもそも彼女は、アニマルシェルターの病院で働きたいんじゃなかったっけ？

「最近の学生さんはしっかりしてるわぁ。あ、そうだわ玉置くん。今日は次の譲渡会の相談で来たんだけどね」

「そういうのもやってるんだぁ。ホントすごいね、玉置くん」

だから、尊敬の眼差しを向けられると辛いんだってば。

「にゃんこが好きでたまらないって顔してるもんね」

この子は基本的に、人を見る目がないんだろう。声には出さずそう思いながら、僕は三本の指でタビ、ミケ、アンを同時に撫でるという荒業《あらわざ》をくり広げた。

「おい、豚丼の近況メールが届いてるぞ」

伊澤さんと譲渡会の日程を詰めていると、サヨリさんがスツールをきしませて振り返った。カウンターの上ではノートパソコンが起動している。

「ホントですか」

思いのほか声が弾んだ。液晶画面を覗き込み、久しぶりに豚丼のふてぶてしい顔と対面する。豚丼はダイニングセットに座る妙齢の女性に抱きかかえられ、でも目はちゃっかりテーブルの上の食パンを狙っていた。餌の時間になると「くれ、もっとくれ」と意地汚く鳴いていた、あのダミ声が懐かしい。

「はは。豚丼の新しい名前、『部長』なんですね」

どっしりとした貫禄を思わせるネーミングだ。中間管理職止まりなのは、いささか品性に欠けるせいだろう。

「わぁ、大きなにゃんこだねぇ」

桜子ちゃんが背後から、覆い被さるように覗き込んできた。

「こんなにふくふくしちゃって、愛されてるんだぁ。よかったねぇ」

涙ぐんでいるところ悪いけど、豚丼がふくよかなのは元からだ。シャム系のナゴヤが液晶に映る豚丼に挨拶しようと鼻を近づけるのを見て、「やばい、可愛い」と僕の肩を何度も叩いた。

「ああ、大変。今すぐにゃんこと暮らしたい」

大興奮の桜子ちゃんに、サヨリさんがしれっと水を差す。

「悪いが仔猫に関しちゃ、最低でもあと一ヵ月は待ってくれるか。まだ兄弟を引き離すには時期が早いんだ」

「はい、大丈夫です。チビにゃんこなら、他にも欲しい人はいると思うから。あたし、あんまり人気のなさそうな子にします」

猫の世界も平等じゃない。たいていは仔猫、器量よし、愛嬌よしの順に貰われてゆく。例外的に豚丼みたいなデブ猫好きもいるが、サビ子はおそらく難しい。

「そんな無理をすることはないさ。フィーリングで『いい』と感じた猫を引き取るのが、お互いのためだと思うぞ」

「でも、そうしたいんです。たとえば障害があってもかまいません。かわいそうなにゃんこにこそ、愛情を注いであげたいから」

「ふうん」

サヨリさんは唇の端を歪め、極悪人に見える微笑を浮かべた。その冷めた相槌はなんですか。たしかに「にゃんこ」って呼びかたがいちいち引っかかるけど、いい子ですよ。

「まぁ、素敵なお嬢さんねぇ」

一方の伊澤さんはスタンディングオベーション。この反応もまた、ちょっと行きすぎだと思う。

「だったら東丸さんちのほうが、ひと癖ある奴が多いんじゃないか。玉置クン、バイトついでに連れてってやれば？」

サヨリさんが僕に向かって「行ってこい」と顎をしゃくる。人使いが荒いのは今に始まったことではない。

「え、バイト？」

肩に置かれていた桜子ちゃんの手がするりとすべり落ちる。振り返ると、彼女は大きな瞳をまたたいて僕を見ていた。

「そう、猫屋敷の猫の世話と里親探しが彼の仕事。アタシが雇ったバイトくんだ」

「え、えええええ、なんで？」

なんでって、そんなに顔を近くに寄せられても。

「学生課に、求人案内が貼り出されてたから」

「そんなの、おかしいよ！」

なにが？　と、問い返すこともできずに僕は首を傾げた。

「伊澤さんもサヨリさんも、ボランティアでしょ。みんな無償で頑張ってるのに、どうして玉置くんだけが？　恥ずかしくないの？」

そういや僕は、桜子ちゃんにこれがアルバイトだとは言っていなかったかもしれない。

でも求人があったから応募しただけなのに、なにを責められることがあるんだ。

戸惑うばかりでなにも言い返せずにいると、桜子ちゃんはターゲットをサヨリさんに変えた。

「どうしてボランティアで募集しなかったんですか。ウチの学校なら、やりたい人いっぱいいますよ。むしろ、あたしがやりたいです」

ええと、こういう活動はボランティアでやるべきで、お金を貰うのは恥ずべきことだと、もしかしてそう言いたいのかな。彼女の言動に対して見ないようにしていた違和感の針が、いっぺんに振り切れた。この子はいったいなんなんだ。

「それもそうねぇ」

しみじみとそう言ったのは伊澤さんだ。共感のこもった声に驚いてそちらを見た。

「特に疑問に思わなかったけど、言われてみれば学生ボラさんにお願いしたほうがいいんじゃないの？　ウチも募集してみようかしら」

「そうですよ、ぜひ！」

あれ。もしかして僕、ここから追いやられようとしてないか？

この四ヵ月、猫に嚙まれたり引っかかれたり、作った傷は数知れず。東丸の婆さんにまでこき使われて、やりたくもないことを頑張ってきたつもりだけど。

合同開催の譲渡会の第二回はどうするんですか、伊澤さん。「よく頑張った」って、褒めてくれたこともありましたよね、サヨリさん。

「まぁたしかに玉置クンの取り柄なんて、無遅刻無欠席くらいだしな」

嘘だ、僕ってそんなに評価されてないの？　べつに高評価だとも思ってないけど、少しくらいは──。

「い、いいんじゃないですか」

考えるより先に唇が動いていた。鼓膜の内側に、引きつった笑い声がこだまする。

「実は僕、来年大学を受け直そうかなぁ、なんて思ってたんですよ。本当は医学部に行きたかったから。バイトしてる余裕はないし、どうしようかなってちょうど悩んでたところで──」

待て待て、これはちょっと待て。このまま獣医学部に在籍していていいんだろうかと悩んじゃいるが、仮面浪人をするなんて考えはなかっただろう。だいたい今から準備をはじめて間に合うはずがないじゃないか。

「なぁんだ、ちょうどいいじゃないですか。あたし、玉置くんの後釜《あとがま》やります。もちろんボランティアで」

すぐさま桜子ちゃんが食いついた。ちょっと、違うんだ、今のナシ。どんどん血の気が引いてゆく。

「でも仔猫たちが片づくまでは、辞められないかなぁ。あいつらが生まれたのはその、僕に責任があるんだよね」

ぎりぎりのところで食い下がる。そう、サビ子の妊娠は僕の監督不行き届きによるものだ。投げ出したまま辞めてしまうわけにはいかない。

「チビにゃんこたちなら、大丈夫じゃないかなぁ」

桜子ちゃんはそう言いながらソファ席に戻り、テーブルに置いてあったスマホを取った。軽く画面を操作して、僕に見えるように突き出してくる。

「ほら、見て。LINEグループに投稿したら、もうこんなに反響が」

いつの間にそんなことをしていたんだ。桜子ちゃんが撮っていたチビすけたちの画像が、『この子たち、里親募集中だよ』なるコメントとともにアップされていた。その下に『かわいい』『養いたい！』『詳細求ム』といった吹き出しが、ずらずらと続いている。

「すごぉい。五匹のチビにゃんこに対して、七人も手を挙げてるよ。これ、もう解決じゃない？」

恐るべし、リア充の影響力。サヨリさんが僕に白い目を向けてきた。

「アタシはもともと学生の君に、こういうネットワークを期待していたんだけどな」

いまだにガラケーで事足りてる僕に、そんな突き刺さることを言わないでほしい。口を開くと声が震えた。

「い、いいんですか。僕、辞めちゃっても」

「いいもなにも、アンタの夢を邪魔するつもりはないよ」

「夢？」

そんなもの僕に、あったっけ。

「動物の医者じゃなく、人間の医者になりたいんだろ？」

そうだ、僕は医学部に入りたかった。だけど、そんなに医者になりたかったのか？

いや、違う。僕はただ少しでもレベルの高い大学に行きたかっただけだ。だって、周りがみんなそうだったから。ただ受験に勝つためだけに勉強していた。僕が憧れていたのは、旧帝大系医学部の偏差値とステータスだ。

じゃあ僕のやりたいことって、なんなんだ。

僕は今、どこに向かっているんだろう。地面だと信じて歩いていた足場が、蛇のようにうねりだすのを感じていた。


斜め後ろを歩く桜子ちゃんが、なにも話しかけてきてくれない。東丸の婆さんちに連れてってやれと命じられたとおり、僕らは青い瓦屋根の民家を目指す。桜子ちゃんだけじゃなく、僕も僕自身に幻滅しているところだ。沈黙が細い針のようにつき刺さる。

「おや、珍しいね。お友達？」

婆さんは桜子ちゃんを見てちょっと目を丸くしたけれど、そのまま中に入れてくれた。

前は来訪者のことごとくをボケたふりで追い払っていたくせに、ずいぶん丸くなったものだ。榎田の奥さんと一緒にバーゲンで買ったという、レース地の黒いブラウスを身に着けていた。

「猫砂散らばりすぎですよ。掃き掃除くらいしてください」

こうして婆さんに小言を言うのも、これで最後なのかもしれない。僕のことを「餌を運んでくる人」と認識している猫たちが、池の鯉《こい》のように集まりだした。

唐突に大運動会がおっ始《ぱじ》まり、食卓に載っていた醤油差しがガシャンと倒れる。まったくもう、人騒がせな奴らだ。だけど、ちゃんといい人に貰われて幸せになるんだぞ。僕はそれを、見届けてやれそうにないからな。

振り返ると桜子ちゃんが、唖然《あぜん》と玄関に立ち尽くしていた。無理もない、僕もはじめはそうだった。この家はどれだけ消臭スプレーを振りかけようと、長年しみついた獣臭が滲み出てくる。障子や壁紙はビリビリで、僕のジーンズもすでに毛まみれだ。

「これでもだいぶ、マシになったんだよ。前は四十四匹いたからね」

それが今や二十五匹にまで数を減らした。来月の譲渡会には人懐っこい三毛を筆頭に、可愛げのある奴を六匹ほど出そうと思っていたんだ。なりゆきでずるずると続けてしまったバイトなのに、この名残惜しさはなんだろう。

「上にも、いるの？」

階段のほうを気にしている桜子ちゃんに、頷き返す。

「二階に行くなら、これをどうぞ」

差し出された風呂用スリッパに、桜子ちゃんは訝《いぶか》しげに足を通した。和室に引っ込んでしまった婆さんの頭が、破れ障子の向こうに見える。僕は桜子ちゃんを見送ってから、足で猫たちを追いやりつつ猫缶を開けはじめた。

「いやぁっ！」

猫たちの催促の大合唱越しに、女性の悲鳴が聞こえた気がした。桜子ちゃんが足音も殺さずに、猛烈な勢いで駆け下りてくる。

「どうしたの、大丈夫？」

二階には気性の荒い雄猫がいる。怪我でもしたかと心配になった。

「ね、猫が、ゴキブリで遊んでたんだけど」

「ああ、なんだ」

僕は肩の力を抜いた。なにしろ二階は荒れ放題だ。猫の吐瀉物《としゃ》もたまに見るし、そりゃ虫も湧くだろう。それでもこの家で件《くだん》の昆虫に出くわしたことがないのは、優秀なハンターたちの働きによるものだったらしい。

「『なんだ』じゃないでしょ！」

桜子ちゃんが血相を変えて、断りもなく和室の障子を開け放った。「万年コタツ」に膝先を突っ込んでいた婆さんが、頬杖ついて「あ?」と感じの悪い視線を寄越す。だが桜子ちゃんは引き下がらない。

「この不衛生な環境はなんですか。にゃんこをこんなに増やしちゃったのはおばあちゃんでしょ。人任せにしないで、自分でできることはしてください」

華奢な体が義憤に震えている。そんな桜子ちゃんの肩越しに、婆さんが鬱陶しそうに僕を睨んだ。

「なんだい、このやっかいな子は」

「や、やっかい者はあなたじゃないですか!」

ダメだ、桜子ちゃん。その婆さんに正論は響かない。近頃少しずつ社会性を取り戻しているようだけど、根っこがひねくれているからどうにもならない。

「そんなこたぁ承知してんだよ。ちょっとアンタ、今日はもういいから、このうるさいの連れて帰っとくれ」

「え、でもまだ掃除が」

「やっとく、やっとく。アタシがやっとく」

絶対嘘だと思ったが、ひとまず引くことにした。婆さんにへそを曲げられたら、それこそやっかいなのだ。

「都合が悪くなったら追い出すんですか。いいですよ、明日も明後日も来ますから!」

ところが桜子ちゃんは、案外負けん気が強かった。

婆さんが「はん」と、馬鹿にしたように鼻を鳴らす。

「分かった。あんたらにはもう、二度とウチの敷居はまたがせない」

ほら、もう。だから言わんこっちゃない。

空腹で気の立った猫たちに引っかかれつつ、僕は深々とうなだれた。

桜子ちゃんの柔らかそうな耳たぶが、ピンク色に染まっている。たまに目頭を指で押さえ、涙を堪える様子が可憐《かれん》だ。

「気にすることないよ。あの婆さん、だいぶへんくつなんだ」と、慰めずにはいられない。

しかし桜子ちゃんは毅然と顔を上げ、あろうことか僕を睨みつけてきた。

「そうやって玉置くんが、なぁなぁにしてきたからいけないんじゃないかな?」

「はい?」

「玉置くんがあの人の言うとおりになんでもやっちゃうから、責任感が育たないんだよ」

はぁ、そうかもしれないですね。だけど七十を超えた婆さんに、今さらなにが育つのかな。

「飼い主側のエンライトメントも、重要なことなんじゃないの?」

「え、遠雷?」

もういい、と桜子ちゃんは背中を向けて歩きだした。かと思えば「今だから言うけど」と、唐突に振り返る。

「はじめて喋ったとき、歯に青のりついてたからね!」

それはもしかして、哲学のノートを貸したときか。そういうことって、あとから言うのはナシだろう。今さら知らされたところで、なにもできやしないじゃないか。

感情をぶちまけたいのはむしろ、こっちのほうだ。猫ボランティアすら追い返してきた婆さんと、衝突したり呆れたりしながらも、どうにか打ち解けてきたところだっていうのに、台なしだ。

だけど僕は婆さんが後釜候補の桜子ちゃんを受け入れなかったことを、心の隅で喜んでもいた。了見の狭い男だと、笑いたきゃ笑え。そんな男だからこそ、大ボラを吹いて自ら墓穴を掘ってしまうのだ。

桜子ちゃんは僕に恥をかかせて満足したのか、先をずんずんと歩いてゆく。どうせ向かうのは同じ『虹猫』だ。三歩後についてゆく。

「ただいま戻りました」

複雑な感情を燻らせながら、引き戸を開けた桜子ちゃんに続いて店に入る。伊澤さんはすでに帰ったようで、その代わりに赤ちゃんを抱いた榎田の奥さんがサヨリさんと対面していた。

「あれ？」

どうしたんですかと尋ねかけた僕に、サヨリさんが軽く目くばせをし、鼻先にそっと人差し指を添える。黙ってろってこと？　出かけた言葉を飲み込んだ。

「私だって、困ってるんです」

テーブルには見覚えのある水玉のキャリーバッグが置かれていた。奥さんが今まで聞いたこともない、険のある声を発している。

「急な転勤で、この子を連れては行けないんですよ」

そう訴えて、キャリーバッグのチャックを引いた。ひょっこり顔を覗かせたのは、やはり顔にヒゲ模様のあるソウセキだ。

「だから、こちらで引き取ってください」

「え？」の形に口が開いた。転勤って、あの子煩悩《ぼんのう》な旦那さんが？

でも、待ってよ。ソウセキのことでは一悶着《もんちゃく》あったけど、「家族でいる資格はあるんでしょうか」と涙ながらに訴えたのは奥さん、あなたじゃないか。

「それはできない相談だな。転勤先で、ペット可のマンションを探してくれ」

サヨリさんはいつになく冷静だ。「ふざけるな！」と怒鳴り返してもいいものを、脚を組んで平然としているのは、これまたどうしたことだろう。

「急すぎて探せないって言ってるでしょう」

榎田の奥さんは心底うんざり、と言いたげに顔をしかめた。すっかり人が変わっている。東丸の婆さんなんか紹介したせいで、性根が歪んじゃったんじゃないだろうか。

「引き取ってもらえないならしょうがない。かわいそうだけど、保健所に連れて行くしかありませんね」

「なんで！」

黙ってろと指示されたのに、喉の奥で悲鳴が弾けた。そんなことになったらソウセキを待ち受ける運命は、ほぼ百パーセントに近い確率で殺処分だ。飼えない事情ができたにせよ、あまりに短絡的じゃないか。

「命をなんだと思ってるんですか！」

僕がショックのあまり棒立ちになっている隙に、桜子ちゃんが榎田の奥さんに詰め寄った。ついに涙があふれたようで、声が水っぽくなっている。

「にゃんこはあなたのオモチャじゃないんですよ。毎日お世話して、かわいがってたんじゃないんですか？　そこに愛情はないんですか？」

榎田の奥さんが、ゆっくりと桜子ちゃんの顔を見上げた。ぞっとした。まるで言葉の通じない、異星人みたいな目をしている。

「しょうがないでしょ、飼えないんだもの」

「この子が死んじゃっても、構わないってことですか」

「あなたたちが見殺しにするから悪いんじゃない」

首の後ろに鳥肌が立った。桜子ちゃんも息を飲んだまま、二の句が継げないようである。事態が飲み込めていないソウセキは、バッグから飛び出して呑気《のんき》に毛づくろいをしはじめた。

「はい、そこまで」

サヨリさんがポンと手を打ち鳴らし、僕は詰めていた息をはっと吐き出した。

「いい演技だった。さすがは元演劇部だな」

「いえ、そんな。高校の部活動レベルですから、お恥ずかしいかぎりです」

サヨリさんの拍手に、榎田の奥さんが頰を染めて照れている。これはいつもの奥さんだ。

「ごめんね」と謝りながら、ソウセキの頭を撫で回す。

「全部嘘よ。もう、どこにもやらないからね」

奥さんに抱かれた赤ちゃんも、不明瞭な声を発しながら手を伸ばす。小さな手に耳を握られても、ソウセキはされるがままになっていた。

「嘘って、なんでそんなこと——」

僕は事態が飲み込めぬまま。桜子ちゃんも同様らしく、サヨリさんと奥さんを見比べて細かく瞬きをしている。

「ボランティアを始める前に、桜田美代子ちゃんには現実を知っといてもらおうと思ってな」

サヨリさんはごり押しのニックネームじゃなく、桜子ちゃんのフルネームを口にした。唇の端がニヤリと吊《つ》り上がる。

「な、あんたの綺麗事なんて通用しないだろ?」

僕らはどうやら担がれたらしい。すべてを悟った桜子ちゃんの耳が、見る間に染まってゆく。

「なに言ってるんですか。こんなのただの、お芝居じゃないですか」

「いいや、現実だよ。こいつの前の飼い主が言ったセリフを、そのまま再現してもらったんだ」

赤ちゃんから解放されて、ソウセキはプルンと耳を振った。引っ越しの際に捨てられた猫だと聞いちゃいたけど、そんな経緯があったなんて、知らなかった。

「ペットをアクセサリー程度にしか思っていない、こんなゲスはいくらでもいるぞ。自分の持ち物なんだから、好きにしていいと信じてる。頭がおかしいんだよ」

「そんな言いかたって。そういう人たちにこそ、啓蒙《けいもう》活動を——」

「無理だね。前の飼い主に、殺処分の実態を動画で見せようとしたらどうなったと思う？『そんな残酷なもの見せないでよ！』と激怒された。正論なんか、通じないんだよ」

さもありなんと、僕は東丸の婆さんを思い浮かべる。あの人だって、仲違いした息子が猫嫌いという理由だけで猫を飼い、際限なく増やしてしまったクチである。どうしてそんなことをするんだとか、どうして不妊手術をしないんだとか、どうして世話をしないんだとか、口を極めて責め立てても、耳の穴をほじりながら「へいへい」と聞き流すのが関の山。挙句の果てに、「二度とウチの敷居をまたがせない」ときたもんだ。実のところ、自分だけが可愛いのだ。

「分かるだろ。アンタもしょせん『かわいそうなにゃんこ』なんかどうでもよくって、『いい子な私』をアピールしたいだけなんだから」

「ちょっと、サヨリさん」

桜子ちゃんの目の縁に、みるみる涙が盛り上がってきた。僕は焦り、榎田の奥さんも居心地の悪そうな表情を浮かべている。だがサヨリさんは容赦がない。

「いかにも『お勉強してきました』という知識を並べ立てて、薄っぺらいことだな。あんた、本当はどうしたいんだ」

「だって、だって」

桜子ちゃんの体が小刻みに震えている。婆さんちで見せた負けん気を再び発揮するかと思いきや、彼女は「麗矢さまぁ！」と叫びながら、サヨリさんの胸に倒れ込んだ。

ソウセキがそれに驚いて飛び退《の》き、さらに驚いた赤ちゃんが顔をくしゃくしゃにして泣きはじめる。

「おお、よしよし」

榎田の奥さんとサヨリさんの、泣く子をあやす声が重なった。

先輩がいけないんですと、桜子ちゃんはむせび泣きに訴えた。

「彼が、『君には幻滅だよ』なんて言うから」

サヨリさんに手渡されたティッシュを取って、彼女は盛大に洟をかんだ。もはや体裁を気にしている余裕はないらしい。

涙で切れ切れになりつつも、桜子ちゃんは韓流先輩とのなれそめを語りだした。入学後まもなく、ＡＡＥサークルの代表をしている先輩に声をかけられて、彼女はたちまち恋に落ちた。

「すっごくカッコよくて頭がよくて、子供たちに命の素晴らしさを教えたり、被災動物の保護活動にも関わってる、とても意識の高い人なんです。だけど最近、だんだん冷たくなってきて」

色恋の話なら、僕は最初からお手上げだ。サヨリさんと榎田の奥さんが並んで桜子ちゃ

ん の正面に座り、ふむふむと頷きながら聞いている。

「夏休みに行こうねって言ってた旅行もぜんぜん話が進まなくて、なんでLINEの既読無視するのって問い詰めたら、『君といても刺激がない』って言われちゃったんです。『意識が低い』とか、『親が獣医だからなにも考えずに進学しただけでしょ』とか、『精神的向上心のない者は馬鹿だ』とか、ひどくないですか？」

なんだか高校の現国の教科書で読んだフレーズが混じってるけど、大丈夫？　韓流先輩は、そんなことをよく面と向かって言えたものだ。

「あたし悔しくって、絶対に見返してやろうと思ったんです。意識の高い人間になれば、先輩も戻ってきてくれるかもしれないし」

サヨリさんと榎田の奥さんが、お互いに顔を見合わせた。珍しく言いづらそうに、サヨリさんが腕組みをほどいて頬をかく。

「それな、ただ冷められただけだと思うぞ。見当違いの努力をするくらいなら、忘れて次に行ったほうが――」

そりゃ僕でさえそうじゃないかと思うけど、もの言いがストレートすぎやしないだろうか。桜子ちゃんの眉根がきつく寄せられる。それを見て榎田の奥さんが、サヨリさんの膝に手を置きストップをかけた。

「その男の人は、とても不誠実だと思うわ。勝手に心変わりをしておいて、それをあなたのせいにしたのね。たぶん最初のころは、ものすごく優しかったでしょう？」

「はい、甘々でした」

「分かる。そういうタイプの男の常套手段《じょうとうしゅだん》よ」

奥さん、あんたは何者だ。女子社員の悩み相談を一手に引き受けるベテランＯＬみたいな貫禄だ。女子トークをこうして立ち聞きしていると、ちょっと逃げ出したい気持ちになる。

「だけど、ちょっとずれてない？　あなたがボランティアを頑張ったところで、先輩はノーダメージじゃないかしら」

榎田の奥さんがそう言いながら、ガーゼのハンカチを差し出した。ハンカチを強く顔に押し当てて、桜子ちゃんが首肯する。

「分かってます。あたしだって本当は、『ざけんな』って、ぶん殴ってやりたいです」

「あら、じゃあそうすればいいじゃない」

優しげな微笑みとは裏腹に、奥さんの提案は思いのほかバイオレンスだった。

桜子ちゃんが虚を突かれたように顔を上げる。しばらく奥さんの穏やかな目に見入っていたが、やがて「ホントだ」と、小さな八重歯を覗かせた。

深呼吸をして気を鎮《しず》めている桜子ちゃんに、榎田の奥さんが小声でなにごとかアドバイスをしている。その二人をソファに残し、サヨリさんがカウンターにもたれ掛かっている僕の隣にやってきた。

「今、手首を痛めない殴りかたをレクチャー中だ」

そう言って、肩越しに背後を指し示す。榎田の奥さんが、右ストレートを打つ動作をスローモーションで見せている。だから本当に、奥さんてば何者なんだ。

「元ヤンだそうだ」

「演劇部じゃなかったんですか」

「中学までヤンキーで、高校で更生して演劇をはじめたらしいぞ」

奥さんときたら、大人しそうな顔をしているのに、人は見かけによらないものだ。

立っているとサヨリさんとの身長差が悲しいので、さり気なくスツールに腰掛ける。勉強のために成長期の睡眠時間を削らなければ、もう少し伸びたかもしれないのにな。今さらそんなことを考えて、僕は自嘲気味に頬を歪めた。

「で、あんたは本当に辞めるのか？」

話の矛先がこちらに向く。これがほんの二、三ヵ月前なら、「もちろんです」と即答していたかもしれない。だけど今は――『虹猫』との接点を失えば、僕はまた広い東京で一人ぼっちだ。ただ漠然と授業に出て冷たい飯を食い、一日の終わりには誰のことも思い出さずに眠りにつく。

「すみません。嘘でした」

情けないけど、肩を縮めて謝った。この店に集う人たちはみんな性格に難ありでやっかいで、だからこそ僕は安心してここにいられたんだ。

「医学部に行きたかったのは本当ですけ、どっ！」

サヨリさんの指が近づいてくる。警戒して身を引くと、鼻先をピンと弾かれた。痛い。でも、つままれるよりは痛くない。

「鼻はもうやめてください」

それでも一応抗議をすると、サヨリさんは唇をすぼめてちょっと笑った。冷笑でも嘲笑でもなく、なんとなく嬉しそうですらあった。

と思うのは、ただの身勝手な願望だろうか。鼻をさするふりをして、僕は照れ隠しにうつむいた。

「でもサヨリさんは、学生ボランティアに切り替えたほうがお得なんじゃないんですか？」

「は、冗談じゃない」

おずおずと尋ねたら、サヨリさんが軽く鼻を鳴らした。

「アタシは学生ボラが大っ嫌いだ。頭でっかちで理想に燃えて、そのくせ打たれ弱く、その弱さを他のなにかのせいにする。しばらくすると勉強だの、バイトだの言って一人減り二人減り、誰もいなくなって終了さ。だったら自腹を切ってバイトとして雇ったほうが、責任感が芽生えるかもしれないと思ったわけだ」

ボランティアはすでに使ったことがあったらしい。それで懲りてるなら最初から、桜子ちゃんを受け入れる気はなかったんじゃないか。

「でも責任感って、金じゃ買えないんだな。面接に来た奴らを片っ端から婆さんちに送ってやったが、戻ってくる率の低いこと低いこと。骨のありそうな奴でも三日ともたなかった」

たしかバイト初日に僕が婆さんちから戻ったとき、サヨリさんは「逃げ出したかと思った」と言っていた。あれは言葉の綾《あや》じゃなく、本当にそう思っていたのか。

「アンタだけだよ。律儀に無遅刻無欠席で通ってくるのは」

これは、一定の評価をいただけたと解釈していいんだろうか。サヨリさんの眼鏡の奥の瞳が心なしか細められていて、だんだんいたたまれなくなってきた。「わーっ」と叫んでこの場から逃げ出してしまいたい。唇を尖らせて、僕はぼそぼそと弁解じみたことを呟いた。

「それはその、僕が流されやすいからであって。けっきょく自分がなにをやりたいのかも分からないし」

子供のころから、僕にはなりたいものなんて特になかった。戦隊もののヒーローもサッカー選手も芸能人も、自分とは違う人種だと知っていたから憧れなかった。それでも勉強だけは苦にならなかったから、これで見返してやろうと思ったのだ。

もしかしたら僕の父は、それが分かっていたから三度目の挑戦をさせてくれなかったのかもしれない。世間体を気にしていたのは僕のほうで、そんな息子が人命を左右する職に就く危うさを、察知していたのだろう。

「べつにアタシだって、こんなことをやりたくてやっているわけじゃないぞ」

そう言ってサヨリさんがカウンターに両肘をつく。軽く突き出した腰のラインが優美である。

「猫とかかわるってことはつまり、人ともかかわらなきゃいけないってことだからな。しかも一癖も二癖もある奴が多くて、はっきり言って面倒でかなわん。それでもやらずにいられないから、しょうがない」

サヨリさんの伏せたまつ毛が震えている。僕は聞かずにはいられなかった。

「どうしてそこまで猫に手間暇かけるんですか」

「それは猫が人間の、最良のパートナーだからだ」

それについては異論のある人もいるだろうけど、サヨリさんは自信満々に胸を張る。こんな極度の猫バカに、つける薬はなさそうだ。人使いは荒いし枯れ専だし、サヨリさんだってそうとう癖が強い。

でも僕はこの人に認められると、なぜかちょっと嬉しいんだ。

「アンタは案外、獣医に向いているんじゃないか。東丸の婆さんの親子関係に目をつけたあたり、なかなか鋭かったぞ」

「おだてないでください。どうせ僕が獣医になったら、いいように使う気なんでしょう」

「なんだ、本気で鋭いな」

こんなふうにまったく油断がならないけれど、少しくらいは必要とされているって、うぬぼれても構わないだろうか。

「そうだ、アンタあの子をたぶらかせ。彼女のネットワークを活用しない手はないぞ」

サヨリさんが妙案を思いついたかのように指を鳴らした。肩越しに振り返ると、桜子ちゃんは手鏡に向かって顔を直している。自分の行動半径が狭いものだから、サヨリさんは使えそうなものはなんでも利用したがる。

「なに言ってんですか。そんなの僕には無理ですよ」

桜子ちゃんが僕ごときのために、惜しみなくその手を貸してくれるはずがない。

「よし。じゃあ私、ちょっと行って来ますね」

しかも韓流先輩をぶん殴る気満々だ。そのたくましさに早くも気後れがする。

「こんばんワンコ、なんちゃって。いやぁ、残暑が続きますねぇ、サヨリさん」

桜子ちゃんが固い決意を胸に立ち上がったとき、入り口のドアベルが高らかな笑い声とともに鳴り響いた。相田アニマルクリニック院長、相田博巳先生のご登場だ。

「おや、先客がいたんですね。失敬失敬、セニョリータ」

人差し指と中指をくっつけて軽く振る、そんなジェスチャーは漫画でしか見たことがない。桜子ちゃんもさぞかし呆れている——かと、思いきや。両手を口元に重ね合わせ、丸い瞳がみるみる輝いてゆくじゃないか。

「ね、ね、誰？　あのカッコいい人」

相田先生が榎田の奥さんに挨拶をしている隙に、桜子ちゃんが小走りにやって来て僕の袖を引っぱった。誰か、嘘だと言ってくれ。

「相田博巳、グッジョブだな」

サヨリさんが僕だけに分かるように、カウンターの下でこっそり親指を立てて見せた。

chapter 6.

別れと出会いの循環方式

サクラに飼い主が決まりそうだ。

十月下旬のよき日である。しつこく居残っていた残暑もさすがに過ぎた記憶となり、冴《さ》えた青空の広がる日曜日。お昼と夕方のちょうど間くらいの時間帯に、その二人はやって来た。

一人は桜田美代子、通称ではなく自称「桜子ちゃん」。合皮張りのソファ席で、アイスレモンティーを飲んでいる。

その隣に座って店主のサヨリさんと向き合っているのが、サクラの飼い主候補の女の子だ。眼鏡の似合うショートカットの彼女は、サヨリさんの提示する譲渡条件にいちいち神妙に頷いている。

彼女は桜子ちゃんの友達で、動物保健看護学科の一年生らしい。住まいは実家で一戸建て。家族全員が大の猫好きで、飼っていた猫が十八歳の大往生を遂げてしまったのが半年前のこと。

その悲しみも時とともに薄れゆき、それでも埋めきれないほろ苦い喪失感を、そろそろ新しい猫で満たしてもよかろうという頃合いだ。桜子ちゃんから『虹猫』のことを教えられ、ならばそこでと足を運んでくれたのである。

プロフィールを聞いた時点で、サヨリさんが断ることはまずなかろうと思われた。あとは、ここにいる猫との相性である。ユリだかユイだかいう眼鏡ちゃん（失礼ながら名前を忘れた）は店に入るなり、まるで天啓でも降りてきたかのように、サクラを指差して「この子」と言った。

こういうことは直感がものを言う。一番はじめに目が合ったのがサクラだったのかもしれないし、前の猫が同じ茶トラだっただけかもしれない。なんであれ瞬時に「これ」と閃《ひらめ》いたからには、それは運命の出会いである。

「ではこれからサクラをお宅に届けて、二週間のトライアル期間に入る。ここまでで、なにか質問は？」

「えっと、じゃあサクラちゃんの、餌の好みを教えてください。前の子はカリカリだったんですが――」

サクラはお気に入りのバスケットの中に丸まって、ぴくり、ぴくりと耳を動かしている。薄い耳に入っているV字の切れ込みは、地域猫だった証である。ノラだったところを捕らえられ、悲しい思いをしたサクラにもいよいよ、安住の地が訪れるのだ。

よかったなと、僕は眼差しで語りかける。狭い所が特に好きなサクラは、僕がソファに置いておいたパーカーの袖に入り込んで、毛まみれにしてくれたこともあった。袖口に詰まった顔が可愛くて、怒るどころじゃなかったんだけど。そんなふうに、新しい家でも愛嬌を振りまいてくれるだろう。

元気でな。大事にしてもらえよ。

なんて感慨にふける暇もなく、足元に毛玉がころころと転がってきた。サビ子の仔猫、茶トラのオビと縞三毛のミケである。足腰がかなり強くなって、兄弟遊びも派手になってきた。間合いとタイミングを計りながら、僕の足を盾に猫パンチを繰り出し合い、ひとしきりやると満足したのか、もつれるようにして走り去ってゆく。

あの五兄弟の貰い手も、来月から募集することになっていた。本当に、しんみりしている場合じゃない。

「ねぇねぇ」

ウェイター代わりにカウンターの側で待機していると、桜子ちゃんが寄って来た。サヨリさんとお友達の、質疑応答に厭きたのだろう。

「あの窓際の人って、常連さんだよね」と、声をひそめて尋ねてきた。

お決まりのテーブル席にはヒカルくんが、これまたお決まりのアイを膝に乗せたスタイルでこちらに横顔を見せている。額から鼻、そして顎へと続くラインが美的に過ぎて、感嘆のため息しか出てこない。

「うん、ほぼ毎日来てるよ」

「ふぅん。名前はなんていうの？」

惚れっぽい桜子ちゃんのことだ。何度か顔を合わせたことのあるヒカルくんにも、ついに興味を持ちはじめたのだろう。

「鈴影ヒカルくん。桜子ちゃんの、一つ下だよ」

僕は一浪、桜子ちゃんは現役合格である。聞かれてもいないのにわざわざ年齢まで答えたのは、ヒカルくんへの関心を少しでも削《そ》がんとする、モテない男の浅ましさである。ほんの一歳違いとはいえ、女子大生と男子高校生の格差は大きかろう。

「えっ、じゃあもしかしてサヨリさんの弟さん？」

桜子ちゃんの声に黄色みが増した。しまった、と思いながら僕は曖昧に微笑む。

鈴影なんて苗字はめったにない。それが同じ空間に二人揃えば、血縁者としか思われない。

サヨリさんとヒカルくんは、義祖母（というのか？）と孫だ。ヒカルくんの亡くなったおじいちゃんの妻だった人がサヨリさんという、複雑な間柄である。

サヨリさんがどうしてそんなお年寄りと結婚する気になったのかは、僕にもまだ謎のままだ。実は知りたくってたまらない。だけどサヨリさん本人に聞くわけにはいかないし、ヒカルくんとはサビ子のお産の夜以来、二人で話す機会がなかった。

「玉置クン」と僕の名前を呼びながら、サヨリさんのスレンダーな体が近づいてくる。ギヤルソンスタイルのベストドレッサー賞なるものがあるとすれば、サヨリさんが獲るべきだと僕は思う。

入れ違いに桜子ちゃんが友達の隣に戻り、なにやら耳打ちをしている様子。窓辺の席をチラチラ窺っているところを見ると、ヒカルくんに興味があるのはどうやら眼鏡ちゃんのほうらしい。

「間もなく来るはずだから、サクラをキャリーバッグに入れてくれ」

「え、来るって誰が」

サヨリさんの指示に疑問を覚え、聞き返したと同時にドアベルが鳴った。

「やぁやぁみなさん、グッ・アフタヌーン。恋する愛の宅配便、相田運輸の到着ですよぉ」

白いスラックスの折り目も眩しい、相田アニマルクリニック院長である。

「キャー。ちょっとヤだ。カッコよすぎるぅ」

度を失った桜子ちゃんが、眼鏡ちゃんの肩を猛烈な勢いで揺さぶっている。眼鏡ちゃんに白い目で見られていることには、気づいていないようである。

「メルシー・マドモアゼル」

「キャー!」

ヒカルくんには食指が動かず、オリーブオイルを被ったイタリア人みたいにギトギトな相田先生がカッコいいとは。あいかわらず桜子ちゃんの感性はずれている。

　このどうでもいい喧騒《けんそう》のせいで、飛び起きたサクラを追いかけ回してキャリーバッグに押し込めるまでが大変だったことを、ここに愚痴っておこう。

「では池尻大橋《いけじりおおはし》まで、サクラちゃんとお嬢さんがたを無事に送り届けて来ます。アデュー！」

　相田先生が『虹猫』の前に路駐していた愛車のアルファロメオで走り去り、ようやく店内には待ち望んだ静寂が訪れた。

「『恋する愛の宅配便』は、暑苦しいのが難点だな」

　サヨリさんが首を右に左に傾ける。カウンターのスツールに腰を下ろし、片隅に寄せてあったノートパソコンを立ち上げた。

　休診日の日曜にまで呼び出され、タダ働きも厭わない。惚れたが最後ケツの毛までむしり取られる男って本当にいるんだなぁ。僕は池尻大橋と思しき方角に、心の中で手を合わせた。

「ま、おかげで桜子ちゃんが張り切ってくれるから、ちょうどいいか」

　真っ赤なアルファロメオの助手席に座って、うっとりしていた桜子ちゃん。行きはともかく、帰りは二人っきりのドライブだ。その幸福を味わいたいがために、彼女は里親探しに協力してくれている。

自分に好意を抱いている相田先生で桜子ちゃんを釣るなんて、サヨリさんはとんだ悪女だ。

だけどそのまっすぐな背中がいつもより頼りなく見えて、憎まれ口も叩けない。猫が貰われて行ったあとはいつもそうだ。豚丼のときも、しばらくの間は元気がなかった。幸せになってほしいと願う反面、別れはやはり寂しいのだろう。

でもこれは僕の出る幕じゃない。そのへんはちゃんと、心得ている奴がいる。

「ん、なんだよタイ」

足元に頭をすり寄せて来た黒猫に、サヨリさんが語りかける。タイはちゃんと、サヨリさんの気持ちの浮き沈みを見極めている。

「そうか、サクラが行っちゃって寂しいか」

サヨリさんが身をかがめ、タイの耳の後ろを柔らかに撫でる。

寂しいのはあなたでしょ。

本人に気づかれないように、僕はそっと口元を緩めた。

これで『虹猫』に残ったのは、白猫のアイとシャム系のナゴヤ、それからサビ子と五匹の仔猫たちである。今月半ばに開催された譲渡会では、僕が面倒を見ている東丸さんちの猫が三匹貰われてゆき、あの猫屋敷も残すところ二十二匹――。と考えるとまだまだ道のりは長いが、ちゃんと前進してはいる。

　そんな自負が、僕の口を滑らせたのだろうか。プライドの高いアイが伸び上がってヒカルくんの鼻を舐めたのを見て、話しかけた。

「アイは本当に、ヒカルくんが好きだね。もう、ヒカルくんちの子になっちゃえば？」

　言ったとたんに、空気が変わったのを自覚した。僕の頭上に見えない糸が張り巡らされたような、妙な緊張感だ。ヒカルくんが、今にも泣きだしそうな顔で僕を見る。

「えっと、もしかして家族の誰かが猫アレル――」

「玉置クン」

　自力で事態を改善しようと試みたのがいけなかった。サヨリさんの鋭い声に制される。

「そろそろ東丸さんちに行く時間だろ」

「あ、はい。すみません」

　迫力に押され、わけも分からず謝ってしまった。

　でも僕はそんなに無神経なことを口走ったのだろうか。アイが膝の上でくつろげるのは、相手がヒカルくんなればこそだ。ヒカルくんだって、アイに会うために『虹猫』に通っているわけで、相思相愛とはまさにこのことじゃないか。

　困惑しつつ東丸さんちに持って行く餌を袋に詰めていると、サヨリさんがすっと顔を寄せてきた。

「いいか、めったなことを言うんじゃないぞ」

だから、さっきの発言のどこが「めったなこと」なのか。それを教えてくれないと、次からどう気をつければいいのか分からない。

「それじゃ、行ってきます」

釈然としないながらも、これが僕の仕事である。東丸さんちに行く準備を整えて、サヨリさんに挨拶をする。

「行ってらっしゃい」と、そっぽを向いたような声が返ってきた。

とはいえこれがサヨリさんの平常通り。怒っているわけではないらしい。

ヒカルくんが表情を崩したのは一瞬だけで、もう何事もなかったように静かにアイを撫でている。そんな彼に軽く目礼をして、僕はガラスの嵌《は》まった格子戸を開けた。

「あれ?」

一歩踏み出そうとして、立ち止まる。足元に、見覚えのないプラスチック製のキャリーバッグが置かれていた。サイズは小型犬・成猫用。直方体の箱型で、側面の一方が格子のドアになっている。なにげなく中を覗き込んで、息が止まりそうになった。

「サ、サヨリさん、大変です!」

バッグの中には仔猫が三匹。いずれもお腹の白いサバトラだ。格子越しに僕を見返し、訴えかけるように「ニャー」と鳴いた。

「騒々しいな」

　文句を言いながらやってきたサヨリさんも、さすがにそれを見て立ちすくむ。その後ろから、ヒカルくんが顔を覗かせた。

「あ、捨て猫？」

　白昼堂々こんなところに置いて行くなんて、信じられない。店の入り口は下のほうまでガラス張りになっているから、前に人が立つと人影で分かる。おそらく影が映り込まないように、脇から腕を伸ばして置いたのだろう。

　屈んだ背中に鈍い衝撃が走った。サヨリさんが僕を蹴飛ばしながら外に出て、サッと周囲を見回した。

「いた、あれだ」と指差したのは、五軒先の民家の曲がり角だ。ブロック塀の陰から鮮やかなオレンジ色のニット帽がはみ出していた。

　見つかったことを悟ったか、そのニット帽がぴょこんと引っ込む。

「追え！」

　という指示に、ヒカルくんが走りだした。

「バカ、ヒカル。お前じゃない。アンタだよ。ほら、行け」

　はい、行きます、行きますとも。分かったから、背中を蹴るのはやめてください。

その線の細さからなんとなく予想はしていたけれど、ヒカルくんは運動神経が悪かった。ブロック塀の角を曲がり、ほどなくして、なにもない平面につまずいてすっ転んだ。

「ヒカルくん、大丈夫？」

でも立ち止まるわけにはいかない。僕は申し訳程度に声だけかけて、その脇を走り抜けた。王子様にだって、欠点はある。そのほうが人間味があっていいじゃないか、ドンマイヒカルくん。

ところが僕だって、決して運動が得意なほうじゃない。高校時代は体育の時間以外で体を動かすことはなかったし、浪人時代にはそれすらなかった。百メートルも行かぬ間に、たちまち横っ腹が痛くなる。

「ちょっと、君。待って！」

前を走る後ろ姿は、僕より二回りほど小さかった。

子供だ。小学校の四年生から六年生といったところ。チェックのシャツに空色のダウンベスト、カーキのチノパン、その敏捷《びんしょう》さがみずみずしい。

「大丈夫だよ、怒らないから！」

もちろんそんな保証はない。処分を決めるのはサヨリさんで、おそらく彼女はすでに怒り心頭に発しているだろう。でも嘘は言っていない。少なくとも僕は怒らないし、場合によっては庇ってやろう。

「だから、お願い。止ま、って」

左の横っ腹を押さえて、懇願する。長期戦に持ち込まれたら、捕まえるどころかこちらがぶっ倒れそうである。

とはいえ、もうすぐ大通りだ。幸いにも信号は赤である。右か左のどちらに曲がるにしろ、歩道には通行人や自転車がいて走りづらいはずだ。

子供は左に曲がった。そりゃそうだ。運動場のトラックも左回りに作られている。走りながら右に曲がるのは難しいのだ。

残された力のすべてを振り絞り、僕も子供のあとに続く。

しめた！　買い物袋を提げたオバサンが、子供を避《よ》け損なって真正面からぶつかった。子供との距離が一気に縮まる。その肩を摑もうと手を伸ばした。

「助けて！」

唐突に、子供が叫んだ。女の子の声だった。

「えっ」と呟いたまま体が固まる。

子供はオバサンの体を盾にして、僕を睨んだ。目のぱっちりとした、なかなかかわいらしい顔立ちだ。服装から無意識に、男の子だと決めつけていた。

「ちょっと、あなた」

温厚そうだった小太りのオバサンの目つきが、変質者を見るように鋭くなった。嫌悪と軽蔑《けいべつ》と警戒の色がごちゃ混ぜになり、顔がどす黒く染まってゆく。

「ちが、違うんです」

「言い訳するんじゃないわよ！」

オバサンが唾を飛ばして詰め寄って来た。彼女にも年頃の娘さんがいるのだろうか、他人事とは思えない過敏さだ。僕には弁解の余地もない。

「そんな無茶苦茶な。——あ、君！」

呼び止めたところで、無駄だった。子供は僕が完全にブロックされたのを見て取ると、じりじりと後ずさり、パッと走りだしてしまった。

冗談じゃない。ここであの子を取り逃がしたら、僕の仕事が増えるじゃないか。

「ちょっとあんた、待ちなさいよ！」

とっさに子供を追おうとして、息が詰まった。オバサンがパーカーのフードを摑んで引っ張っている。込み上げてくる咳《せき》をどうにもできず、僕は無力に背中を丸めた。

オバサンの喚《わめ》き声が自分の咳にかき消され、なにがなんだか分からない。切れ切れにヘンタイだのロリコンだの、好ましくない言葉ばかりが聞こえてくる。

だから、違うんだってば。

目尻に涙がにじみ出る。顔を上げれば空色の背中はみるみるうちに遠ざかり、武蔵野の夕日に溶けていった。

サヨリさんが立ったまま、腕組みをして僕のことを見下ろしている。頭頂部に凍てつく視線が突き刺さり、痛みすら感じるので顔を上げることができない。

「まったく、使えないな」

ひどい言われようである。すでに身も心もズタボロだ。ボディーブローを食らったように、うなだれる。

女子小学生のSOS作戦は、手ごわかった。見知らぬ子供に道を尋ねただけで、怪しまれるご時世である。女性ならばそんなこともなかろうに、とかく男は生きづらい。

「あ、メール」

ピロリンと、ヒカルくんのポケットから緊張感のない電子音が飛び出した。他に客のいない店内ではよく響く。さすがと言うべきか、ヒカルくんはサヨリさんが醸し出す不穏な空気にも無頓着に、携帯電話を取り出した。

その手に握られているのは、二つ折りのガラケーだ。海外で日本人に出会ったときのような、妙な親近感を抱いてしまう。もちろん僕は海外なんて、行ったことはないんだけれど。

「十月二十三日、日曜日、午後四時半ごろ、小金井《こがねい》市前原《まえはら》町三丁目の路上で女子児童が男に追いかけ回されるという事案が発生。不審者の特徴は、二十歳代、身長一六〇センチくらい、カーキのパーカー、黒っぽいジーパンを着用――」

「いやぁ！」

メールの文面を読み上げるヒカルくんの声に耳を塞ぎ、僕は女子のような叫びを上げてしまった。

「なんだ、それは」

サヨリさんが腕組みしたまま、ヒカルくんの携帯を覗き込む。

「警察署が配信してる、不審者情報メール。アドレスを登録しとくと届くんだ」

「なんでそんなもの登録してるの、ヒカルくん」

「ボクもよく、変なオジサンに声かけられるから」

なるほど、美しいってのも大変だ。

「つまり、オバサンに通報されたってことだな。おい玉置クン、上着脱いどけ」

パーカーを脱ぐと半袖Tシャツ一枚だ。僕はみじめな気持ちで露出した腕をさする。肌寒いのに、こんなときにかぎってサビ子の仔猫たちは寄って来てくれない。

交番に突き出そうとするオバサンを振り切って、どうにか逃げて来たものの、これで僕も立派な不審者か。でもこれだけは言わせてほしい。僕の身長は一六五センチだ。五センチも低く見積もるなんて、名誉にかかわる話だと思う。

「それで、どうしましょう、あれ」

カウンターには逃げた子供が置いて行った、キャリーバッグが載っている。格子ドアの桝目《ますめ》から、前脚が一本ぴょんと飛び出し、引っ込んだ。

スツールに座ってその様子を見守っていた黒猫のタイも、物問いたげに振り返る。新入り猫を迎えるのはタイの役目だ。こちらの方針が定まらないと、対処のしようがないのだろう。

「捨て猫を拾ってはみたものの、お母さんに『元の場所に戻して来なさい』って叱られちゃったパターンでしょうか」

「そのわりには」と言いながら、サヨリさんがカウンターに歩み寄る。指の腹でそっと、プラスチックキャリーの表面を撫でた。

「それなりに使用感があるんだよな、このキャリー」

「キャリーバッグに入ったまま、捨てられてたんでしょう」

「すのこの下に敷かれているペットシートは新品だ。体調はよさそうだし、ダニやノミに食われた形跡もない。腹も減ってないみたいだな。もともと捨て猫だったとは考えづらい」

僕も格子越しに覗き込んでみた。たしかに三匹とも被毛に汚れはなく、鼻の色も恥じらうように綺麗なピンクだ。ブルーの瞳はぱっちりとして目ヤニも出ておらず、肉球も今日まで一歩も外に出たことのない柔らかさ。つまりなにが言いたいかというと、めちゃくちや可愛いわけである。

「飼い猫が孕《はら》んで産んじゃったパターンだろうな。おそらく生後一ヵ月から二ヵ月半。離乳を待って捨てる程度の良識はあったらしい」

きっとここなら面倒を見てもらえるという、浅はかな期待があったのだろう。『虹猫』は宣伝活動に力を入れているわけじゃないから、近隣住民かもしれない。あの迷いのない逃げっぷりからして、土地勘がありそうである。かといってこのあたりの民家やマンションを、しらみ潰しに調べて回るなんてできやしない。

サクラが片づいたと思ったら、また三匹。子供を取り逃がしてしまったことがあらためて悔やまれた。

「玉置クン」

サヨリさんは軽く握った指を鼻の下に当て、なにやら考え込んでいる様子だった。ふいに顔を上げて、僕に命じる。

「キャリーを、元あった場所に戻してくれ」

「えっ、外に？」

まだ脂肪の薄い仔猫たちを、Tシャツ一枚では風邪をひきそうな屋外に放り出すなんて。まさかこのサヨリさんが、いたいけな仔猫を見捨てるというのか。

困惑する僕とは裏腹に、タイが「処分は決まったんだね」とばかりに鳴いてスツールから飛び下りた。

閑静な住宅街を濃紺の夕闇が包んでいる。いつもなら駅から自宅を目指す勤め人が増えはじめる頃合いだが、日曜だけあってメイン通りから外れた脇道はのどかなものだ。どの家からか、「サザエさん」のオープニングテーマが流れてくる。

向こうからチワワを連れたオバサンがやって来て、僕は反射的に身を硬くした。もちろん先ほどとは別のオバサンだが、どうやら中年女性に対し、トラウマのようなものができつつあるらしい。

携帯をいじるふりをしていると、電柱の陰に身を寄せている僕にはさほど関心を払わずに、オバサンは素通りして行った。チワワのリードについた赤いLEDライトが、瞬きながら遠ざかってゆく。

「あ、コラ」

思わず身を乗り出しそうになった。チワワが『虹猫』にさしかかり、玄関前に放置されたキャリーバッグのにおいを嗅ぎはじめたのである。

オバサンが「メッ！」とリードを引っぱるが、チワワの興味は逸れない。二足立ちになり小さな前脚で宙を引っかきながら、バッグに突進せんとしている。

僕が身を潜めている電柱から、『虹猫』までは約十メートルだ。いつでも飛び出せるように様子を見守っていると、チワワはついにバッグに向かって後ろ脚をひょいと上げた。

「この、バカ犬！」

夕闇に突き抜けるような声が響き渡る。オレンジ色のニット帽が、ブロック塀の角から飛び出てきた。

「グミ、チョコ、パインになにすんのよ！」

例の子供だ。猪《いのしし》のごとき突進に、チワワが怖れをなして飛び退《すさ》る。

「いやだ、なにこの子」

オバサンはあからさまに不快感を表し、チワワを舌ったるい声でなだめながら抱き上げた。

「よちよち、かわいちょうにねぇ。かわいちょう、かわいちょう」

まるで「河合長さん」という人名みたいだなと思いつつ、僕は電柱の陰から歩み出た。

半袖では夜風が寒かろうと、ヒカルくんのカーディガンを借りている。去ってゆくオバサンの背中を睨んでいる子供は、まだ僕に気づかない。

「ごめん、ごめんね。だいじょう、ぶ――」

LEDの点が小さくなってから、子供は覆い被さるようにしてキャリーバッグを覗き込んだ。喉の奥に吸い込まれて消えた語尾に、動揺が窺える。

「空っぽだよ」

声をかけると、子供は弾かれたように顔を上げた。瞳が不安げに揺らいでいる。

「ちょっとだけ、お話をしようか」

できるだけ優しく話しかけたつもりだった。だが子供は元来た道を振り返り、立ち上がってスタートダッシュを切った。

さすがに二度も取り逃がすわけにはいかない。幸いにも今回はスタート位置に差がなかった。しかし子供はまっすぐに、なにかを目指して走っている。

僕らの向かう方角から、長身の女性が近づいてくるのだ。その人に向かって手を伸ばし、「助けて、お姉さん」と子供が声を張り上げた。

先刻の悪夢がよみがえる。女性は懐に飛び込んで来た子供を、しっかりと抱き止めた。

「大丈夫か？」

「怖いよぅ。あのオジサンが、追っかけてくるの」

ずいぶんな言われようだ。君がしがみついているその「お姉さん」より、僕のほうがよっぽど若いんだぞ。

「そうか、それは災難だったな」サヨリさんは子供の頭を撫でてやり、「とりあえずそこで、お茶でも飲もうか」

そう言って、『虹猫』を指さした。

グミ、チョコ、パインと呼ばれた仔猫たちが、サクラが愛用していたバスケットの中に折り重なり、安らかな寝息を立てている。柔らかく上下するお腹ははち切れそうに丸くって、くすぐりたくなる欲求を堪えるのが難しい。

「触らないで！」

少しだけと手を伸ばし、子供に叱られた。湯気の立つホットミルクを前にして、膝の上で拳を握っている。への字に結ばれた唇が、いかにも利かん気が強そうだ。

「とりあえず飲め。冷めるぞ」

威圧感を与えないようにという配慮からか、サヨリさんは四人掛けのソファ席の、対角線上に腰かけた。僕はその後ろに控えて様子を見守る。僕のパーカーを羽織《はお》ったヒカルくんは、フードを被って窓際の定位置に収まっていた。

犯人は現場に戻って来ると、断言したのはサヨリさんだ。空っぽのキャリーバッグを出しておけば、必ず食いつくと請け合った。

「どうせ親に言われて捨てに来たんだろう。子供ってのは自発的に動物を捨てない。ましてや自分ちの飼い猫が産んだなら、愛着もあるだろう。気になって様子を見に来るさ」

まんまとその策にはまった子供は、意地になってだんまりを通している。名前を聞いても分からない、お家を聞いても分からない、だ。

「ヒカル、ちょっと」

サヨリさんが人差し指を曲げてヒカルくんを呼び寄せた。「そこに座って」と、自分の正面――すなわち子供の隣を指し示す。

「フードは取ってくれ。怪しいから」

これは目の錯覚だろうか。ヒカルくんがフードを取ると、電球のワット数が上がったみたいに室内が明るくなった。

「ここあ――」

子供がその顔にうっとり見惚れ、熱に浮かされたような声で呟く。

「ホットミルクじゃなくて、ココアが飲みたいの？」

「違うよっ。心に愛と書いて、ここあっていいます。長谷川《はせがわ》心愛《ここあ》、小学四年生です」

僕を叱りつけてから、ヒカルくんに向かって自己紹介をする。子供の目には白猫を抱いたヒカルくんが、白馬の王子様に見えるようだ。いつからここはホストクラブになったんですか。

「仔猫をウチの前に置いたのは、君の判断か？」

サヨリさんに尋ねられて、心愛ちゃんはヒカルくんの顔を見上げた。「怒らない？」と目で問いかけている。ヒカルくんが頷き返すと、彼女はサヨリさんに向き直って「はい」としっかり返事をした。

「そうか。いい判断だったな」

まさか褒められるとは思わなかったのだろう。僕も思わなかった。サヨリさんは立ち上がり、目を丸くしている心愛ちゃんの膝に、仔猫が眠るバスケットを載せてやる。

「ただ捨てただけじゃ、心ある人に拾われるとはかぎらない。世の中には猫を解剖するのがなにより好きな変態だっているからな。こいつらが五体満足で眠っていられるのは、君の判断のおかげだ」

三匹のうちの一匹が目を覚まし、心愛ちゃんに気づいて小さく甘え鳴きをした。兄弟たちを踏み越えて、バスケットから体を伸ばす。他の二匹もさすがに起きて、我先にと心愛ちゃんの体をよじ登りはじめた。

心愛ちゃんはダウンベストのファスナーを少し下げてやり、懐の中に三匹を迎え入れる。

「ずいぶん懐いているじゃないか」

サヨリさんの視線が優しい。懐を抱きしめてうつむく心愛ちゃんの、頬が小刻みに震えていた。

「猫を捨てるなら、日が暮れてからのほうが人目にはつきづらい。だが君はあえて、人の出入りが多い夕方を選んだ。あらかじめ下見をして、知っていたんだろう。その時間帯には、玉置クンもヒカルもいるからな。君はできるだけ早く、仔猫を見つけてもらいたかったんだ」

それでこの子はキャリーバッグを置いてからも、すぐにその場を去らなかった。体温を分け合うように可愛がってきた仔猫たちをみじめな目に遭わせたくはなく、保護されるのを見届けようと待っていたのだ。

サヨリさんの指摘が図星だったのだろう、「ごめんなさい」と、消え入りそうな声が聞こえた。心愛ちゃんはうつむいたまま、シャツの袖で顔をこする。

「これ以上大きくなるともう飼えないって、ママが言うから。私が窓を開けっぱなしにしたせいでミルクが逃げたんだから、捨ててきなさいって。ウチのマンション、ペットは一匹までってルールなの」

ミルクというのが心愛ちゃんちの飼い猫、つまり三匹の仔猫のお母さんなのだろう。僕はその名前から、アイのように真っ白な猫を想像する。どうやら発情期に脱走して、戻ったときにはお腹が大きくなっていたようだ。だからってその責任を、子供だけに背負わせていいものか。

「でもまだこんなに小さいんだもん。家から追い出されて、どうやって生きてくの？　お腹空かせたり、いじめられたりして、死んじゃうでしょ」

そう言って顔を上げた心愛ちゃんは、もう泣いてはいなかった。頰に残った涙を袖口で拭うと、姿勢を正して頭を下げた。

「お願いします。この子たちの新しいお家を、探してあげてください」

聡明《そうめい》な子なのだ。その一方で子供らしい短慮も同居している。親に「捨ててきなさい」と命じられれば、「よりよい捨てかた」を模索してしまう程度には。他にもやりようはあったはずなのに。

「分かった、預かろう」

サヨリさんは案外あっさりと頷いた。「ただし」と、心愛ちゃんの鼻先を指でつっつく。

「飼い主を探すのは君だからな。友達、先生、近所のオバサン、思いつくかぎり当たってみろ。それが本当の責任というもんだ」

一つ分かったことがある。サヨリさんは思いのほか子供に優しい。鼻先をチョンだなんて、僕とはずいぶん扱いが違うじゃないか。

心愛ちゃんの懐からグミ、チョコ、パインの、キョトンとした顔が覗いている。そのうちの一匹がうんと頑張って伸び上がり、頭を下げ続ける心愛ちゃんの頰をペロリと舐めた。

グミ、チョコ、パインをバスケットに戻し、心愛ちゃんは「また来るね」と囁いて帰って行った。家まで送ると申し出ても「近いから」と言って聞かなかったが、このまま逃げたりはしないだろう。住所と携帯番号を書き残して行ったことだし、心配はない。

僕は東丸の婆さんちに、「今から行きます」と電話をかける。すっかり日が落ちてしまったが、猫の世話には行かないと。

ところが婆さんときたら、「餌なら家にあったカリカリをやったよ」なんて言うから驚いた。そりゃ飼い主なんだからあたりまえだが、汁かけご飯を与えていたころに比べれば驚くべき進歩である。

「猫砂は？」

「それはノータッチだよ」

けっきょく東丸家に行かなきゃいけないことに変わりはない。それでも僕は、婆さんが自発的にやってくれたことが嬉しかった。もしかしたら桜子ちゃんに責められた一件が、今頃になって効いてきたのだろうか。あのあとヘソを曲げてしまった婆さんを宥《なだ》めすかすのには骨が折れたが、たまには誰かに叱ってもらうべきかもしれない。

その桜子ちゃんと、相田先生の帰りが遅い。と思ったら、メールが入っていた。渋滞に巻き込まれてお腹が空いたから、ご飯を食べて帰るとのことだ。相田先生とのドライブデートを、充分に満喫しているようである。

「サヨリさん、サクラの新居にはキャットウォークがついているらしいですよ」

喜ばしい情報を伝えると、サヨリさんの口元がわずかにほころんだ。その表情がとても穏やかだったから、余計なひとことが口をつく。

「子供には、意外と寛大なんですね」

突き刺すような眼光で睨まれた。タイが梁から下りてきて、ご機嫌を取るようにサヨリさんにすり寄ってゆく。

「大人の勝手に振り回されるのは、なにも猫だけじゃないだろう」

そう答えてサヨリさんは、甘え鳴きするタイをひょいと抱き上げた。黒い首筋に鼻先を埋め、ゆっくりと息を吸い込む。その一連の動作はなぜかもの悲しく、まるで一枚の絵のように仕上がっていた。

テーブルには丸っこい数字と文字の並んだ紙ナプキンが載っている。そういえば日曜の夕飯時だというのに、心愛ちゃんのキッズスマホには着信がなかった。

「次はちゃんと、送ってやれ」

「――はい」

僕はサヨリさんの、あまり触れられたくないところに触れてしまったのかもしれない。だって、声が沈んでいる。

「じゃあボクは、そろそろ帰る」

こんなとき、ありがたいのはヒカルくんの鈍感さだ。レジに向かいながら、ポケットから摑み出した小銭を数えている。

「あ、待ってヒカルくん」

上着を交換したままだった。今日のヒカルくんは細身のくるぶし丈のパンツに、キャンバス素材のデッキシューズを合わせている。僕のパーカーではコーディネートがいまいちだ。

「あれ。足首ちょっと、腫れてない？」

ふと気づいて、足元を指さした。指摘されるまで気づかなかったのだろうか。ヒカルくんは剝き出しの足首を見下ろして、「あ、ホントだ」などと言っている。派手に転んでいたから、あのときひねったのかもしれない。

「ヒカル、座れ！」

サヨリさんの叱責が飛んだ。タイをソファに放り出し、手近な椅子を引っ摑む。

ドジだなぁ、で済む話だと思ったのに、サヨリさんはその椅子にヒカルくんを座らせてひざまずいた。

「折れてるかもしれんだろ、バカ」

「いや、いくらなんでも大袈裟《おおげさ》な」

乾いた笑い声を洩らしてしまった。だって今まで平然と立っていたのだ。

「笑いごとじゃない！」

「あ、す、すみません」

剣幕に押されて謝った。サヨリさんはヒカルくんの靴とショートソックスを脱がせて腫れ具合をチェックしている。過保護にもほどがあると思ったけれど、とても軽口を叩ける雰囲気じゃなかった。

「これ、痛くないか」

サヨリさんが足の甲を摑み、角度をつける。

ヒカルくんはまるで他人事のように首を傾げた。

「さぁ、よく分かんない」

chapter 7.

白猫を抱いた王子さま

心愛ちゃんが満足げな表情で、パインの背中に頬ずりをしている。彼女の飼い猫が産んだグミ、チョコ、パインの、最後の一匹だ。

「よくがんばったな」とサヨリさんに労われ、感無量で頷いた。

サヨリさんは広げた書類を整理するとキッチンに入り、ミルクパンを火にかける。心愛ちゃんに、あったかいものでも入れてやろうというのだろう。その一部始終を、黒猫のタイが梁の上から黄色い目で追っている。

「さっきのは、クラスの子？」

僕は心愛ちゃんの座るソファの背に手をついた。パンツルックの多い心愛ちゃんが、珍しくデニムのスカートを穿《は》いている。利発そうな黒目を僕に向け、「ううん」と首を振った。

「塾の子。ナオちゃんっていうの」

そのナオちゃんが、パインの新しい飼い主に決まったのだ。お母さんと一緒に来店し、契約書類を交わして今しがた帰って行った。

「グミは音楽クラブで一緒のヒロちゃんだし、チョコは同じマンションのノリくん。だから、いつでも会いに行けるの」

自力で探せと命じられて、心愛ちゃんはこの一ヵ月で見事に三匹の貰い手を見つけてきた。どうにもならないときはサヨリさんが手を貸すつもりでいたようだけど、心愛ちゃんは誰にも泣きつくことなくやり遂げた。まだ小学四年生なのに、たいしたものだ。

ホイップクリームを浮かべたホットココアが、彼女の前に差し出された。僕にはめったにくれない「アメ」である。心愛ちゃんはまだ冷たさの残るクリームの角をスプーンで掬《すく》い、「うふふふ」と幸せそうに頰張った。

「これでウチも、ずいぶんスッキリしたな」

サヨリさんが丸いトレイを小脇に挟み、店内をぐるりと見回した。

スッキリしたというよりは、物足りない。ソファの下にはシャム系のナゴヤが、姿は見えないが二階に続く階段におそらく白猫のアイがいる。あとはまだ人前に出て来られないサビ子と、その子供のタビ。『虹猫』で飼い主を募集している猫はもはや、その四匹だけになった。

なにしろ桜子ちゃんの奮闘がめざましく、サビ子の五匹の仔猫のうち、四匹がめでたく貰われて行ったのである。口コミで『虹猫』の噂が広まって、またたく間に決まってしまった。

ほんの数週間前まで仔猫が八匹もいて、所狭しと暴れ回っていたのに。僕もずいぶん木登りの練習台代わりに使われて、セーターを一着ダメにした。破れても構わない高校時代のジャージには目もくれなかったのに、困った奴らだ。それでもいないと寂しくて、すでに引き取り手からの、月に一度の定期連絡が待ち遠しい。

パインとタビが、二匹でソファの上を転がりだした。飛びついたり、押さえ込んだり、甘噛みしたり、無邪気に見えるがそれらはすべて狩りの練習である。小動物を仕留める技術を、遊びを通して習得している。そこはかとなく残る野性もまた、猫の魅力なのだと思う。

本日は勤労感謝の日、パインのお届けは次の水曜までお預けである。本当は今日中にお願いしたかったのだが、「相田運輸」は今頃桜子ちゃんに誘われて学祭デートを満喫中だ。

「桜子ちゃんは頑張ってくれたからな。今日くらいは羽を伸ばしてもらおうじゃないか」

と、サヨリさんがお目こぼしをしたのである。

「彼女には引き続き、東丸さんちの猫の貰い手も探してもらわにゃならんしな」

なんだろう、サヨリさんって魔王かなにかの生まれ変わりかな。お父さんお父さん、聞こえないの。魔王がなにか言うよ。

「そういや学祭って、アンタの大学のだろ。玉置クンは行かなくていいのか」

魔王は僕をみじめな気持ちにするのも忘れない。研究室にもサークルにも入っていない、友達皆無の一年坊主に、なんの役割が回ってくるというんだ。

「あ、そっか。彼女いないんだぁ」

心愛ちゃんにとどめの一撃を見舞われて、僕は女性不信の昏《くら》い穴にまた一歩近づいた。女の人ってなんでここまで、「その他大勢」の男に容赦がないんだろう。

「ヒカルくんは彼女、いるのかなぁ」

気がかりなのは王子様の動向だけだ。たぶんいないと思うけど、僕は「さぁ、どうかな」としらばっくれた。

「本人に聞いてみれば？」

「聞けるわけないでしょ。カケルのバカ！」

はじめて会ったときよりも、心愛ちゃんは遠慮がなくなった。サヨリさんにはある程度の節度を持って接しているし、ヒカルくんの前ではかわいこぶるから、僕に対してのみだけど。子供はうつむいて震えているより、暴言混じりでも元気なほうがいい。

心愛ちゃんは野川沿いのマンションに、お母さんと二人で暮らしている。いつ送って行っても彼女の部屋の窓は暗く、母親の帰宅は遅いようだ。サヨリさんは「一度お母さんに来てもらうように」と心愛ちゃんに言い渡しているが、それが伝わっているのかいないのか、店に来る気配はない。

飼い猫の手術を怠って、仔猫が生まれたのを娘のせいにするような人だ。またやっかいなのとかかわる羽目になりそうな予感はするが、放ってはおけない。グミ、チョコ、パインが片づいたところで、母猫ミルクの手術は依然行われていないのだ。このままでは同じことの繰り返しになるおそれがあった。

それにこのところ心愛ちゃんが『虹猫』で時間を過ごしているのは、誰もいない家に帰るのが寂しいからだろう。「これってネグレクトじゃないですか」と訴えるとサヨリさんは「そうやってすぐ虐待に当てはめるのはやめろ」と苦い顔をするが、そんなに呑気に構えていていいのだろうか。

カラカラカランとドアベルが鳴った。入ってきたのはヒカルくんだ。逆光を背負って、なんだかますます神々しい。どこからともなく姿を現したアイを抱き上げて、格子戸を後ろ手に閉めた。

「ヒカルくん、こんにちは」

心愛ちゃんがもじもじと、スカートの裾を握りしめる。この肌寒い季節にそんなものを穿いているのは、ヒカルくんに見せるためらしい。そんな心愛ちゃんに、アイが鋭い眼差しを向ける。

「あの、あのね。パインの飼い主が決まったんだよ。これで、心愛の圧勝だね」

心愛ちゃんが顔の横でVサインをして、可愛く勝利宣言をした。とたんにヒカルくんの頬が強張《こわば》る。喜怒哀楽が表に出るタイプじゃないが、白い肌の質感が蠟《ろう》人形っぽくなった。

サビ子の産んだ仔猫の中でただ一匹、タビだけが行き遅れているのは、ヒカルくんの担当だからだ。「飼い主探しに協力する」と言った手前、五匹とも桜子ちゃん任せではいけないと思ったのだろう。コミュニケーション能力は僕以下のくせに、妙なところで律儀である。

「カケルくん。譲渡会用のアンケート、ある？」

「うん、あるけど」

「ボク、行って来る」

どこに、とは聞けなかった。アンケート用紙の入ったクリアファイルを差し出すと、ヒカルくんはアイをソファに下ろしてさっさと踵を返してしまった。

おろおろする心愛ちゃんの肩を、サヨリさんが「気にするな」と叩く。

「君のほうが有能だと分かって、少しばかりプライドが傷ついただけさ」

アイまでが心愛ちゃんを慰めるように、その膝に前脚を置いた。珍しいこともあるものだと思っていたら、デニムスカートでバリバリと爪を研ぎはじめる。

「やだ、なにするのよ」

どうやらアイは、ヒカルくんに馴れ馴れしくする心愛ちゃんが気に食わない。叱られてもつんとそっぽを向き、心愛ちゃんの身長では届かない棚のてっぺんに登ってしまった。

「この、卑怯《ひきょう》者！」

心愛ちゃんとアイの女同士の戦いは、まだアイのほうが一枚上手だ。勝ち誇ったような左右色違いの目が実に綺麗で、小憎らしい。

そんな諍《いさか》いをよそにヒカルくんは、危なっかしい足取りで出かけて行った。

一ヵ月前にヒカルくんは、転んで右の足首を捻挫《ねんざ》した。本人はケロッとしているのにサヨリさんが異常に心配していたから、おかしいとは思ったんだ。

「こいつはきわめて痛みを感じづらい体質なんだ」と、サヨリさんはヒカルくんの足の腫れ具合を確認しながら僕に言った。

「だから、おぶって病院に連れて行ってくれないか」

だけどヒカルくんは「平気だよ」と、取り合おうとはしなかった。

「骨が折れてれば違和感があると思う。盲腸のときもチクチクしたし」

「バカ、あれは腹膜炎を起こしかけてたんじゃないか」

聞けばそのときヒカルくんは、常人なら痛みにのたうち回るところを平然と自分の足で歩いて病院に向かったらしい。検査をした医師が驚き慌て、即入院となったそうだ。

思い返すと、心当たりはいくつかあった。そのときは聞き流していたけれど、痛いのがよく分からないと言っていたし、ドリアを冷ましてから食べていたのも不用意な火傷《やけど》を避けるためだったんだ。痛みに気づかないから怪我《けが》をしても患部を庇うことができず、症状を悪化させてしまう。そんなことがよくあるらしい。

「大丈夫だよ。病院には、明日行く」

ヒカルくんがそう言い張るものだから、けっきょく僕がタクシーを呼んで家まで送り届けることになった。彼の住むマンションは駅向こうの、賑やかな通りに面していた。

玄関まで迎えに出てきた母親は、ヒカルくんのお母さんのくせに普通のオバサンで、声のトーンが不安定に揺れる人だった。

サヨリさんの名前は出さないほうがいいと言われていたので、僕は高校の同級生のふりをした。下手すりゃ「中学生？」と聞かれることだってあるくらいだ。疑われやしない。

「すみません、駅の階段を踏み外しちゃって」

するとお母さんはものすごい剣幕で、僕を怒鳴りつけたのだ。

「この子を連れ回すのはやめてください。普通の子とは違うんですから！」

あとから聞いたところによると、ヒカルくんの体質が分かったのは一歳になって間もないころだった。フォークで腕を突いて遊んでいるのを、母親が見つけたのだ。腕から赤い血を流してキャッキャと喜んでいる息子の姿は、さぞかし衝撃的だったことだろう。

それ以降、彼女はヒカルくんから目を離すのを嫌がって、彼を保育園にも幼稚園にも入れなかった。就学後も体育はすべて見学、休憩時間の外遊びなんて論外、遠足や修学旅行にも行かせていない。

さすがに十八にもなると縛りつけておくこともできず、不登校ながらあっちこっちフラフラしているヒカルくんを、母親はそうとう心配しているらしい。そんな彼の怪我を防げなかったのだから、責められてもしょうがなかった。

僕は一人になってから、自分の肘をつまんでみた。体の表面でおそらくもっとも、痛みに鈍感な部位である。かなり強くつねっても、突っ張る感じがあるだけでまるで痛みを覚えない。ヒカルくんは、全身がこんな感覚なのだろうか。

タクシーの乗り降りで肩を貸すとき、ヒカルくんは「ごめん、痛くない？」と僕に尋ねた。「重くない？」ではなく。どのくらいの力で摑めば人が痛みを感じるのか、それすら彼には分からないのだ。

ヒカルくんが身にまとっている異世界感、ある日ふっと水仙の花にでも変化してしまいそうな儚さは、その美貌ゆえだと思っていた。でももしかしたらそれは、彼が僕らと同じ痛みを分かち合えない人だから、なのかもしれない。


東丸さんちの和室にコタツが出ている光景にも、ようやく違和感を覚えない季節になった。訪ねて行くと、ちょうど婆さんが卓上コンロで干し芋を炙《あぶ》っている。「食べるかい？」と聞かれてご相伴にあずかることにした。

猫たちが「なに食べてるの？」と僕の膝に代わる代わる伸び上がってくるけれど、芋と分かるとたんに興味を失う。そのビフォーアフターの表情に差がありすぎて、しょうがない奴らだと苦笑した。

　ここの猫たちもついに、頭数が二十の大台を割った。毎月の譲渡会で少しずつ貰われてゆき、なにより桜子ちゃんが僕を噛んだキジトラを引き取ってくれたのがありがたい。あんな凶暴な奴に貰い手なんかつかないだろうと危惧《きぐ》していたが、今では桜子ちゃんが可愛い声で「トラ男《お》」と呼べば、犬のように駆け寄ってくるそうだ。去勢をして少しは大人しくなっていたが、そこまで人に懐くとは思わなかった。それとも可愛い女の子は別物なんだろうか。だとしたら同じオスとして、共感できるところである。

　干し芋の大振りなのを三枚平らげて、僕は猫砂の始末に取りかかる。最盛期の半数になったものだから、ただ単純に掃除が楽だ。もちろん二階は、とっ散らかったまま放置だけれど。

「そういや最近『クレクレさん』が出没するから、気をつけたほうがいいよ」

　婆さんが思い出したようにそう言ったのは、飛び散った猫砂を箒で掃き集めているときだった。

「なんですか、それ」と、破れ障子越しに聞き返す。

「四十か五十の女なんだけどね、人んちの玄関先で『オットセイの猫くれ、オットセイの猫くれ』って騒ぐから、『そんなもんいないよ』と追い返してやったよ」

「オットセイの猫？」

「意味が分からんだろ。なんにせよ猫を欲しがってるみたいだから、アンタんとこも注意しときな」

「はぁ、一応伝えておきます」

この界隈に奇人変人が多いのは、類友《るいとも》なのか東京という地域性なのか。「オットセイの猫」の謎はともかく、あまりかかわり合っちゃいけない種類のオバサンなのだということだけはよく分かった。


婆さんちの猫の世話から戻ってみると、『虹猫』のカウンターでは心愛ちゃんが、二日酔いの年増のような顔でオレンジジュースを啜っていた。それもそのはず、見知らぬお姉さんがヒカルくんと並んでソファに腰掛け、黄色い声を上げている。

「いやぁん、どうしよう。これでまた婚期が遠ざかっちゃあう」

どう見ても夜のお仕事風の女性である。真っ白いスーツの下にはヒョウ柄のキャミソール。豊満な胸に抱かれて、仔猫のタビが埋もれていた。

「もしかして、タビの貰い手が決まったの？」

「さぁ、知らない！」

心愛ちゃんは取りつく島もない。棚の上にいるアイがひと回り大きく見えるのは、毛を逆立てているからだ。普段は相容れない一人と一匹が、お姉さんを共通の敵とみなしたようである。

「やぁん、ダメよ。そんなところ引っ張っちゃ」

タビの爪がキャミソールの胸元に引っかかったらしい。豪勢な谷間が見えたと思ったら、心愛ちゃんに容赦なく足を踏まれた。しょうがないだろう、ああいうものはそのつもりがなくても、つい見ちゃうんだってば。

それにしてもヒカルくん、「行ってくる」ってのはそのお姉さんのところだったのか。健全な男子高校生であるはずの君が、どうしてそんな肉体派のお姉さまとお知り合いなの？

「では、猫は後日お届けとなりますので、都合のいい日時をこちらに」

「あら。これって、あなたが届けてくれるのかしら？」

サヨリさんの説明を聞きながら、お姉さんがヒカルくんにしなだれかかる。心愛ちゃんがついに、スツールを蹴って立ち上がった。

「違うんだからね。背脂こってりラーメンみたいな、くどいオジサンが行くんだからね！」

言うまでもなく、それって相田先生のことだよね。なんだかメタボオヤジみたいな言われようだ。べつに同情はしないけど。

お姉さんが「じゃ、お店の準備があるからまたね」と帰って行き、店内は異様な空気に包まれた。猫の譲渡先が決まって、サヨリさんがしんみりするのはいつものこと。「よかった、よかった」と名残惜しそうにタビの頭を撫でているのはいいとして、心愛ちゃんの僕に対する圧力が怖い。じっとりと睨みをきかせ、「行ってこい」とばかりにヒカルくんの背中に向かって顎をしゃくる。

はいはい、分かりましたよ。事情を聞き出せばいいんでしょ。

「あの、ヒカルくん。さっきのお姉さんは何者なの？」

遠慮がちに尋ねると、ヒカルくんは眠たそうな目を上げた。その膝は早くもアイに占領されており、ソファ席からいつもの窓際に移動することができないようだ。

「さぁ、知らない」

「知らないって、そんな」

「さっき会ったばかりの人」

そう言ってヒカルくんは僕が渡したクリアファイルを返してきた。アンケート用紙が一枚裏返しに入っていて、そこにマジックで『仔猫もらってください』と書かれている。これを持って駅前に佇んでいたら、例のお姉さんが「あら、仔猫ってあなたのことかしら」と声をかけてきたという。なんだろう、僕の人生には一度も訪れることがないと断言できる、そのエロい展開は。

「それで本当に貰ってくれた。いい人だよね」

そうだね、きっといい人なんだろうね。だけど素直に喜べないのは、同じオスでコミュ障という特徴がありながら、決定的に違う点を見せつけられたせいである。

「なるほど、こいつは使えるな」

「ダメダメ。そんなのはダメ！」

サヨリさんが感心し、心愛ちゃんがすかさず噛みついた。たしかにそんなやりかたは、僕の心まで折れるからいけないと思う。

「そっか、アイの飼い主もこうやって見つければいいんだ」

ヒカルくんがアイのお腹をぽんと叩いて、名案を思いついたように呟いた。

「ヒカル」と、サヨリさんが妙に優しい声になる。目元には寂しげな微笑が滲《にじ》んでいた。

「アイはべつに、いいんじゃないか？」

ヒカルくんは、黙ったまましばらくアイを撫でていた。細い指が慎重に、被毛の流れを整える。丁寧に、壊れものを扱うように。

「私、帰る」心愛ちゃんがふくれっ面のまま、スツールからすべり下りた。

「送るよ」と、僕も立ち上がる。

「ええ～っ。でもぉ」

心愛ちゃんは不服そうに、ヒカルくんを横目に見ている。分かりました、僕の出る幕じ

た。

「やれやれ、今日のヒカルは多忙だねぇ。そんな顔でアイがヒカルくんの膝から飛び下り
「うん、分かった」

「ヒカル、送ってやれ」

ゃないってね。


送れと言われているのにヒカルくんは、さっさと先に立って歩きだす。おずおずと差し出された心愛ちゃんの手に、気づかないふりをしたのが分かった。

「手くらい、繋いでやればいいのにな」

二人が格子戸の向こうに消えてから、サヨリさんが嘆息した。


アイはもともと、ヒカルくんの猫だったらしい。

納戸にいるサビ子以外の猫たちが、横一列に並んでそれぞれの餌皿に鼻先を突っ込んでいる。食い意地の塊だった豚丼が貰われていってからというもの、食事風景は整然としたものである。規則正しい咀嚼《そしゃく》音を聞きながら、サヨリさんがぼそぼそと話してくれた。

「タイとアイは、おそらく兄妹なんだよ」

「ええっ！」

「おそらくだ。一緒に捨てられていて、月齢も同じくらいだった」

隣り合って餌を頬張るタイとアイは、オセロみたいな白と黒だ。兄妹でこんなに違うものか。似ていないっていうレベルじゃない。

「ヒカルのおじいさんが拾って来て、アイをヒカルにやったんだ。ヒカルはちょうど、心愛ちゃんくらいの歳だった」

つまり、八年ほど前の出来事だ。そのときサヨリさんは二十二、三歳のはず。そんなころからここに住んでいたのか。ヒカルくんのおじいちゃんといえば、久蔵さんだ。サヨリさんの——亡くなった旦那さんである。

「アイを飼うときも、怪我やアレルギーや寄生虫の心配をして一問着あったんだが、問題があればすぐにおじいさんが引き取るということで決着した。ヒカルは友達がいなくて庭で一日中蟻《あり》を眺めているような子供だったから、温《ぬく》もりのある生き物と触れ合ったほうが情操的にいいだろうってな。はじめヒカルはおっかなびっくりでアイを遠目に見ているだけだったが、馴れ馴れしいのが嫌いなアイにはそれがよかった。少しずつ距離が縮まって、気づけばいつもぴったりとくっついてたよ」

アイは餌を食べ終えると、棚のてっぺんに登って優雅に毛づくろいをしはじめる。バレリーナのようにぴんと後ろ脚を伸ばして、小さな舌で丹念に舐める。空になった皿をいつまでも舐めているナゴヤや、「ごちそうさま」とサヨリさんの足にすり寄るタイにはない気品が、彼女にはある。

「でも、問題が起こっちゃったんですね」

そうでなきゃ、アイはここにいないはずだ。サヨリさんは重々しく頷いた。

「ああ。アイが、巻き爪になっちゃってな」

そっか、巻き爪なぁ。あれってホント痛いんだよ。僕も昔、きつい靴を我慢して履いていたら爪が肉に食い込んじゃって、なんだか変な汁は出るし、大変だったんだけど——って、それだけ？

「前脚の爪が一本、伸びすぎて肉球に刺さっていたんだ。ヒカルは肉球が内出血しているのには気づいたが、痛みを連想することができなかった。歩き方が変なのもなぜだか分からなくて、膿《うみ》が溜まって悪臭が出てからやっと、不安になってウチに来たんだ」

なるほど、そういうことか。痛みを言葉にできない猫と、痛みを知らないヒカルくん。その両者が合わされば、たかが巻き爪と侮れない。

「幸い大事には至らなかったが、ヒカルは『もうアイを飼えない』と泣いていた。『ボクは普通じゃないから、アイが痛くても分かってあげられない』ってな。それ以来、あいつは前にも増して人と関わらなくなった」

僕の肩に、ヒカルくんの重みがよみがえる。「痛くない？」だなんて、あの細腕なら全力でしがみつかれたって平気だろうに、彼は怯えたような顔をしていた。

きっとヒカルくんは、他者の痛みを恐れているんだ。得体のしれないものだから、気づいてあげられないから、傷つけるかもしれないから。だからまるで心優しきモンスターみたいに、自分の殻に閉じこもっている。

みゃー、みゃーとおかわりをねだるナゴヤをなだめつつ、僕は空になった餌皿を回収する。チビたちが手にじゃれついてきて、その薄く尖った爪が少しばかり食い込んだ。痛いけど、この程度なら振り払うほどじゃない。

「それでもアイは、誰にも懐かずにあいつを待っているんだけどな」

アイの左右色違いの目が、眠たげに細められていた。プライドの高い女の子だ。譲渡会のたびに、二階に避難してしまうわけである。あんなに繊細で臆病で優しくて、とびっきり美しい男がいるんじゃ、他に目移りなんかできないよな。

「ヒカルがもう少し強くなったら、返してやりたいと思ってるんだが――」

アイの耳がぴくりと動いたのを見て、「この話は、これでおしまい」とサヨリさんが宣言した。アイが棚から音もなく下りてくる。ほどなくして、入り口の格子戸がガラリと開いた。アイにはいったい、どんなセンサーがついているんだろう。

なにげなさを装って振り返ると、やはり戸口にはヒカルくんが立っていた。ヒカルくんと、そして心愛ちゃんが。

「あれ、どうしたの」と尋ねてから、僕は心愛ちゃんの背後に立つトレンチコートの女性に気がついた。眉間に皺を寄せて、これでもかというほど不穏な気配を放っている。

「ちょうどマンションの前で会ったから、来てもらった」

迎えに出たアイを抱き上げて、ヒカルくんが何食わぬ顔でそう言った。

会ったってその、今すぐ摑みかかってきそうな女性と？　もしかして、その人は——。

「はじめまして、心愛の母です。娘がお世話になっております」

女性は声のトーンと合っていない丁寧なもの言いで、心愛ちゃんの頭を押さえつけながらおじぎをした。

心愛ちゃんのお母さんは、出されたコーヒーに手をつけようとはしなかった。険《けわ》しい顔のまま僕らがグミ、チョコ、パインを預かった経緯に耳を傾け、ひと区切りついたところで膝に手をついて頭を下げた。

「そうでしたか。それは娘がご迷惑を」

取り乱したところのない、感情を抑えた口ぶりだった。

僕はカウンターを片づけるふりをしながら、その隣で肩を縮めている心愛ちゃんを横目に窺う。お母さんは彼女から、なにも聞かされていなかったようだ。言いつけどおり、グミ、チョコ、パインは捨てられたものと思っていた。

サヨリさんは冷徹にも見える美貌で、心愛ちゃんのお母さんを見つめ返す。本人にそんなつもりはないんだろうけど、そこには妙な威圧感がある。

「それでその後、飼い猫に不妊手術は？」

「いいえ」

お母さんはサヨリさんに気圧《けお》されることなく首を振った。トレンチコートをソファの背に預け、タイトなパンツスーツ姿である。祝日にもかかわらず、会社帰りだったらしい。

こうして本人を前にすると、スーツの着こなしや座ったときの膝の揃えかた、櫛目《くしめ》の通ったアップスタイル、外見上はとても「きちんと」して見える。

テーブルの上に置かれた名刺の肩書きは、大手損保の損害調査部主任だ。こんな人がどうして、猫の飼いかたにはルーズでいられるのだろう。

本当はもうバイトを上がっていい時間だが、どうも気になって僕は汚れてもいないカウンターを磨いている。ヒカルくんも窓際の席で無関心を装っちゃいるが、帰ろうとする気配はない。僕らが聞き耳を立てる中、心愛ちゃんのお母さんは平然と、もっともらしいことを言ってのけた。

「生き物の生殖能力を奪うのは、人間のエゴではないでしょうか」

首筋から肩にかけて、ざわっと肌が粟立《あわだ》った。それはまさしくその通りだと、僕も思う。では生まれてしまった仔猫を捨てろと娘に強要することは、この人にとってどういう位置づけなんだろう。

心愛ちゃんはうつむいたまま、顔を上げない。理屈に合わないことにはたちまち食ってかかる、勝ち気な子なのに。炎天下の白クマよろしく萎《しお》れている。

「そうだな、おっしゃる通りだ」

サヨリさんが鷹揚《おうよう》に腕を組む。タイがまるで隠密みたいに、音もなくその隣に降り立った。

「だが生き物を飼うなら、そういったエゴも引き受けろ。人間社会のルールの中で、あんたの猫が少しでも快適に過ごせるようにな。今は昔のように、放し飼いや野良に寛容な社会じゃない。だからウチでは完全室内飼いと、不妊手術を推奨している」

ウォンと、相槌のようなタイミングでエアコンが唸《うな》った。サヨリさんは先を続ける。

「外に出さないから手術は必要ないと思っているのかもしれないが、発情期になるとひどく鳴くだろう。メスだってスプレー行為をすることもある。隣近所から、苦情はこなかったか？」

心愛ちゃんのお母さんは顔色を変えない。ただ静かにサヨリさんを見つめるだけで、返事もしない。

「騒音・異臭問題はトラブルの元だ。産ませるつもりがないのなら、手術をしたほうが猫にとってもストレスの軽減になる。ましてや、生まれた命を粗末に扱うくらいならな」

サヨリさんはそこでいったん口をつぐんだ。相手の言い分を聞こうというのだろう。

だがお母さんは反論もなく、手を膝に揃えてゆっくりと上体を折った。

「よく分かりました。善処させていただきます。さ、行くわよ、心愛」

もしかしてサヨリさんが唱えていたのは、知らない外国語かお経だったんじゃないだろうか。そんな懸念を抱いてしまうくらいの、あっけない幕切れだった。

促されるままに、心愛ちゃんが立ち上がる。

ちょっと待ってよ。お母さんは誠意のないクレーム処理みたいに、この場をやり過ごそうとしただけだ。サヨリさんの話を聞く気なんて、はなからなかった。まさか、このまま帰しちゃうの？

と、そのとき、タイがさっとテーブルの上を駆け抜けた。後ろ脚が手つかずのまま放置されていたコーヒーカップを引っかける。心愛ちゃんのお母さんは反射的に身を引いたが、遅かった。

「ああ、これは申し訳ない。おい、玉置クン！」

僕は乾いたダスターを数枚摑み、走り寄る。テーブルの上に延び広がったコーヒー液が、お母さんのパンツの膝に滴《したた》っていた。

「シミになっちゃいけないな。化粧室は突き当たり右だ」

「はぁ。では、お借りします」

零れたコーヒーを拭く僕の足元で、タイがひと仕事終えたような顔で前脚を舐めている。普段のこいつは、こんな無法を働く猫じゃない。心愛ちゃんのお母さんが化粧室に消えるのを見届けてから、サヨリさんに尋ねた。

「さっき、わざとタイをけしかけましたよね」

「ん、なんのことだ」

僕にはサヨリさんが「よし行け」とばかりにタイのお尻を押したように見えた。それなのに、分かりやすくしらばっくれちゃって。サヨリさんは僕の追及をかわして立ち上がり、レジの脇にあるコードレスの子機を取り上げた。

この人は携帯電話というものを持っていない。店からほぼ出ないから、必要ないのだ。サヨリさんが子機を耳に当てると、どこからか着信のバイブ音が響いてきた。心愛ちゃんがスカートのポケットからキッズスマホを取り出し、驚いたように顔を上げる。

サヨリさんは、「取れ」と顎先で促した。

「も、もしもし」

「アタシだ」

サヨリさんの肉声と、スマホからの声洩《も》れが奇妙なハーモニーを奏でる。サヨリさんは化粧室のほうを気にしながら、口早に言った。

「このまましばらく、電話を繋いどいてくれないか」

「どうして？」

「おまじないだよ」

「なんの？」

「心愛ちゃんの前に、王子様が現れるおまじない」

心愛ちゃんは窓辺に座るヒカルくんをそっと窺う。まだなにか聞きたそうにしていたが、化粧室の鍵が外れる音を聞いて、スマホを素早くポケットに突っ込んだ。

「大丈夫か。今、クリーニング代を――」

「いえ、けっこうです。黒だし、目立ちませんから」

よくもそんな、しれっとした顔ができるものだ。弁償をお母さんに断られ、サヨリさんは「すまない」と神妙に頭を下げた。

テーブルに置かれた子機を取り囲み、僕らは息を詰めている。

「パパーン、パパパン、パパーン、パパパン」という歌声が洩れてくるのは、このあたりを巡回している移動式のパン屋さんだ。音質が悪く、いつもこの箇所以外は聞き取れない。

「この時間なら、パン屋さんはパーコックの駐車場だね」と、ヒカルくんが小声で言った。なぜか彼までアイを抱いて、この輪の中に加わっている。

パーコックは心愛ちゃんちの近所にあるスーパーだ。どうやら二人は寄り道もせず、まっすぐ自宅へと向かっている。

心愛ちゃんのスマホは思いのほか、よく音を拾う。車のエンジン音、自転車のベル、音響付き信号機、様々な音が聞こえてくるけど、母と娘に会話はなかった。

この黄昏時《たそがれ》にとぼとぼと足元を見つめながら歩く、心愛ちゃんの姿が思い浮かんだ。あのお母さんが相手では、僕だって萎縮してしまう。サヨリさんの言いつけを、なにも伝えられなかったわけである。

「あ、帰ったみたい」

チャリチャリと、鍵の鳴る音が聞こえた。カチリ、シリンダーが回ったようだ。ドアが開き、閉まったとたん、

「どういうつもりなのよ！」

心愛ちゃんのお母さんの、怒号が響いた。

「仔猫は捨てて来なさいって、ママ言ったよね。あの人たちはなんなの。ママに恥かかせて楽しいの？」

「ごめん。だけど――」

手のひらがじっとり汗ばみだした。サヨリさんとヒカルくんは、真剣な眼差しで子機を見ている。ジーンズの膝に手のひらをこすりつけて、僕も視線をそちらに戻す。

「もうあそこには行かないって、約束して」

「でもまだ、パインが」

「貰い手はついたんでしょ」

「ママ、お願い。パインがいるうちは、『虹猫』に行かせて」

「心愛！」

思わずびくりと肩を縮めた。心愛ちゃんも同じように怯えたはずだ。お母さんは一転して、哀願調で訴えはじめる。

「どうして、ママの言うことが聞けないの。ママの役に立ちたいって、言ってくれたじゃないの。お留守番もお手伝いも、とてもよくやってくれて、心愛はママの誇りなのよ。なのに、どうしてママを虐《いじ》める人たちと仲良くするの？」

「ママ、ママ。誰もママを虐めてなんかいないよ。パパやおばあちゃんとは違うんだよ」

「心愛がいい子にできないなら、ミルクは保健所かなぁ」

僕は無意識のうちに膝頭を握りしめていた。心の底から、気持ち悪いと思う。

子供の好きなものを盾に取って脅す親っているけれど、ミルクは物じゃない。「ゲーム捨てちゃうよ」と言うのとはわけが違うのに、どうしてそれを同列にできるんだ。

「――ごめんなさい。いい子にする」

「そうね。分かってくれたら、それでいいのよ」

電話の向こうから聞こえてくる猫の鳴き声に、タイが反応して顔を上げる。心愛ちゃんちの飼い猫の、ミルクだろう。

「ほら、すぐご飯にするから、手洗っちゃいなさい」

チリリン、と涼しげな音がした。ミルクの首に鈴をつけてあるのだ。洗面所に移動している様子の心愛ちゃんに、ついて来る。

「ダメ、吐きそう」

ヒカルくんが組んだ手を口元に押しつけた。冗談ではなく、顔が青い。

「でもこれじゃ、虐待とはいえないな」

サヨリさんが溜め息とともに腕組みを解いた。僕には「すぐ虐待に当てはめるのはやめろ」なんて言っておきながら、自分だって疑っていたんじゃないか。こんな盗聴まがいのことまでして、サヨリさんのほうがよっぽどあくどい。

「もしもし」

これまで暗幕の向こうで喋っているようだった心愛ちゃんの声が、急に鮮明になった。ヒカルくんが反射的に子機を取る。

「ママは、どこ？」

「キッチンにいる。あのね、心愛もうね、『虹猫』には行けない――」

声が途切れ、嗚咽《おえつ》に変わった。ミルクを抱っこしているのか、鈴の音が間近に聞こえる。

「平気だよ。どうせママはほとんど家にいないんだろ」

「子供だって、親に秘密くらい持つ。ボクなんか、学校行くふりして行ってない」

そいつを引き合いに出すのはどうかと思うけど、ヒカルくんはいつになく真剣だった。

「だけど、ミルクが――」

「大丈夫。心愛ちゃんとミルクは、ボクが守る」

どこからそんな声が出たものか、子機からガマガエルが潰れたような怪音が洩れた。心愛ちゃんの啜り泣きがやみ、もしかしたら呼吸すら止まっているのかもしれない。憧れのヒカルくんにこんな殺し文句を吐かれたんじゃ、無理もない。でも当人にその自覚はないようで、真面目くさった顔で虚空を睨んでいる。

「――ありがとう」

しばらくして息を吹き返した心愛ちゃんの声は、一転して甘ったるい。お母さんにかけられた呪縛《じゅばく》はすべて、ヒカルくんのひと言で吹き飛んでしまったようだった。

そうだ、僕は知っている。お姫様を窮屈なお城から救い出すのは、いつだって王子様の役目なのだ。

まかないのナポリタンを半分食べたところで、少量のタバスコをかける。するとトマトソースの自然な甘みと酸味にパンチが効いて、加速度的にフォークが進む。近ごろ僕は、この食べ方にハマっている。

「さっきのヒカルくん、なんて言うか『男』でしたね」

サヨリさんはカウンターの端で夕刊を広げている。紙面から顔も上げず、だがまんざらでもなさそうに頷いた。

「あいつも母親の歪んだ愛情に耐えてきたクチだからな。放っとけないんだろう」

そのヒカルくんは、ひと足先に帰って行った。たぶん今ごろお母さんに、新しい傷ができていないか体を調べられていることだろう。かすり傷でも見つかろうものなら、「まともな体に産んであげられなくて」と泣かれるそうだ。母性ってのはたぶん、ある種の狂気なのだと思う。

「ヒカルくんは、具体的にどうするつもりなんでしょう」

「さぁな。でもあいつにはひと回りでかくなってもらわにゃ、これ以上待つとアイがヨボヨボの婆さんになっちまう」

「けっきょく、猫のためですか」

「あたりまえだ」

新聞が目隠しになっているのをいいことに、僕は大げさに肩をすくめた。そうは言ってもサヨリさんは、ヒカルくんのことは特別に気にかけているようだ。それってやっぱり、久蔵さんの孫だからだろう。

「だけど、ミルクの手術のことだってあるじゃないですか」

「そうだな、次の発情期がくる前にやったほうがいいんだけどな」

なにかを思案するような沈黙のあと、「ふふっ」という邪悪な笑い声がした。なにを思いついたのか。いや、聞くまい。魔王の考えることはどうせろくでもない。

僕は「ごちそうさま」と手を合わせ、食器を運ぼうと立ち上がる。

「けっきょくあのお母さんをどうにかしないと、根本的解決にはならないですよね」

「いや、ダメだろあれは」

バサリと新聞を置く音がした。サヨリさんの眼光が尖っている。どうして僕を睨むんですか。

「あの女はきっと、子供がリモコンで動くとでも思ってるんだ。なにを言っても聞かないさ」

たしかに心愛ちゃんのお母さんは、娘を自分に従わせておかないと気がすまないみたいだった。あの人を説得するとなると、ほとんど討ち死に覚悟で臨まなきゃいけないだろう。

「だけどほら、東丸さんの例もありますし」

僕はおずおずと言い返す。東丸の婆さんは今もやっぱりへんくつだけど、それでもはじめて会ったころに比べると、少しずつ人当たりがよくなってきたと思う。

「東丸の婆さんは、あれでもまだ人間味があるほうだ」

それは否定できなかった。うんざりさせられることのほうが多いけど、婆さんには案外可愛いところもある。けれど心愛ちゃんのお母さんには、共感できる部分が見出《みいだ》せない。

「でも、人は変われるんでしょう?」

「なんだそれは。陳腐だな」

「サヨリさんが言ったんですよ」

「でたらめを言うな」

正確には「変わってゆくのは常に人間だ」だったけど、好意的に捉えればそういうことじゃないか。僕だって、少しは前向きな人間になりたいんだ。

「変わらんよ。アタシはけっきょく、一人じゃないか」

サヨリさんがそう呟いてまつ毛を伏せる。いつになく儚げで、心臓がきゅっとつねられたようになった。どうすればいいんだ、こんなときは。相田先生なら「私がいますよ、サヨリさん」とお寒いことを言うんだろうけど、僕はあの人みたいにタフじゃない。

タイが梁から飛び下りてきて、「にゃーん」とサヨリさんの足元に身を寄せた。アイにヒカルくんが来たことを知らせるセンサーがついているなら、タイにはサヨリさんの寂しさを計るカウンターがあるんじゃないだろうか。

「ああ、そうだな。おまえがいるな」

サヨリさんがタイを抱き上げる。その首筋に頬を寄せると、サヨリさんの肩からすっと力が抜けた。そんなふうに無防備に、信頼を寄せられているタイが羨ましかった。

そういや以前サヨリさんは、猫が乳母代わりだったと言っていた。いったいどういう子供時代を過ごしたんだろう。一人だというのは、それと関係があるのだろうか。

「あの、サヨリさん」

呼びかけてみたものの、なんて言っていいのか分からない。

「ああ、もう帰っていいよ。お疲れさん」

戸惑っていると、サヨリさんはタイに頬ずりをしながらそう言った。

「お皿は――」

「洗っとく。遅くまで引き止めて悪かったな」

本当はどうしたんですかと聞きたかった。でももしかしたらサヨリさんは、これ以上僕にいてほしくないのかもしれない。

タイが振り返って、黄色い目で僕を見る。そうだ彼女にとっては僕なんか、猫よりずっと下だもんな。

「はい、お疲れさまでした」

そう言って僕は、棚に突っ込んであった斜め掛け鞄とコートを取った。

外に出てみると風がひんやりと冷たくて、頭を冷やすのにちょうどよかった。自宅までは一駅分の距離があるけど、歩いて帰ることにした。家に帰ったら熱いシャワーをさっと浴びて、その勢いで寝てしまおう。胸に生じたモヤモヤを消す術《すべ》は、そのくらいしか思いつかない。

僕は温かいベッドを思い浮かべ、コートのポケットに手を突っ込んで歩きだす。

まさかあんな惨劇《さんげき》が待ち構えているなんて、そのときはまだ思いもせずに。

chapter 8.

痛いのは誰？

朝からそれはやめてくれと、思うものがいくつかある。たとえば朝からステーキ、朝からスプラッタ映画、朝からヘビメタ、朝からジェットコースター、朝から背脂こってりラーメン。

「グッ・モーニン、翔。朝だぞ、起きたまえ」

相田先生の声は鬱陶しいほどよく通る。舞台に立っているわけじゃないんだから、腹から声を出さなくてもよろしい。僕は恨めしく、戸口に佇むこってり先生を睨みつけた。

「起きてますよ」

それどころか、着替えも洗面も済んでいる。闖入者に驚いて、サビ子が畳んだ布団の裏に逃げ込んでしまった。

「毎朝毎朝、起こしに来るのやめてもらえませんか。サビ子が怖がるんで」

「おいおい、なんだとぉ。おい翔、言うようになったなぁ、おい」

相田先生が「おい」の数だけ近づいて来て、僕の首に腕を絡ませた。大学のＯＢだからって、安っぽい先輩風を吹かせすぎだ。

「私はね、まだ納得してないんだからね」

十二月も半ばだというのに、先生は鼻の頭に汗を浮かべている。朝っぱらから代謝のいいことである。

「どうして君が、サヨリさんと、暮らしているんだよ！」

痛い、痛い。脇腹をグーパンするのはやめてほしい。

「しょうがないじゃないですか。僕の部屋、まだ水浸しなんですから」

僕が虐められていると思ったのか、サビ子が布団の後ろから恐る恐る顔を覗かせた。でもべつに、助けてくれるわけじゃない。先日不妊手術を受けたばかりだから、相田先生のことが怖いのだ。僕はサビ子のいる三畳の納戸に、目下居候《いそうろう》の身である。

ことの起こりは先月の、そうだ心愛ちゃんのお母さんが店に来た、あの日の夜だ。僕はサヨリさんに追い立てられるように店を出て、ぷらぷらと歩いて家に帰った。空には猫の爪みたいな細い月が出ていて、輪郭がぼやけていないから明日は晴れだなと、そんなことを考えた。だけどマンションに着いて自室のドアを開けてみると、中が大洪水を起こしていたのである。

たわんだ天井からは絶え間なく雫《しずく》が滴り落ちて、特にダウンライトがはめ込まれた部分は滝だった。僕は目の前の光景が信じられずに、しばらく玄関に立ちつくしていた。それでも電灯のスイッチには手を触れなかったから、漏電の心配くらいはできたようだ。ひとまずドアを閉めて、上の階に駆け上がった。

だが住人は留守らしく、チャイムを押しても反応がない。マンションの管理会社に電話をしても休日のため誰も出ず、大家さんにかけて止水栓の場所を教えてもらった。これは後日分かったことだが、上の階の住人が留守のうちに、洗濯機の給水ホースが外れて水が漏れっぱなしになっていたらしい。

とはいえ自室に戻っても床は湿地帯だし、水はまだいくらでも漏ってくる。ベッドも布団も濡れたスポンジみたいに手で押すと水が染み出して、おまけに真っ暗闇だった。途方に暮れたまま僕は、来た道を『虹猫』へと引き返した。

だって他にあてはなかった。格子戸を引くとサヨリさんはまだカウンターに座っていて、僕が食べたナポリタンの皿がそのままになっていた。サヨリさんは僕の顔を見るとなぜか肩の力を抜いて、「おや、おかえり」と少し笑った。

「まさか君、もう一線を越えたとか言わないよな。男と女のドーバー海峡を、泳いじゃったりしてないよな」

「馬鹿言わないでくださいよ」

僕は体を反転させて、相田先生の腕から逃れた。ドーバー海峡どころか、僕にはこの家の仏間を越える度胸もない。

だって久蔵さんの遺影が常に、サヨリさんの部屋の入り口を見張っているのだ。落ち着かないったらありゃしない。居候をするにあたりサヨリさんにはその仏間を使えと勧められたが、「納戸でいいです」と辞退した。

「ドーバー海峡がどうかしたんですか」

深みのある声に振り返ると、サヨリさんが開け放したドアに寄りかかって腕を組んでいた。いつもの白いシャツに黒のパンツ、その上からグレーのカーディガンを羽織っている。この人はもう少し、色のあるものを着たりはしないのだろうか。

「や、その、いつかドーバー海峡の横断に挑戦してみたいなぁと。こう、遠泳でね」

そう言いながら相田先生はクロールの真似をする。おそらくすべてを聞いていたのであろうサヨリさんは、片頬だけを持ち上げて笑った。

「それはそれは。横断中に亡くなる方もいますから、お気をつけて」

その脅しはじわじわと怖い。電気ストーブがあるだけの部屋の、気温がさらに下がった気がした。

「朝ご飯、よろしければ相田先生もどうぞ」

「は、はい」

うろたえる相田先生に微笑みかけて、サヨリさんはドアから身を起こした。ほどなくしてトントントンと、階段を下りる足音が聞こえてくる。

「おい見たか、僕に向けたあの笑顔。君がここにいられるのは、サヨリさんに男と認識されていないからなんだからな」

「でしょうね、はいはい」

そんなことは釘を刺されるまでもなく分かっている。ちょっと笑顔を向けられたくらいで舞い上がるなんて、相田先生こそずいぶんおめでたい。

この家の朝食は七時半。食べ終えるとサヨリさんはすぐ自室にこもって仕事にかかる。『虹猫』の経営よりはるかに実入りのいい、株取引きのお時間である。それが始まると十時まで部屋から一切出てこないから、僕はその間に食器を洗い、サビ子に餌をやって大学に行く。

まかないはいつも喫茶店メニューだけど、朝食は和食だ。味噌《みそ》汁の出汁《だし》の匂いに誘われ納戸を出ようとして、体がグンと後ろに引っ張られた。

「ちょっと、なにするんですか」

相田先生が僕のパーカーのフードを摑んでいる。例の漏水事故のせいで着られる服が少ないんだから、もっと丁重に扱ってほしい。

「待ってくれ。その前に、折り入って頼みがあるんだよ」

先生は開けっ放しだったドアをわざわざ閉めて、その暑苦しい顔で迫ってきた。この人の頼みなんて、どうせろくなものじゃない。

「なんですか」と突き放すように尋ねると、しばらくもごもごしたのちに、「クリスマス会をしないか?」と先生は言った。

大学の学食に、「ぼっち席」なるものができた。一人ぼっちの「ぼっち」である。六人掛けの大テーブルの真ん中に仕切りを設け、向かいの人の顔が見えないようにしたものだ。大学側はこれを「スピード席」と呼んでいて、食後の会話を楽しみたい人は従来のテーブル、さっと食べて出たい人はこちらを使うようにアナウンスしている。

そのおかげで一人でいても、「友達がいないわけじゃないんです。ただ急いでいるだけなんです」と言い訳ができるようになった。声に出して言うわけじゃないけど、全身でそういう空気を醸し出す。

寒い季節だから、学食で温かい食べ物にありつけるのはありがたい。ただ少しだけ、早食いにはなった。

昼休み前の授業が桜子ちゃんと一緒だと、たまに「一緒に食べない？」と誘ってくれる。周囲からの羨望《せんぼう》の目が嬉しいやら怖いやらだが、会話はほぼ相田先生のことに終始する。ここしばらくは、「クリスマスを二人で過ごしたいんだけど、どうしよう」という相談だった。

里親探しの件ではお世話になっているから、できれば力になりたいが、クリスマスを家族以外と過ごしたことのない僕になにができるというのだろう。せいぜい「桜子ちゃんが誘えば大丈夫だよ」という、毒にも薬にもならないアドバイスしかできやしない。

それなのに、桜子ちゃんのお誘いを受けた相田先生が「クリスマス会をしないか」と提案してきたのだから、完全なる板挟み状態だ。申し訳なくて桜子ちゃんを見かけても声をかけられず、僕は「ぼっち席」で素うどんを啜っている。部屋が水びたしになったせいで服を買ったり教科書を買い直したり、とにかく金がないのである。

「桜子ちゃんの気持ちは嬉しいんだが、私にはサヨリさんがいるだろう？　かといって断るのも申し訳ないから、『虹猫』のクリスマス会という方向に持っていきたいんだよ」

しかも相田先生ときたらすっかり色男気取りで、そんなけしからんことを言いだす始末。つまりそれって、桜子ちゃんのこともちゃっかりキープしとこうって魂胆じゃないか。女の敵は男の敵でもあるのだと、確信した。

「あんな可愛い子に好かれるなんて、先生の人生には二度と起こらない奇跡ですよ。言っときますけど、十九歳ですよ」

僕はもちろん、先生の目を覚まそうと説得を試みた。すると彼はあらぬ方を見てうっとりと、こう言ったのだ。

「十代かぁ。サヨリさんもそのころは、ほっぺがふっくらで可愛かったなぁ」

「いやいや、なんでそこでサヨリさんの話に――。って、え？」

驚愕《きょうがく》のあまり、暑苦しいその顔を凝視してしまった。聞き捨てならないことを聞いた気がする。どうして相田先生が、十代のころのサヨリさんを知っているんだ。

「懐かしいなぁ。昨日のことのように思い出すよ。僕はまだクリニックを開業したばかりでさ、サヨリさんが黒猫を連れてやって来たんだ。タイの前にいた、ルイって猫だよ。この家に引き取られたとき、サヨリさんはまだ十五歳だったんだよなぁ」

十五歳で、久蔵さんのところに？　それってまさか。

「お、幼妻ぁ？」と、僕は思わず叫んでいた。

「いや違う、違うよ。サヨリさんの実家は石川県の旧家らしくてね。中学を卒業してすぐ、遠縁の鈴影氏に預けられたんだ」

いつも冷たくあしらわれている相田先生が、サヨリさんの家庭の事情を知っているとは思わなかった。本人に直接聞けないことを、他の人から聞き出すのは反則だろうか。でも僕は前のめりになって、「どういうことなんですか」と尋ねていた。

先生は表情を引き締めて、ドアを薄く開け廊下に誰もいないのを確かめた。おそらくスパイか探偵気分になっているのだと思う。真面目腐った顔で僕に向き直ると、声を落としてこう言った。

「畜生腹《ちくしょうばら》って分かるかい？」

隣の席でカレーを食べていた学生に、突然肩を叩かれる。物思いから引き戻されて、僕の体はビクリと跳ねた。

「携帯、鳴ってるの君じゃない？」

「え。あ、どうも」

同じ学部の、鈴木だか佐藤だかいう奴だった。たしかにポケットの中から振動交じりの着信音が聞こえている。古いモデルのガラケーなのを悟られたくなくて、体で隠しながら携帯を引っぱり出した。

液晶画面には、未登録の番号が表示されていた。


学校帰りに『虹猫』に向かうのはいつものことだけど、最近は格子戸の前で深呼吸をするようになった。結露したガラス戸を引き開けるとサヨリさんが振り返り、なに気なく「おかえり」と迎えてくれる。それに「ただいま」と返すのが照れ臭くて、つい小声になってしまう。

ミルクティー色のトラ猫の、チャイが足元まで迎えに来てくれた。東丸さんちにいた猫だから、ずっと世話をしてきた僕に一番慣れている。目つきの悪いサバトラのギョロリと、頭の黒いぶち模様が前髪のように見えるパッツンは、同じく東丸家の出身だけど僕に見向きもしない。それはきっと二匹がオス猫だからだろう。先月までそこら中を転がり回っていたチビたちがみんな貰われて行き、新たに迎えた三匹である。

元からの住人であるタイは梁の上で午睡《むさぼ》を貪り、アイはヒカルくんの膝の上。サビ子は相変わらず納戸に籠《こも》りっきりで、ナゴヤは床に置かれた犬猫用のキャリーバッグを気にしている。なんだか見覚えのあるバッグだなと思っていたら、化粧室のドアが跳ねるように開いた。

「ママ、大変。ミルクがまた逃げちゃった！」

小学四年生の心愛ちゃんだ。外は寒いのに、生足にブーツを履いている。スカートの頻度が増えたのは、やっぱり見せたい人がいるからだろう。

「ひどい棒読みだね。もう一回」

ヒカルくんがアイの背中を撫でながら、映画監督よろしく指示を出す。心愛ちゃんは生真面目に頷くと、いったん化粧室のドアを閉めてまた飛び出して来た。

「ママぁ、大変なのぉ。ミルクがまた逃げちゃったぁ」

「語尾を伸ばしても、情感こもらないよ」

「なにしてんの？」

サヨリさんが素知らぬ顔でグラスを磨いているものだから、僕が二人の間に割って入った。ミルクは心愛ちゃんちの飼い猫の名前だ。学芸会の練習、ではないと思う。

「ママを騙す練習だよ」と、心愛ちゃんが穏やかじゃない発言をした。その視線の先には、床に置かれたキャリーバッグがある。

僕はあっと眉を持ち上げた。このバッグは心愛ちゃんがグミ、チョコ、パインを捨てに来たときに、使用していたものじゃないか。

腰を折って中を覗き込むと、赤い首輪をした白猫と目が合った。

「カケルくんも協力して」と、ヒカルくんがビー玉みたいに澄んだ瞳を僕に向ける。

「なにをするの？」

「ミルクの手術を強行する」

雌猫の発情は春先、早ければ一月から始まる。そうなると本能の赴くままに相手を求めてしまうわけで、心愛ちゃんはミルクがまた逃げちゃうんじゃないかと心配なのだ。

「でも、ママは話が通じないから」

そう言って心愛ちゃんは悲しそうに目を伏せた。たしかにあのお母さんじゃ、まともな話ができそうにない。とはいえ未成年の心愛ちゃんには、手術の同意書にサインをする資格がない。

「だから、伊澤さんにお願いしたんだ」

どうしてここで伊澤さんの名前が出てくるのだろう。僕が首を傾げると、ヒカルくんは少し焦《じ》れたような口調になった。

「あの人、野良猫の手術をしてるから」

たしかに伊澤さんは、野良猫を片っ端から捕まえて不妊手術を施している。本当は猫を根絶やしにしたいんじゃないかと疑うほどの勢いである。

「だからミルクにはもう一度『失踪』してもらう。心愛ちゃん、できるよね？」

「うん。『ママ、大変。ミルクがまた逃げちゃったぁ』」

　恐ろしいことに、心愛ちゃんのお芝居はさっきより上達している。ヒカルくんの狙いがようやく読めて、僕は呆れてこめかみを揉んだ。

ようするに『失踪』したミルクは伊澤さんに捕まって、飼い猫と気づかれずに手術をされてしまうという筋書きなのだ。伊澤さんにはすでに話を通してあり、しかも快諾だったというからますます頭が痛い。

　天使のように綺麗な顔で、なんて悪魔的なことを思いつくんだ。これは本当にヒカルくんの発案なのかと考えて、肩越しにサヨリさんを振り返る。そういやサヨリさんは僕がミルクの手術のことを口にしたとき、不穏な笑みを浮かべていた。

「アタシじゃないぞ」と、サヨリさんは先回りして肩をすくめる。

「伊澤さんを招喚したら、いい勝負になるんじゃないかとは言ったけどな」

　人の話を聞かない能力なら、心愛ちゃんのお母さんより伊澤さんのほうが一枚上だ。でもヒカルくんは伊澤さんの名前を聞いたとたん、二人を闘わせるより面倒のないこの方法を思いついた。タビの貰い手を見つけてきたときもそうだけど、彼の発想はちょっとばかり明後日の方向に行きがちだ。

「いいんですか。これって、なにかの罪に問われたりしませんか」

「そうだな。引っかかるとしたら動物愛護法違反か、器物損壊罪だな。前者はＴＮＲ自体を否定することになるから、まぁないだろう。後者は他人の物を破損した際の罪だから、野良猫だと思ってたんじゃ訴えようがない。心愛ちゃんが絡んでることさえバレなきゃ、大丈夫なんじゃないか」

心愛ちゃんがヒカルくんに、「生き物なのに『キブツ』なの？」と耳打ちをするのが聞こえてきた。「変だね。大人が作ったルールだから」と、ヒカルくんが優しい声で応じている。

「心愛ちゃんは、本当にこれでいいの？」

僕が語気を強めて尋ねると、心愛ちゃんは困ったようにスカートの裾をつまんだ。ヒカルくんの顔色を窺いながら、「うん」と頷く。

ヒカルくんという王子様が現れたはいいが、その代わりに心愛ちゃんは反抗期に突入してしまったようだ。「ママは話が通じない」なんて、心愛ちゃん自身の言葉じゃないと思う。

「いいんですか、あれ」

もう一度サヨリさんに確認した。二人の暴走を止められる大人は他にいない。相田アニマルクリニックにはすでに予約を入れてあり、ミルクは明後日の午後には手術台に上るそうだ。

「アタシはべつに。お母さんを説得しようが騙そうが、ミルクの手術ができればそれでいいさ」

　ですよね。サヨリさんはそういう人だ。聞いた僕が間違っていた。

「あの人は、ミルクに関心がないから大丈夫だよ」

　ヒカルくんのその見解は、たぶん当たっている。ミルクは留守番の多い心愛ちゃんがねだったらしく、お母さんにしてみれば寂しさを紛らわす玩具《おもちゃ》を買い与えてやったようなものだ。ミルクが手術を終えて戻ったところで、気づくことすらないかもしれない。

「鞄、置いて来ます」

　だんだん、これでいいように思えてきた。誰かが著しく傷つくわけじゃないし、心愛ちゃんのお母さんを説得するだけの猶予《ゆうよ》もない。この茶番劇には、なるべく関与しないことにしよう。

　頭をひと振りしてから二階に向かいかけ、昼休みにかかってきた電話のことを思い出した。

「そうだ、サヨリさん。明日保険の調査員が来ることになったので、大学が終わったらまっすぐ自宅に向かいます」

「ああ、やっとか。対応が遅いな」

「リフォーム業者の人は早めに来て、見積もりを出してくれたんですけどね」

　だけど賃貸マンションだから、天井やクロスの張り替えなんかは僕にはあまり関係がない。問題は水に濡れて使えなくなってしまった家財道具一式で、それも相手方の保険で補償してもらえるそうだ。その査定のために、保険屋さんが来るのである。

「保険、どこだって？」

問われるままに保険会社の名前を挙げると、サヨリさんがわずかに眉を持ち上げた。

翌日僕は久しぶりにマンションの自室に帰り、座ることもできずに保険屋さんが来るのを待っていた。床は綺麗に拭いておいたつもりだけれど、フローリングの溝に浮いているのはたぶんカビだ。天井のたわみはひどくなっているし、壁紙はふやけて上のほうから剝がれてきている。

なにより耐えがたいのが臭気だった。部屋全体が生乾きの洗濯物になったみたいな、ひどいにおいだ。この部屋が再び人が住めるまでに回復する日が、本当に来るのだろうか。

保険屋さんには損害を受けた物品の、購入時期と価格をリストアップしておくように言われていた。その紙と現物を見比べながら、確認してゆく。

テレビとパソコン、これはもう完全にお陀仏《だぶつ》だ。ベッドと布団は乾いたようだが、とても使う気にはなれない。剝がして窓辺に立てかけておいた敷物はカビ臭いから捨てたいし、洗ってももう着られそうもない洋服が何着かある。書籍類はページが波打ち、貼りついてろくに開くこともできない。

一番痛いのはパソコンの中のデータだった。この復旧費用は補償のうちに入るのだろうか。そう考えているところに、ドアホンが鳴った。

「どうも、こんにちは。今日は冷えますねぇ」

何度か対応に来てくれた、管理会社の担当者だ。玄関のドアを開けてやると、二の腕をさすりながら入って来た。部屋の中は暖房器具が使えないし、あちこち湿ったままだから外より冷える。

だけど僕はもう、寒さなんかすっかり忘れていた。担当者の後ろに控えている、パンツスーツの女性に視線が吸い寄せられる。あちらも僕に気づいたのか、険しい顔で見返してきた。

眉間の皺は癖になっていて消えないらしい。そこにいたのは、心愛ちゃんのお母さんだった。

どうしてこんなことになってしまったんだろう。

心愛ちゃんのお母さんの横顔を盗み見ながら、そう思う。

手渡された名刺によると、彼女の名前は長谷川美由紀《みゆき》さん。「損害調査部主任」という肩書きには、聞き覚えがあった。

お母さんが『虹猫』にやって来た際に、挨拶かたがたサヨリさんに渡したのと同じ名刺だ。そういえば僕が保険会社の名前を答えたとき、サヨリさんはちょっと興味深そうな顔をしたなと、今さらながら気がついた。

とはいえさすがのサヨリさんも、僕の損害調査に心愛ちゃんのお母さんが派遣されてくるとまでは予想していなかっただろう。縁とは奇なもの妙なもの。どこで繋がっているか分からない。記憶を辿ってみれば昨日の電話でたしかに「長谷川です」と名乗られてはいたが、まさかこの長谷川さんとは思いもよらず、半ば聞き流していたのだった。

心愛ちゃんのお母さんは立ったまま、僕が作成した損害リストを睨んでいる。なにか不手際がありましたかと、尋ねたくなるほどの仏頂面だ。相手が僕だからか、それとももともと無愛想なのか。寒いのでお互いコートを着たまま、座って和むこともできず、気まずい空気が流れていた。

「あの、僕ちょっと煙草吸ってきますね」

同席していた管理会社の担当者も、この緊張感には耐えられなかったようだ。五分ともたずに逃げ出した彼を、「薄情者！」と心でなじる。もっとも彼がいたところで、場を取り持つことはできそうにないけれど。

「大学生だったのね。高校生かと思ってた」

二人きりになってからしばらく沈黙が続いていたが、心愛ちゃんのお母さんがおもむろに口を開いた。いきなり失礼なことを言ってくれる。

「こんなにひどい漏水事故は久しぶりね。マンションの事故で一番多いのが、水漏れなの。今回のケースは上の階の方が加害者だから、彼が加入している火災保険の、個人賠償責任特約で補償にあたります」

すでに仕事の顔である。心愛ちゃんのことでなにか言われるんじゃないかと身構えていた僕は、「はぁ」と気の抜けた声で頷いた。

「個人賠償責任保険では、被害に遭った物品の購入価格から減価償却を加味した金額、すなわち時価での賠償になりますので――」

「はぁ」と、こちらはよく分かっていない相槌だ。聞き慣れない単語が多くて首を傾げた。

「たとえばパソコンのデータの復旧費用、こちらは全額補償されます。一方パソコンの本体は耐用年数が四年と定められていますので、それを超えてしまうとほとんど価値のないものと見なされます」

僕のノートパソコンは、高校の入学祝いに買ってもらったものだった。つまり使用年数は四年と八ヵ月。もはや鉄クズ同然ということらしい。

「じゃあ賠償金では新しいパソコンどころか中古品も買えないと、そういうことですか？」

「テレビの耐用年数は五年、こちらは今年の四月に購入したばかりということなので

「――」

「ちょっと待った。待ってくださいよ」

話を一方的に進めないでほしい。この人とは本当に、会話を成り立たせるのが困難だ。

「僕も火災保険に入ってますよ。そっちだと再調達価格で計算してくれるみたいなんですけど」

斜め掛けのキャンバスバッグを開けて、波打った保険の契約書を取り出した。入居時に加入させられた火災保険の中身なんて、これまで気にしたこともなかったけれど、あらためて読み返してみると「水濡れ補償」なるものがついていた。

おそらく上の階の人と同じ保険だ。その内容を、心愛ちゃんのお母さんが知らないはずがない。だが契約書の表紙をチラリと見て、お母さんは無情にも言い放った。

「保険の適用には状況によって優先順位があります。この場合は、賠償が優先になります」

「そんなぁ」

がっくりと肩を落とした。そのまま座り込みそうになって、床が汚かったことを思い出す。心愛ちゃんのお母さんは、折り畳みのできる上履きを持参していた。さすが、現場に慣れている。

「ただし」と、お母さんが急に距離を詰めてきた。

「あなたが加入している火災保険に対して、臨時費用だけは請求することができるの」

僕の手から契約書を奪い取り、該当箇所を指差した。たしかに限度額を百万円として、損害保険金の二十パーセントが支払われることになっている。でもこれが賠償を受けていても支給されるなんて記載は一切なく、言われなければ気づかなかったことだろう。

「このリストも、もっと細かく。こんなものまで請求していいのかと思うものまで、全部書き出して。過去には水に濡れたコピー用紙一枚まで請求してきた人がいたくらいよ」

お母さんは声をひそめて、早口でそう言った。まるで密告でもしているかのようだ。僕は呆気に取られたまま、差し返された契約書と損害リストを受け取った。

「私にアドバイスされたということは、誰にも言わないでちょうだい」

もしかしたら臨時費用やリストの作りかたを教えるのは、人として正しくても企業としては正しくない行いなのかもしれない。保険会社の社員である彼女は、会社の不利益にならない程度の補償額で話をまとめるのが仕事なのだ。

「どうして、僕にそんなことを？」

この人には、敵視されていると思っていた。『虹猫』にはもう行くなと、心愛ちゃんを脅していたくらいだ。親切にされるいわれはない。

「娘が、ご迷惑をかけたようだから」

「迷惑だなんて、そんな——」

お母さんは僕から目を逸らし、所在なげに二の腕を撫でている。

なんだかだんだん、見えてきた。お母さんが心愛ちゃんと、寄りかかり合っていたいわけが。彼女はこの広い世界を、娘とただ二人きりで生き抜こうとしているんだ。自分たち以外はただの他人で、好意を受けても「迷惑をかけた」と解釈してしまう。またその借りはそれ相応のもので返さなければいけないと思っていて、だから誰にも頼れない。

こんぐらがった紐がほどけるように、理解できた。だって僕も、そうだったから。他人を下に見ることで自分を守ろうとして、ひたすら勉強をし、挫折した。二浪を止められたときは両親すら敵になって、大学に入っても友達を作ろうともしなかった。だけど僕にはもう、マンションの部屋がずぶ濡れになっても迎え入れてくれる場所があった。ショックのあまり頭が麻痺《まひ》して、それでも足は自然と彼女の許《もと》に向かっていたのだ。

そう思ったとたん、冷えきった体の芯にポッと灯がともった。じわじわと、みぞおちが温かくなってゆく。きっとこの温もりが、人に前を向かせるのだろう。

「お――長谷川さん」

お母さんと呼びかけそうになって、言い直した。

「おたくのミルク、また家出していませんか?」

僕の唐突な質問に、心愛ちゃんのお母さんは眉間の皺をいっそう深くした。

まだ四時台だというのに冬の陽はぐんぐん沈み、『虹猫』に辿り着くころにはすっかり夜になっていた。

格子戸から洩れる灯が妙に懐かしく、それを引き開けながら僕は自分から「ただいま」を言う。室内の暖かさに、頬の緊張が淡雪のように溶けてゆく。

カウンターで夕刊を広げていたサヨリさんが顔を上げた。窓辺の席にはヒカルくんと心愛ちゃん、ソファ席では伊澤さんがコーヒーを飲んでいる。ミルクは早くも慣れたのか、チリチリと首の鈴を鳴らしながらナゴヤとじゃれ合っていた。

「おかえり」の声は聞こえない。ヒカルくんと心愛ちゃんが、メデューサでも見たような顔をして固まった。

「呆れた。本当にいるわ」

カツンと背後でパンプスが鳴る。僕に続いて入って来た心愛ちゃんのお母さんが、引き戸も閉めずに立っている。

「カケルくん、なんで」

ヒカルくんが立ち上がった。その膝からアイがすべり下りる。

「心愛、来なさい。ミルクを連れて帰るわよ」

お母さんは、感情を抑えた声でそう言った。

ここに至る道中で、ヒカルくんの悪だくみはすっかりばらしてしまった。お母さんは口を挟まずに聞いていたが、腹の中は煮えくり返っているはずだ。このまま帰してしまったら、また一方的に心愛ちゃんを責めることになるだろう。

「帰るのはそっちのほうだ！」

全身の毛を逆立てた仔猫みたいに、ヒカルくんが威嚇《いかく》する。彼はまだ、傷つき震える子供なのだ。自分自身のままならない境遇と重ね合わせて、この計画を立てた。だけど経験者の僕は知っている。被害者意識をこじらせたところで、いいことなんてなにもない。

「とりあえず座ろうか、ヒカルくん。長谷川さんも、ドアを閉めてください。寒いから」

心愛ちゃんは気まずそうにうつむいて、座ったまま動かない。そんな娘を睨みながら、お母さんは後ろ手に引き戸を閉めた。

「あらぁ、あなたが心愛ちゃんのお母さま？　まぁまぁ、どうして手術をさせないの？　産ませるつもりもないのになぜ？」

伊澤さんの悪い癖が出た。距離を縮めながら、独断的に問い詰めてくる。彼女がいたのは計算外だった。

「伊澤さんも、落ち着いて。ミルクの手術は必要、これは決定事項とします」

僕はお母さんが伊澤さんに応戦する前に、割って入った。

みんなの訝しげな視線が集まる。サヨリさんに至ってはカウンターにもたれて腕を組み、すっかり傍観の構えである。僕は心愛ちゃんのお母さんに向き直った。

「あなたは聡明《そうめい》な人だから、ミルクに手術が必要なことは、もうお分かりでしょう」

ああ、怖い。このまま心愛ちゃんのお母さんに、睨み殺されてしまいそうだ。意味もなく「ごめんなさい」と謝りそうになるのを、下腹に力を入れて堪える。

「だけど」と、お母さんが呟いた。一番近くにいた僕でなければ聞き取れないような、小さな声だ。

「かわいそうじゃない」

僕は思わず目を見開いた。この人がミルクに対してそんな感情を抱いていたとは思わなかった。

「でも、仔猫が生まれても他人を頼るのは嫌なんでしょう？」

そう言われてお母さんは、僕からそっと目を逸らした。人様に迷惑をかけるくらいなら捨ててしまおうという思考は短絡的すぎるけど、つまりそれほど彼女の病根は深いのだ。

「ごめんなさい。あなたを説得する気も、責めるつもりもないんです。ただ『ちょっとした手違い』を装ってミルクが手術されてしまうのは、どうしても気持ち悪くて」

「それは、カケルくんの都合だよね」

計画を台無しにされてヒカルくんは不機嫌だ。やさぐれぎみに頬杖をついている。

「うん、そうだね。だけど心愛ちゃんに嘘をつかれたら、お母さんはきっと傷つく」

「そんなの、この人のじごう――」

「そして、痛いのはミルクだよ」

ヒカルくんは自業自得、と言おうとしたのだろう。僕はその声を遮った。

「麻酔で眠らされて起きてみたら、お腹に縫い目ができてるんだ。手術を終えた猫は例外なくしょぼくれてるけど、そりゃそうだよ術後は痛いもん。かわいそうなことをしたなって、いつも思ってた」

痛みの感覚が人より鈍いヒカルくんに、こんなことを言うのは酷かもしれない。ヒカルくんはなにも言い返せずに、口をつぐんだ。

「それでも手術をしないと、際限なく増えてしまう。伊澤さんが言うように、仔猫の殺処分も増える一方だ。手術と仔猫を殺すのと、どっちが残酷かは分からないけど、生まれたばかりの命を奪うよりは心情的にマシってことで、僕らは前者を選んでる。だからそれを正義みたいに振りかざすのはおかしいし、『ルールだから』って機械的にやることでもないはずなんだ」

喋っているうちに気が昂《たか》ぶってきて、視界の端がかすみはじめた。論旨が通っていないかもしれないが、言ってしまおう。東丸さんちの猫を四十匹近く手術室に送り込んで、サビ子の出産にも立ち会った、その経験から感じたことだ。

「明日、ミルクは手術を受ける。健康な体を切って、二度と子供を産めなくする。その覚悟を、ミルクにかかわる僕らは共有しなきゃいけないと思う。お母さんを出し抜いてる場合じゃないんだよ」

僕が口を閉ざすと、店内はしんと静まり返った。ヒカルくんはおろか、お喋りの伊澤さんまでが沈黙している。この店にはどうしてBGMがかかっていないんだ。これは新手の拷問なのか。

「そういうわけで」

と、サヨリさんが腕組みを解いた。一同の視線がそちらに集まる。

「ミルクは明日、この玉置クンが責任を持って病院に連れて行く。それでいいか？」

心愛ちゃんのお母さんの目だけを見つめて、サヨリさんはそう言った。お母さんは表情を動かさぬまま僕と、心愛ちゃんを順番に見て、最後に腕時計に目を落とす。

「社に戻らなければいけないので、私はこれで失礼します」

そういえばお母さんはまだ仕事中だった。時間を取らせて申し訳なかったが、他に言うべきことがあるだろう。

「手術費用は、あとで請求してください。手数料も含めてお支払いします」

そういうことじゃないんだけど。手術の同意はもらえたものの、モヤモヤしたものが胸に残る。

「心愛」

「ごめんなさい！」

お母さんに呼びかけられて、心愛ちゃんはぴょこんと頭を下げた。きっと混乱しているのだ。目の縁が涙に濡れている。

「もう暗いから、あまり遅くならないように」

チリリン。ミルクの鈴が優しく鳴る。心愛ちゃんのお母さんは戸口でみんなに一礼をして、引き戸を開けた。

「あの」僕はその後に追いすがる。寒風が耳元を通り過ぎて、首を縮めた。

「心愛ちゃんは送って行きますから、ご心配なく。それと、手数料はいりません」

硬い靴音を響かせて、お母さんが去ってゆく。彼女は振り返らなかったけれど、その背中からたしかに「ありがとう」という声がした。


サビ子が僕の丸めた靴下と戯れている。前脚で弾いては追いかけて、追いついてはまた弾く。僕が猫じゃらしを振ってもちっとも食いつかないくせに、こういうものではよく遊ぶ。

相変わらずの小心者だけど、最近はサビ子のほうから傍に寄ってくることが多くなった。もっともそれは気温が十度を下回るときに限られていて、カイロ代わりにされていることは間違いない。それでもそっと寄り添う気配と、そのぬくもりが嬉しかった。

「玉置クン」と、外側からドアがノックされた。

「風呂、冷めないうちに入っちまえ」

「はい、分かりました」

返事をしたのに、去って行く足音が聞こえない。ドアを開けてみるとすぐそこに、濡れ髪をタオルに包んだサヨリさんが立っていた。

「さっきの演説、なかなかよかった」

「はぁ、どうも」

そんなことをわざわざ言いに来たのだろうか。風呂上がりのサヨリさんは肌がつるりとして、いつもより少し幼く見えた。

「ヒカルくんを、怒らせちゃいましたけどね」

心愛ちゃんのお母さんが帰ったあと、「忘れかけていたことを思い出させてくれてありがとう」と興奮する伊澤さんをなだめているうちに、ヒカルくんは僕の脇をすり抜けて帰ってしまった。明日もいつもどおり店に来てくれるのだろうか。それが心配だ。

「いいんじゃないか。あの年頃の自尊心に、わざわざつき合ってやることもないさ」

サヨリさんはそう言って肩をすくめる。ヒカルくんに対しては過保護と言ってもよかったのに、少しばかり突き放してみることにしたのだろうか。

「それより、保険の査定はどうなった？」

「損害リストは作り直しです。保険が下りるまで、ひと月くらいかかるらしいんですけど」

「そうか。まぁ、落ち着くまでいればいい」

「すみません」

「謝ることはないさ。我が家に人がいるって感覚は久しぶりで、案外悪くない」

もしかしてサヨリさんは、僕が出て行くのが寂しいのかな。と、うぬぼれてみる。

四年前に久蔵さんが亡くなって、それからずっと一人でこの家に籠っていたのだ。サヨリさんだってきっと、人恋しかったのだろう。

相田先生の話によると、サヨリさんには双子の弟がいるらしい。けれどもサヨリさんの実家では、双子は「畜生腹」と蔑《さげす》まれ、特に男と女の場合は前世で心中した者の生まれ変わりだと忌み嫌われていた。

とはいえ弟は跡取りだ。彼は丁重に扱われ、サヨリさんだけが家族の寄りつかない離れで育ったという。養育係はいたけどあまり熱心ではなく、離れに住みついた猫だけがいつも傍にいた。それがサヨリさんの乳母代わりだった、黒猫のルイだ。

いつの時代の話だと言いたくなるけど、ほんの三十年前かそこらの出来事である。こんな悪習がまかり通るんだから、田舎の旧家ってのは恐ろしい。平凡な公務員の家庭に生まれたことを、今ほどありがたいと思ったことはない。

その由緒《ゆいしょ》正しき旧家では、男子は十五になると昔でいう元服のような儀式をさせられて、それ以降は正式な後継者として扱われるそうだ。弟が儀式を済ませてからは、サヨリさんはますます居場所をなくしていった。そして中学を卒業すると同時に、持参金つきで遠縁の久蔵さんに預けられたのだ。

「当時から近寄りがたいくらいの美人だったけど、なにかにつけ態度が投げやりだったな。自分を大事に思っていない感じがしたよ」と、これは相田先生の所感である。

驚くべきことに弟には、双子の姉がいることすら知らされていなかった。それほどサヨリさんの存在は、黙殺され続けてきたのだ。久蔵さんはルイだけをお供にやって来たその孤独な少女に、根気強く接し続けた。

「鈴影氏は奥さんに先立たれてすでに一人だったからさ、この不憫《ふびん》な子を全力で愛してやろうと思ったんだよ。用心深い猫みたいにサヨリさんは少しずつ心を開いていって、笑顔を見せるようになったころにはなぜか、『じいと結婚する！』と言いだした」

子供返りというのがある。サヨリさんははじめて肉親の情みたいなものに触れて、それを起こしたのだろう。小さな女の子が、『あたしパパのお嫁さんになる』と言うようなものだ。

「だからってなにも、本当に結婚しなくたってよかったのにさぁ」

相田先生は心底羨ましそうだった。

きっかけは、サヨリさんが十八のときにルイが死んだことだった。苦楽を共にした愛猫の死に、再びダークサイドへ誘《いざな》われようとするサヨリさんを、久蔵さんはなんとしても救ってやりたかったのだろう。

サヨリさんには悪いけど、久蔵さんはちょっと出しゃばりすぎたんじゃないかと僕も思う。だけどサヨリさんが今も彼を慕っているのはたしかで、なにを言っても負け犬の遠吠えにしかならない。

「ここの宿代は、労働で返してくれ」

そんな憎まれ口を叩くサヨリさんが、今夜はやけに愛おしい。そう思ってしまう自分に、戸惑った。

「じゃあ、おやすみ」

「あのっ」

なにも考えずに引き留めていた。サヨリさんの寂しさが、突き刺さってきて痛かった。

「クリスマス会、しませんか」

サヨリさんが怪訝《けげん》そうに眉を持ち上げる。子供じみた提案だし、桜子ちゃんには申し訳ない。だけど、なんだっていいんだ。この寂しさを、少しでも紛らわすことができるなら。

「心愛ちゃんとヒカルくんと、相田先生と桜子ちゃん。それに東丸さん。都合がよければ心愛ちゃんのお母さんや、みんな呼んでやりましょうよ」

「クリスマス会」と、サヨリさんが呆けたように呟いた。

「やったことがないから、勝手が分からん」

「リア充の桜子ちゃんがいるから、大丈夫です」

「そうか、クリスマス会か」

そう言って、サヨリさんが踵を返す。その直前に照れたように微笑んだのを、僕は見逃さなかった。

「いいんじゃないか」

いつものそっけない物言いだけど、その足取りは心なしか弾んでいた。

どうしよう、サヨリさんが可愛い。

腰が砕けそうになって、僕はドアノブに取りすがった。

chapter 9.

きっと、だいじょうぶ

新鮮な気持ちというのは、保ち続けるのが難しい。元日の朝は世界中の空気がすっかり入れ替わったような清々《すがすが》しさに心が洗われたものだけど、正月も六日となると、ただ寒いだけの埃っぽい風が吹きつけるばかり。しめ縄飾りの残る住宅街を横目に、僕は肩を縮めて福岡土産の「二〇加煎餅《にわかせんぺい》」が入った袋を持ち替えた。

「玉置くん」

少し鼻にかかった甘い声に振り返ると、桜子ちゃんが手を振っている。こちらは佐賀銘菓、「さが錦《にしき》」の袋を手に提げていた。

「今戻ったの?」と、僕のボストンバッグに目を留めて小首を傾げる。柔らかそうな髪がふわりと揺れて、図らずもドキリとさせられた。

「うん。冬休みの間は、ありがとう」

「こちらこそ。シェルターのスタッフさんも喜んでたよ。お正月はどうしても、人手不足になりがちだから」

帰省中は桜子ちゃんに誘われて、彼女の地元のアニマルシェルターでボランティアをさせてもらった。僕と桜子ちゃんの実家は、電車を乗り継いでほんの一時間ほどである。充分通える距離だった。

　飼い主のいない犬猫を保護し、新しい飼い主へと橋渡しをする施設は増えつつあるが、常時二百頭以上が暮らすそのシェルターは間違いなく国内最大規模だろう。広々としたドッグラン、里親候補者との面会棟、ハンディキャップを負った犬猫を終生飼育するための飼育棟、そしてなにより動物病院が併設されているところが画期的だった。

　ボランティアの仕事といえば、ひたすら掃除だ。朝から夕方まで、ときに昼の休憩まで削って掃除に勤《いそ》しんでいたら、「若いのに文句も言わずよくやってくれるわね」とスタッフの女性に褒められた。東丸の婆さんちに通ううちに、動物の世話には掃除がつきものだと身に染みついてしまった。なんでこんなことばかりさせられるんだとか、不満はこれっぽっちも感じなかった。

　たまに見学させてもらった動物病院は外部の患畜も受け入れていて、定期検診に訪れた人がシェルターで二匹目と出会ってしまったり、ペットを亡くした人が傷の癒えはじめたころにふとお世話になった病院を思い出しシェルターを覗きに来てくれたりと、双方の橋渡しにもなっていた。

　だけど今はまだ近隣の動物病院から有志の先生が日替わりで来ている状態で、いずれは常勤の獣医師を置きたいのだという。「卒業したら来てちょうだいよ」と冗談交じりに誘われて、僕は曖昧に笑っておいた。

「桜子ちゃんはやっぱり、研究室は臨床系なんだよね?」

まだ少し先の話だけど、僕らは三年生になると研究室に所属する。ざっくり二つに分けて診療技術を学ぶ臨床系と、生化学・微生物学などを学ぶ基礎系の、どちらかを選択することになる。桜子ちゃんは実家が動物病院だし、はじめから決めていたのだろう。

「うん、そのつもり。だって将来は相田アニマルクリニックで働くことになるんだし」

「えっ」

「夫婦で獣医って、いいでしょ」

「ああ、うん。なるほどね」

シェルターの病院で働きたいとか、不妊手術専門のクリニックを開業したいとか、冗談とも本気ともつかないことばかり言っていた桜子ちゃんだけど、相田先生と出会ったことで別の目標ができてしまったみたいだ。まだつき合ってもいないのにそんな将来設計を描けてしまうこの子は、やっぱりちょっと危ない子だなと思う。

「だから玉置くんも頑張ってよね」

「僕が、なにを?」

「しらばっくれないでよ。サヨリさんのことに決まってるじゃない」

「だから、それは違うってば」

桜子ちゃんの含み笑いの意味を察し、顔が一気に熱くなった。彼女は僕がサヨリさんに恋愛感情を抱いていると、勘違いをしているのである。

先月の二十四日に、『虹猫』でクリスマス会を開いた。桜子ちゃんが店を飾りつけ、伊澤さんが大量のから揚げを持参し、相田先生が自腹でビンゴゲームの景品を用意してくれたおかげもあって、どうにかパーティーの体裁は整った。

『虹猫』に関わりのある人で不参加だったのは、心愛ちゃんのお母さんだけだ。それでも心愛ちゃんの出席を妨げようとはしなかったし、手土産にホールケーキまで持たせてくれた。

お母さんはミルクが退院してから数日後に、サヨリさんに詫びの電話を入れてきた。彼女は結婚後なかなか子供に恵まれず、周りに散々責められて、辛い不妊治療の末に心愛ちゃんを授かった。だから「不妊という言葉を聞くのも嫌」で、ミルクの手術にも二の足を踏んでいたのだ。

「私が意地を張ったせいで、みなさんにご迷惑をかけて申し訳ございませんでした」と、謝りかたは相変わらずだけど、彼女も少しは娘のために、変わろうとしているのだろう。

「もしかして、サヨリさんとなにかあった？」

桜子ちゃんに耳打ちをされたのは、パーティーも半ばを過ぎたビンゴゲームたけなわのころである。彼女の手には赤ワインのグラスが握られており、頬はうっすら桜色に染まっていた。

「いやいや、ないよ。なんもないよ」

「嘘だ。さっきから、愛おしそうに見つめてる」

たしかに僕は飲食物の減り具合と同じくらいに、サヨリさんを気にかけていた。

だってサヨリさんにとっては人生初のクリスマス会なのだ。楽しめているだろうかと、発案者としては心配になるじゃないか。

サヨリさんは積極的に会話の輪に加わろうとはしていなかったけど、参加者の顔を眺め回しながら、始終くすぐったそうな顔をしていた。間違いなく伝わっただろうか。あなたはもう、一人なんかじゃないんですよと。

でも桜子ちゃんはそれ以来、僕がどんなに否定しても「またまたぁ」と笑って取り合ってくれない。恋愛経験皆無の僕が、十も年上の未亡人に惚れるなんて身の程知らずなことをするわけがない。犬でたとえれば二人の間には、チワワとボルゾイくらいの格差がある。

「玉置くんがサヨリさんをしっかり捕まえといてくれたら、あたしも動きやすいのよ。本当はクリスマスだって、相田先生と二人で過ごしたかったんだからね」

彼女としては相田先生を振り向かせるためにも、サヨリさんと他の男をくっつけたくてたまらないわけだ。桜子ちゃんほど可愛ければ、きっと人を好きになるのになんの負い目も感じないんだろう。そんなことを考えてしまう卑屈な自分が、少しばかり嫌になる。

「玉置くんは臨床、基礎、どっち？」

桜子ちゃんが『虹猫』へと続く曲がり角を曲がりながら、話を戻す。僕の動向に興味がなくても、こうやって聞き返してくれるところが彼女の優しさだ。

「一応僕も、臨床にしようかと」

これまで獣医になるつもりなんてなかったけれど、僕はもう覚悟を決めた。一つはお屠蘇《とそ》に酔った父親に、「もう一年挑戦させてやれんで、すまんかったね」と謝られたせいだ。本当はこちらから謝りたかったのに、まごまごしているうちに先を越された。いつもは正体を失くすほど飲まない父が、自宅でベロンベロンになっていた。

「もう、しょうがないなぁ」とコタツで寝てしまった父の肩に半纏《はんてん》をかけて、母が笑った。

春になったら奨学金の説明会がある。それに応募するつもりでいる。あの人たちに恥じない自分になってから、あらためて向き合いたい。あなたたちの息子でよかったと、胸を張って言えるように。

もう一つはサヨリさんだ。いつか彼女が言っていた、「やらずにいられないから、しょうがない」という言葉が引っかかっている。アニマルシェルターで犬や猫にまみれながら黙々と掃除をするうちに、ふと疑問が浮かんだ。婆さんちの猫の世話から解放された冬休みに、僕はなにをしているんだろうと。

近頃は町中で野良猫と出くわしても、必ず立ち止まってチェックしている。耳にV字の切れ込みは入っているか、健康状態は良好か、人馴れはしているか、餌場はどのへんにあるのか。野良猫がたんなる風景の一部だったころには、もう戻れそうにない。それならこの問題に、獣医として真正面から取り組んでやろうという気になっている。

「そっかぁ。じゃあバイトする暇なくなっちゃうね」

手袋をした手に息を吹きかけながら、桜子ちゃんがそう言った。

一般的に基礎系よりも、臨床系の研究室のほうが忙しいとされている。実験は終わりの時間が見えなくて、深夜に及ぶことも多い。それに加えて実験動物の世話があれば、土日も休んではいられない。

「二年生でも実習が入るから、ちょっと忙しくなるよね。『虹猫』はどうするの？」

あまり考えないようにしていたところを突かれて、言い淀《よど》んだ。砂を噛んだような気持ち悪さが口の中に広がってゆく。

「その前に、東丸さんちの猫が片づくと思う。そうなったら僕はお役御免だから」

「あ、そっか。もう残り七匹だっけ」

そうなのだ。伊澤さんが主宰する『I♥地域猫の会』の「預かりさん」たちが新たに八匹を引き取ってくれて、東丸家の猫もついに一桁台になった。たぶんあと三回くらい譲渡会を開けば、みんな貰われていくだろう。

「え、それで『虹猫』は辞めちゃうの？」

「だって、仕事がないからね」

「そんな。玉置くんはそれでいいの？」

「いいの、って聞かれてもなぁ」

必要もないのに雇ってもらうわけにはいかない。漏水事故で水浸しだった僕の部屋だって、あと一週間ほどで復旧する。居候生活を解消してバイトも辞めてしまったら、『虹猫』に関わる理由はなくなるのだ。

店の前に到着して、軽く息をついた。春は別れの季節とはよく言ったもの。僕はまた一人ぼっちに逆戻りだ。最近は学食のぼっち席で鈴木だか佐藤だかと一緒になることが多く、挨拶くらいは交わす仲になったけど、ここはもう一歩踏み込んでみるべきか。

「大丈夫、あたしに任せて」

桜子ちゃんが得意げに、僕の顔を覗き込んできた。

いったい、なんのことですか。と問う前に、思わず首をすくめた。ガラスの割れる嫌な音が、店の中から聞こえたのだ。

「なんだよ、ケチケチするんじゃないよ！」と、続いて女の金切り声。

僕は慌てて引き戸を開けた。カウンターの足元には水溜まりが広がっており、割れたコップの欠片《かけら》と氷が散らばっている。黒いダウンを着た五十そこそこの女が、パサついた髪を振り乱して怒鳴っていた。

「猫くれよ。猫、貰い手探してんだろ。オッドアイの猫、くれってばよ！」

そう言いながらサヨリさんの胸ぐらに摑みかかってゆく。

危ない。考えるより先に体が動いていた。気づけば僕は見知らぬ女をサヨリさんから引きはがし、羽交《はが》い締めにしていた。


「すみません、本当に。ご迷惑をかけてしまって」

榎田の奥さんが悄然《しょうぜん》と身を縮めた。

その隣でベビーカーに乗せられた娘の若葉ちゃんが、卵形のマラカスを滅茶苦茶に振り回している。出会ったころは手足を蠢《うごめ》かせるだけで精一杯だった赤ん坊が、ずいぶんリズミカルに動けるようになったものである。

「この辺では有名だったんですね。なんでもかんでも『クレクレ』ってねだる人がいるって。私、ぜんぜん知らなくて」

先ほどここでひと暴れした女のことだ。桜子ちゃんが機転をきかせて「警察呼びましたよ」と言うと、「卑怯者！」と身を翻《ひるがえ》して逃げていった。その際に僕は頭突きを顎に食らったので、いまだに嚙み合わせがおかしい。

クレクレさんのことは、そういえば東丸の婆さんから聞いていた。なにが「オットセイの猫」だ、オッドアイの間違いじゃないか。こっちにはアイがいるんだから、そうと分かっていればもっと警戒しただろうに。

婆さんちにほど近い公園で、クレクレさんは猫を探していたそうだ。幸福の象徴だとテレビで見て、どうしてもオッドアイを手に入れたくなったらしい。榎田の奥さんは婆さんと待ち合わせをしていて、たまたまそこを通りかかった。そして「オッドアイの猫知らない？」と、詰め寄られてしまったのである。

「たしかにオッドアイは昔から、『金目銀目』と呼ばれて縁起がいいとされてきたが」

サヨリさんはソファの背にもたれ、腕を組んで立っている。幸いにも、どこにも怪我はなかったようだ。

「でもそれだけで猫を欲しがるなんて、あり得なくないですかぁ」

若葉ちゃんの頬っぺたをつついて遊んでいた桜子ちゃんが、軽く唇を尖らせる。奥さんが「すみません」と、さらに身を縮めた。

「まさかアイが、ヒカルくんの猫だとは思わなくて」

それであの騒ぎに繋がるわけだ。婆さんからクレクレさんの悪評を聞いて、奥さんが駆けつけたときにはもう、本人は捨て台詞《ぜりふ》を吐いて立ち去った後だったのである。

「べつに謝ることはないよ」

じっと話を聞いていたヒカルくんが、おもむろに口を挟んだ。アイは今、その膝の上でくつろいでいる。さっきの騒動に驚いて身を隠していたけれど、ヒカルくんがやって来たとたんにどこからともなく現れた。彼女のセンサーは今日も良好のようである。

「ボクはアイに新しい飼い主が現れたらいいと思って、ここに預けてるんだ。クレクレさんが可愛がってくれるなら、あげたっていいよ」

「そんな、投げやりな」

つい非難するような口調になってしまった。ヒカルくんは瀬戸物みたいに艶やかな頬を、ピクリとも動かさない。最近彼は僕のことを、さり気なく無視するのだ。きっとミルクの一件を、まだ根に持っているのだろう。

「よくそんなことが言えたもんだな」

サヨリさんがゆっくりと目を細める。抑えられてはいるが、ビリビリと怒りが放電されるのが分かった。

「クレクレさんがアイを幸せにしてくれると本気で思うなら、あげてしまえばいいさ」

「ちょっと、サヨリさん」

じわりと脇に汗をかく。猫をただの縁起物として欲しがるクレクレさんが、いい飼い主であるはずがない。だいたい、アイはヒカルくんにしか懐かないじゃないか。

「痛みが分からないボクよりは、クレクレさんのほうがマシかもしれない」

そう言いながら、ヒカルくんが僕を横目で見た。その視線がチクリと刺さる。やっぱり気にしていたんだ。彼を説き伏せるのに痛みの感覚を持ち出したのは、フェアじゃなかったと今でも思う。

「じゃあもうここには来るな。アイに妙な期待を持たせるな」

「分かった、もう来ない」

ヒカルくんは激するでもなく、アイを抱いて立ち上がる。その被毛をそっと撫でてから、椅子に下ろした。

「二人とも、意地になるのはやめてください。ああ、ヒカルくんってば」

僕のとりなしも虚しく、ヒカルくんは感情を遮断したような目をして去ってゆく。サヨリさんはガラス戸の閉まる音を背中で聞いて、額に手を当てため息をついた。

「やだ、なにあの子。ガキすぎる」

事情を知らない桜子ちゃんが、可愛さを失わない程度に頬を膨らます。君の大好きな相田先生はあれよりひどいと思ったけれど、黙っておいた。

サヨリさんの横顔は、憂いを含んでいてもやっぱり綺麗だ。

アイは彼女にとっても大事な猫だ。タイと同じく、亡くなった久蔵さんの思い出に繋がっている。ヒカルくんにはたとえ嘘でも、クレクレさんにくれてやるなんて言ってほしくはなかったのだろう。

「あの、本当にすみません」

気の毒なのはそんな二人の確執に巻き込まれた、榎田の奥さんである。若葉ちゃんが振るマラカスだけが、軽快にリズムを刻んでいた。

補充用の猫砂と餌を持って、一週間ぶりに東丸家の青屋根を目指す。

婆さんには僕が不在の間も猫の世話をサボらないでくださいねときつく言い聞かせておいたけど、約束が守られている可能性はゼロに等しい。さぞかし獣臭が充満していることだろうと、途中の薬局で消臭スプレーを購入した。

「クレクレさんは大丈夫だったかい？」と、婆さんは僕を出迎えた。

「修羅場《しゅらば》でしたよ」

そう言いながら上がり込み、「あれ？」と周りを見回した。少なくとも一階部分は、拍子抜けするほど清潔だった。床を歩いても降り積もった毛が舞わないし、汚れたエサ皿が出しっぱなしになっていない。

お土産の「二〇加煎餅」をダイニングテーブルに置き、各所に設置された猫トイレをチェックした。使用の跡は見られるが、汚れた部分を取り除くだけで充分そうだ。おそらく砂は午前中に入れ替えられている。

「どうしたんですか。ちゃんと世話してるじゃないですか」

「私だって、やればできるのさ」

婆さんが誇らしげに胸を張った。かつては猫の世話どころか、掃除すらできなかった人の言動とは思えない。はじめは本当に、ひどかった。

あれからもう、八ヵ月になるんだな。

どうやら僕は、少し感傷的になっている。この家に通うのもそう長くはないと思うせいか、整頓されているのが不思議と物足りなかった。「だから猫砂は替えましょうよ」というう、いつものやり取りを、心のどこかで期待していたみたいだ。

「なんてね。本当はアンタがいない間、坊ちゃんが来てくれたんだよ」

「坊ちゃん？」

電気ポットの上で暖を取っていた黒猫を押しのけて、婆さんが急須に湯を注ぐ。出がらしなのは分かっているが、体が冷えるので僕も一杯いただくことにした。

「なんてったっけ。ほら、クリスマス会のときもいたじゃないか。お人形さんみたいに綺麗な顔の——」

「ヒカルくん？」

「そうそう、その子。アンタが知らないんじゃ、猫女に言われて来てたのかね」

いや、違う。ヒカルくんを派遣していたのなら、サヨリさんからひとことあってもよさそうだ。それがないということは、ヒカルくんが自発的に代わりを務めてくれたのだ。だけど、どうして？

「硬いね、これ」

婆さんは早くも煎餅を開けている。ひと口大に割り、緑茶でふやかして食べはじめた。

「歯の悪い年寄りにこんな硬い煎餅買って来るなんて、まったくどういう了見だい」

「あ、そうか。すみません、気づかなくて」

「若いんだねぇ。関節が痛いとか、細かい字が読めないとか、財布の小銭が取り出しづらいとか、アンタにはサッパリ分からんだろうよ」

そのとおりだ。レジで手間取っているお年寄りを見ると、なにやってんだよと苛立たしくなる。だって僕は手先の自由が利く若者だから。小銭なんて、テキパキと取り出せてあたりまえだと思っているから。

「ああ、そうか」

この分かち合えなさは、ヒカルくんの痛みの感覚とどこか似ている。そう思ったら、声に出ていた。

「なんだよ」

「いえ、その。人の体って分からないものだなぁと思って」

「そんなのあたりまえじゃないか。きっと見えてる世界から違うよ。たとえば色を識別する細胞って、女のほうが男より多いんだって。つまりアンタと私じゃ、このオレンジは同じ色じゃないかもしれないってことさ」

婆さんはそう言って、煎餅についていたお面を顔にあてがった。「二〇加煎餅」を箱で買うと、郷土芸能「博多仁和加《はかたにわか》」で使われるアイマスクみたいなお面がついてくる。それがオレンジ色なのである。

僕は思わず吹き出した。周りでくつろいでいた猫たちが、婆さんの変貌ぶりに驚いて飛び退る。お面に描かれたタレ目が婆さんの鼻から下と絶妙にマッチして、いかにも情けない顔になっていた。

「ちょっと、アンタも当ててみなよ」

「えっ、こうですか」

「ひゃあ、やだ、おっかしいねぇ」

「ウケすぎですよ」

文句を言いつつ鏡台を覗き込み、我ながら腹を抱えてしまった。

ああ、ヒカルくん。僕も君と同じだ。

僕には婆さんの歯がどれほど弱いかなんて分からない。でもその一方で、こうして一つの物事で笑っていられる。みんな同じくらい分かち合えなくて、だけどきっとどこかで繋がっている。

僕はひとしきり笑い終えてから、「あのですね」と婆さんに向き直った。

翌朝はサヨリさんの、「アイ、アイ」と呼ぶ声で目が覚めた。冬休みもすでに最終日。僕はあくびを嚙み殺し、納戸の隅っこで頭をもたげるサビ子に「大丈夫だよ」と声をかけた。

「どうしたんですか」

階段を下りてゆくと、サヨリさんは店舗の床に膝をついてテーブルの下を覗き込んでいた。その傍らでは『虹猫』で面倒を見ているナゴヤ、チャイ、ギョロリ、パッツンが、一列になって皿に顔を突っ込んでいる。

「エサの時間なのに、アイが出てこないんだ」

そう言いながら、サヨリさんはカウンターの下の棚を開けはじめた。唯一タイだけがエサに目もくれず、店内をウロウロしている。アイを探しているつもりなのだろう。

「そんなところにはいないでしょう。二階は見たんですか」

「少なくとも、アタシの部屋と仏間にはいなかった」

「納戸も、ドアが閉まっていましたけどね」

首を傾げながら階段に足をかけ、僕は「あ」と声を上げた。

「そういや夜中にトイレに行ったとき、洗面所のドアが少し開いていたので閉めました」

階段の上り口の向かいがトイレになっており、その隣が洗面所だ。洗面所のドアはお客さんが間違って開けてしまわないように、隠し扉になっている。一見壁にしか見えないが、うっすらと色の変わった部分を押すと取っ手が飛び出す仕組みである。

「もしかしたら、閉じ込めちゃったのかも」

扉を開けて中の様子を窺った。多くの家屋がそうであるように、そこは洗面所兼脱衣所で、その奥が風呂場になっている。

洗濯機の裏にもタオルをストックしてある棚にも、アイはいない。磨《す》りガラスの嵌まった風呂場のドアが、うっすらと開いていた。

「どうしよう、サヨリさん」

風呂場を覗いて膝が震えた。居候の身だから風呂にはいつも最後に入る。換気のために開けておいた窓が、そのままになっていた。握り拳程度の隙間だが、猫がすり抜けるには充分だ。

「アイは、ここから外に出ちゃったんじゃないでしょうか」

振り返って見たサヨリさんの顔色が、みるみる青くなっていった。


屋内の捜索はサヨリさんに任せ、僕は近所を探し回った。でも住宅密集地なんて猫にとっちゃ隠れ家の宝庫である。容易には見つからない。

「アイ、見つかった？」

いったん店に戻って喉を潤《うるお》していると、ヒカルくんが息を切らして飛び込んできた。

「アイが失踪した」と連絡を入れるとなにも言わずに通話が切れたが、それから一目散に走って来たのだろう。

「ヒカル、走っちゃ危ないじゃない！」

その後に続いて駆け込んできた人物に度肝を抜かれ、僕は数歩後ずさった。ヒカルくんを送り届けた際にお目にかかったことのある、彼のお母さんだ。

家事の最中だったのか、チェックのエプロンを着けたまま、足元はつっかけサンダルである。これで追いつかれるなんて、どれだけ鈍足なんだヒカルくん。

「どうも、ご無沙汰しております」

サヨリさんがお母さんに向けて、軽く頭を下げた。この二人の関係性は、義理の母と娘になるのだろうか。サヨリさんのほうが、お義母さん。見た目とかけ離れすぎていて、頭が混乱をきたしそうだ。

「あなたねぇ」

ヒカルくんのお母さんが鼻の下に浮いた汗を拭い、サヨリさんに詰め寄った。

「この家を相続させてあげる代わりに、私たちには関わらないって約束したわよね。これはいったい、どういうことなの？」

そんな取り決めがあったのか。サヨリさんが柄にもなく、「すみません」と目を伏せる。

「私はね、あなたを義妹《いもうと》だなんて認めてないんですからね。お父さんが『お前には迷惑をかけない』って言うから、渋々折れただけなのよ。分かってる?」

サヨリさんの殊勝な態度がお母さんの逆上を煽《あお》ったようだ。二人の間に割って入ろうとした僕の、思考が一時停止した。

「え、あの。義妹って?」

今聞くことじゃないと分かっちゃいるが、聞かずにはいられない。だが僕の声はヒカルくんがテーブルを叩く音に打ち消された。

「うるさいよ!」

「やだ、ヒカル。手を怪我したらどうするのよ。ちょっと、見せなさい」

「だから、黙ってろよお母さんは!」

至近距離で怒鳴りつけられて、お母さんは感電したかのように背筋を伸ばした。よろよろとよろめいて、ソファの上に倒れ込む。

「そんな。ヒカルが私に口答えをするなんて」

ショックを受けたのかと思いきや、「これが反抗期というものね」とうっとりしている。息子への想いが強すぎて、もはやファン心理に近いようだ。

「それで、アイは?」

ヒカルくんにはそんな母親をフォローする余裕がない。サヨリさんがアイはまだ見つかっていないこと、風呂場の窓から逃げた可能性があることを説明した。ヒカルくんが切羽《せっぱ》詰まった目で僕を見る。

「ごめん」ひとまず謝罪を口にした。

目の前のヒカルくんは、体が震えるほどアイが心配でたまらないらしい。罪悪感がむくむくと湧き上がり、胸を覆う。

「クレクレさんじゃないかな」

僕が言葉を継ぐ前に、ヒカルくんが思いついたように顔を上げた。

「風呂場の窓からクレクレさんが忍び込んで、アイを攫《さら》ったんじゃない？」

「いや、あのねヒカルくん」

「きっとそうだよ。だってアイは脱走するほどアクティブじゃないもん」

言うが早いか、踵を返して駆け出してゆく。ヒカルくんにしては俊敏な動きだった。

「おい、どこ行くんだヒカル！」

「あの、僕行きます」

ヒカルくんのお母さんはすでに撃沈しているし、サヨリさんは『虹猫』からあまり離れられない。スツールの背にかけておいたコートを取り上げ、僕は外に走り出した。


赤信号にひっかかったせいで、一度はヒカルくんの背中を見失った。でも方向からして、彼がどこを目指しているのかは明らかだ。寒風が剥き出しの耳を撫で、走るうちにこめかみが痛くなってきた。

「ヒカルくん！」

ついに公園の手前で彼を捕らえた。榎田の奥さんがクレクレさんに会ったという公園だ。ヒカルくんの腕を摑んだものの、息が上がって言葉にならない。それはヒカルくんも同様で、しばらく二人でゼエゼエと喘《あえ》いだ。

「はぁ、うまい」

やっと人心地ついたのは、公園内の水飲み場で水分補給をしてからだった。生水を口にするのはためらわれたが、なにしろお互い無一文だ。

「ヒカルくんも、飲む？」

濡れた口元を手で拭い、僕はヒカルくんに場所を譲った。

「わ、冷たっ。なにすんの！」

ピシャリと頰に水が跳ねる。ヒカルくんが上向きについている蛇口を親指で塞ぎ、こちらに水鉄砲を飛ばしたのだ。

「ちょっ。やめて、やめてったら」

腕で顔を庇いつつ、水の届かないところまで慌てて逃げる。

「ひどいや、ヒカルくん」

すでに上半身は濡れ鼠《ねずみ》だ。体温が急速に奪われてゆく。

だがヒカルくんは素知らぬ顔で、さほど広くはない公園を見回していた。クレクレさんを探しているのだろう。

「いないよ。見れば分かるでしょ」

僕はヒカルくんに向かって声を張り上げた。水が出しっぱなしで、下手に近づけないのである。

「ひとまず、水を止めてよ。話したいことがあるんだ」

こちらが話し合う姿勢を見せているのに、ヒカルくんはいっこうに耳を貸さない。いつまでガキくさい拗ねかたしてるんだよと思ったら、喉元に熱い塊が込み上げてきた。

「ヒカルくんの、大嘘つき！」

吐き出した言葉は、ただの幼稚な悪態だった。

僕は物心ついてから、友達と喧嘩をしたことがない。友達がいなかったんだから、当然だ。だから、慣れていないのだ。

「アイをクレクレさんにあげてもいいなんて、これっぽっちも思ってないくせに。くだらない意地を張るから、アイに愛想つかされちゃったんだよ」

「うるさい。黙れ！」

ヒカルくんも応酬してきた。僕は負けじと腹の底に力をこめる。

「本当はアイが自分にしか懐かないのが気持ちよかったんでしょ。ちゃんと飼ってやる気もないくせに、すっごい傲慢！」

「カケルくんには関係ない！」

「あ、言ったな。そんなんじゃ、そのうち本当に誰も構ってくれなくなっちゃうぞ」

「偉そう。カケルくんだって、友達いないくせに！」

信じられるかい。これが二十歳と十八歳の口論だなんて。

水飛沫《しぶき》が再びこちらに向かって飛んでくる。だが距離があるため、地面に跳ね返った飛沫がわずかに靴の爪先を濡らすばかりだ。

ヒカルくんが絶叫した。

「ボクだって、飼えるものなら飼いたいよ！」

「飼う資格もないくせに？」

「それでも、アイはボクの猫だ！」

そのひとことが聞きたかった。失ってから悔やんでもしょうがない。大切なものはいつだって、たしかな握力で摑んでおかなきゃダメなんだ。

「なにやってんだ、あんたらは」

背後から声をかけられて、僕は飛び上がりそうになった。振り返るとサヨリさんが、びしょ濡れの僕に冷めた眼差しを向けていた。

「寒中水泳でもやったか？」

そんな酔狂《すいきょう》なこと、するはずがないでしょう。

だけど僕はなにも言い返せずに、ただ口を開けていた。『虹猫』からこの公園までは、だいたい一キロはあるはずだ。サヨリさんの活動半径を完全に超えている。

「出歩いて大丈夫なんですか」と、思わず聞いてしまう。

サヨリさんの、長い指が伸びてきた。あ、やばい。

「アンタの悪だくみに気づいたから、追いかけてきたんだろうが」

「痛い、痛いですってサヨリさん！」

「うるさい。おかげでこっちは相場に入れなかったじゃないか」

公園に設置された電波時計が、ちょうど九時を指していた。いつもなら、部屋で株取引をしている時間だ。邪魔をして悪かったけど、ちょっと待って、鼻がもげるってば。

「損が出たらアンタの給料からさっぴくからな」

それって、僕のバイト代でまかなえる額なんでしょうか。

サヨリさんは僕を解放すると、手をメガホンの形にして、ヒカルくんに呼びかけた。

「おい、水の無駄遣いはやめろ。アイを迎えに行くぞ」

僕は鼻を押さえてうつむいた。今までで一番、強烈だった。

ヒカルくんが水を止め、小走りに近づいてくる。目尻に滲んだ涙を払っている僕に向け、サヨリさんは唇を歪めて笑った。

「アイは、東丸の婆さんちだろ？」

そのとおり。ご明察だ。

「いつも寝起きのいい玉置クンが、餌やりの時間になっても起きてこないからおかしいと思ったんだ」

「どういうこと？」

隣に並んだヒカルくんが、サヨリさんに説明を求める。そう、だからさっき話があるって言ったじゃないか。

「つまり、アイを隠したのは玉置クンだってことだ。夜中に洗面所のドアが開いてたってのは、彼の目撃証言にすぎない。棚の中のキャリーバッグが一つなくなっていたから、おそらく夜中に連れ出したんだろう。そんな時間に猫を預けられる協力者となれば、桜子ちゃんは終電の関係で無理だし、榎田さんは家庭持ち。一番根回しがしやすいのは東丸の婆さんだ。そう思って電話をかけてみたら、ドンピシャだったよ」

なにアッサリ白状しちゃってんだ、婆さんめ。ヒカルくんがアイを大切だと認めたら、僕からネタ晴らしをして返そうと思っていたのに。

「カケルくん！」

ヒカルくんに胸倉を摑まれた。ペシリという音とともに、左の頬に衝撃が走る。

「痛い？」

「いや、それほどでも」

ぶたれた頬をさすりながら答えると、反対の頬にもう一発平手を食らった。今度はちゃんと、痛かった。

「よかったな、ヒカル。こんな小細工を弄《ろう》してまで、気にかけてくれる友人ができて」

サヨリさんは「いってぇ」と顔をしかめる僕を指差して笑っている。弱り目にたたり目だ。実にいい性格をしている。

ヒカルくんは手を握ったり開いたりしながら、「うん」と頷いた。

「このくらいの力でぶてば痛いんだね。覚えとく」

「そうだぞ。痛いかどうかなんて、相手の反応で分かるんだ。恐れることないぞ」

ヒカルくんの肩を叩きながら、サヨリさんが東丸さんちの方角に足を向けた。本当にアイを迎えに行く気らしい。そんなに出歩いて大丈夫なのか。

「あの、サヨリさん」

うろたえる僕を見て、サヨリさんは「平気だよ」と微笑んだ。

「アンタはもういいから、帰って風呂に入れ。そんな格好じゃ風邪ひくぞ」

そう言われると、急に体が震えだした。ダメだ、寒い。

「ふぇくしょい、ふぇくしょい、ふぇっくしょぉい！」

僕は自分を抱きしめて、続けざまにくしゃみをした。

その日から僕は高熱を出して寝込んでしまった。布団の中で唸《うな》っていると、サビ子がおやつの煮干しを枕元に置いてくれる。寝返りのたびに魚臭くて辟易《へきえき》したが、心遣いはたいへん嬉しかった。

サビ子は臆病なぶん、優しい猫だ。顔の半分でくっきりと色が分かれているその顔も、個性的で可愛い。ここを出る際に引き取れないだろうかと、煮干し臭さが鼻をつくたびに考えた。

たしか僕のマンションは、ペットの飼育は「要相談」だったはずだ。あの水漏れ事故を思えば猫一匹くらい、許可してくれてもいいだろう。

「サビ子」と呼んでも来ないが、こいつがいれば、『虹猫』を辞めても寂しさが紛れる。使い道のない僕の愛情は、全部こいつにくれてやろう。

ところでアイはといえば、東丸さんちから戻ったあと、ついにヒカルくんちの猫になった。今回の失踪偽装事件を受けてヒカルくんは、「アイが僕のすべてだって気づいたんだ」という殺し文句を吐いたそうだ。それを聞いた心愛ちゃんが、恨めしげに僕の枕元に立って報告してくれた。ちょっとした幽霊みたいで、怖かった。

アイがいなければヒカルくんは、『虹猫』にはめったに来なくなるだろう。ヒカルくんがいなければ、きっと心愛ちゃんも。サヨリさんはまた、寂しくなっちゃわないだろうか。

そんなことをうつらうつらと考えていたら、三日目の朝にすっきりと目が覚めた。熱は三十六度五分にまで下がっていた。

「なに言ってんだ。アタシは『じい』の養女だよ」

フライパンがジュッと音を立てた。にんにくのいい香りがする。僕は狭い厨房に割り込んで、冷蔵庫から水を取った。

「だって、ヒカルくんも相田先生も言ってたんですよ。サヨリさんは久蔵さんの奥さんだったって」

冷たい水が実に旨い。グラスに注いだ分をひと息で飲み干して、もう一杯注ぎ足した。

「あのころは『じいと結婚する』と、しょっちゅう言っていたからな。アタシの苗字が『鈴影』になって、勘違いしたんじゃないか。ヒカルはまだ小さかったから」

「じゃあ、相田先生は?」

「あの人にはそう思わせといたほうが楽だから、わざと否定しなかった記憶がある」

先生は当時から相手にされていなかったようだ。僕は心の中で彼に手を合わせた。同情はしないけど、ご冥福をお祈りいたします。

「だいたい、アタシはまだ十八だったんだぞ。じいのことは大好きだったが、本当にプロポーズをされたら、さすがに引くわ」

そういうものなんだろうか。女心は難しすぎて、僕にはとうてい扱えそうにない。

アイの一件で脱・引きこもりを果たしたかに見えたサヨリさんは、その後も特に出歩きもせず、一日の大半を家の中で過ごしている。あれはいったい、なんだったんだろう。僕に腹を立てた勢いで、外に飛び出しちゃったんだろうか。それともたんに、極度な出不精というだけか。

「はいよ。ナポリタン、にんにくたっぷりバージョン」

「ありがとうございます！」

僕は喜び勇んで差し出された皿を受け取った。熱を出している間はおかゆばかりだったから、久しぶりの固形物だ。病み上がりの胃が待ちきれずに切なく鳴いた。

大好物をカウンターに運び、「いただきます」と手を合わせる。このナポリタンも、あと何回食べることができるのだろう。そう思ったら、たっぷり振ったタバスコが鼻の奥にツンときた。

「桜子ちゃんに聞いたんだが」と言いながら、サヨリさんが隣に掛ける。

「二年生になったら学校が忙しくなるんだって？」

僕の思考を読み取ったかのような、タイムリーな話題である。でもそうだな、そろそろそういう話もしなくちゃだよな。額からぬるくなった冷却シートを剝がし、丸めながら頷いた。

「はい。でも東丸さんの猫は春までには――」

「ああ、そうだろうな。それでも、週二くらいで時間が取れないか？」

そう言って、サヨリさんはカウンターに頬杖をつく。

「家庭教師を頼みたいんだが」

「は？」僕は目をしばたたいた。家庭教師って、誰の？

「ヒカルがな、アイになにかあったときすぐ対処できるように、獣医学部に進みたいと言いだしたんだ。でも獣医学部の試験って、難しいんだろ？」

「え。でもヒカルくんその前に、高校卒業できるんですか？」

「出席日数不足ですでに留年が決まったそうだ。だから大丈夫、あと一年ある」

どの程度の学力かも分からないヒカルくんを、たった一年で獣医学部合格レベルに鍛《きた》え上げろと？　それはまた、無理難題を押しつけてきたものだ。

「いいですよ。やります」

だけど僕は頷いた。純粋にヒカルくんを応援する気持ちもあるけれど、これで『虹猫』との縁が切れずにすむという喜びのほうが強かった。

「よかった」サヨリさんの微笑みに、喉の奥がキュッと引き絞られる。今の顔はちょっと、いや、かなりいい。

「それと、あんたがこのまま居候を続けたいって言ってるってのも、聞いたんだが」

パスタが鼻から飛び出るかと思った。痛い。なんだかものすごく胸が痛い。桜子ちゃんときたら、どんなデマを吹き込んでくれたんだ。

「家賃の節約のためなんだろ。食費と光熱費さえ入れてくれれば、アタシはべつにかまわないぞ」

よかった、色恋関係の話じゃない。僕はほっと息をついて動悸《どうき》を抑えた。桜子ちゃんは僕を『虹猫』に残そうと、よきに計らってくれたわけだ。

ちょうどお金を節約しなきゃと思っていたところだから、願ったり叶ったりには違いない。それに、もしそうなったらサヨリさんとは、この先五年も一緒にいられるわけで――。

「あの、じゃあすみませんが――」

「ちょっと待ったぁ！」

よろしくお願いします、と頭を下げようとしたところに、入り口の引き戸がけたたましく開いた。こんな登場のしかたをする人を、僕は一人しか知らない。

「そんなの、私は認めませんよ！」

「なんで聞いてるんですか、相田先生」

「翔、居候ならウチに来たまえよ」

「それは遠慮しときます」

おはようからおやすみまで、こんな暑苦しいのと一緒にいたくはない。相田先生の騒々しさに、床でくつろいでいた猫たちが四方八方に散ってゆく。

『虹猫』は今日も通常営業。天井の梁から黒猫のタイが、興味深げに僕らのことを見下ろしていた。

解説――猫に導かれて広がる世界

書評家　藤田香織《ふじたかをり》

　昨年（二〇一七年）十二月、一般社団法人ペットフード協会が発表した「全国犬猫飼育実態調査」の結果、一九九四年の調査開始以後、初めて猫の飼育数が犬を上回ったと判明し、ちょっとした話題になりました。我が家にも十五歳になる柴犬《しばいぬ》と雑種猫二匹がいるのですが、確かに、猫は犬に比べて散歩もしつけも必要なく、確かにかかる手間が少ない。

「楽」という意味では、猫の圧勝です。

　平安時代に宇多《うだ》天皇（醍醐《だいご》天皇の父親で第五十九代天皇）が遺《のこ》した日記「寛平御記《かんぴょうぎょき》」や、有名な「枕草子」「源氏物語」といった書物にも、その愛すべき姿が描かれている猫は、古今東西、幾多《いくた》の小説に登場し読み継がれてきました。おそらく、本書を手に取った方のなかにも『虹猫《にじねこ》喫茶店』というタイトルに惹《ひ》かれて、という人は少なくないと思われます。

　でも、だけど。本書は単に「猫って可愛いよねー！」と溺愛《できあい》推奨するような物語ではありません。もちろん、猫好きの期待を裏切らぬ個性的な猫たちは多々登場するけれど、読み進むうち好きゆえにともすれば眼を逸《そ》らしがちな問題も提示されていく。猫に溺《おぼ》れず、猫に逃げず、猫と人の関係性を見つめ直す良いきっかけになる、連作短編集なのです。

簡単に、内容にも触れておきましょう。

物語の語り手となるのは、医大受験に失敗し、東京の獣医大学へ入学した十九歳の玉置《たまき》翔《かける》。人間相手の医師になるため脇目も振らず勉強してきたのに、一浪の果てに合格したのはこの大学だけ。「獣医がいい」のではなく「獣医でいいや」程度の熱意しか抱けずにいた翔にとって、新生活は「こんなはずじゃなかった」の積み重ねでした。動物を飼ったこともない翔は、希望した将来へと邁進する同級生たちとも馴染《なじ》めない。福岡から上京してきたばかりで友だちもいない。もちろん恋人なんているはずもない。

ないないづくしの毎日のなかで、あるのは暇だけ。そんなわけで〈あり余るプライベートタイムを有効活用しようじゃないか〉と向かった学生課のアルバイト求人用掲示板で見つけたのが、『喫茶　虹猫』が出した募集記事だったのです。

〈『猫の世話をするだけの簡単なお仕事』〉に求められていた条件は、〈男子学生。経験不問。小柄な方に限る〉。自信をもって小柄な翔は、千二百円となかなかの高時給にもひかれ面接へ向かい、その場で採用されることに。

その『喫茶　虹猫』の店主で、翔の雇い主となるのが、鈴影《すずかげ》サヨリ。愛想はないけれど宝塚のイケメン男役的美人であるサヨリさんによると、『喫茶　虹猫』は、流行《はやり》の猫カフの猫と同居する一軒家でした。エではなく「猫のいる喫茶店」だという。しかし翔が命じられたのは「虹猫」の猫たちの世話ではなく、店からほど近い場所にある、ひとり暮らしの老女・東丸《ひがしまる》さんが三十七匹の猫と同居する一軒家でした。

猫カフェと猫のいる喫茶店ってどう違うのか。東丸さんはサヨリさんとどんな関係があるのか。っていうか東丸さんが言う「カットシ」って誰？　翔の抱く疑問は、そのまま読者にとっても謎《なぞ》で、読み進めていくと次第にその答えが明らかになっていくわけですが、連作形式で描かれる物語には、次々に新たな人物が登場し、同じ数だけ新たな問題が巻き起こります。ここにその詳細を記《しる》すのは控えますが、猫の世話「だけ」していればいい、と思っていた翔が、周囲で起きる問題に巻き込まれたり首を突っ込んだりしているうちに、少しずつ変わっていく。その成長が、まずひとつ大きな本書の読みどころであることは明白です。

しかし、変わっていくのは翔だけではありません。

東丸さんの家や「虹猫」の猫たちの居場所探しに関わった翔は、やがて自分の居場所も見つけることになるのですが、人と上手く関わることができずにいたのは翔だけでなく、サヨリさんやほぼ毎日店に通ってくる高校生のヒカルも同じです。一般的に猫は縄張り意識が強い動物だといわれていますが、自分の安全圏から出ることを恐れ頑《かたく》なになっていた翔やサヨリさんやヒカルたちが、助けたつもりの猫たちに導かれるように世界を広げていく姿には、しみじみ心が温かくなると同時に、多くの読者が励まされるのではないでしょうか。

もちろん、猫と関わることが人と関わることに繋《つな》がれば、考え方の違いや意見の相違も露《あら》わになるもの。誰だって自分を否定されたくはないし、納得できないことは受け容れたくありません。個人的に、第三話「いのちの選択」と続く「僕らはみんな生きている」で提示される悩ましいことこの上ない問題は、何度考えてみても、正解なんてわからないとさえ思います。

けれど、こうした物事に直面したとき、見なかったふりをして逃げるのではなく、時にはぶつかってみよう、と思わせる心強さもまた本書には、ある。犬に比べて確かに猫を飼うのは「楽」ではあるけれど、まったく手がかからない、というわけではないのです。猫との関係も、そして人との関係も、手間を惜しまず目を逸らさず、心を配るからこそ「楽しい」関係性が得られるのだと気付かされるのです。

最後に。二〇〇八年に第八十八回オール讀物新人賞を「男と女の腹の蟲《むし》」で受賞し、翌年『コイカツ　恋活』（文藝春秋刊→文春文庫化時『こじれたふたり』に改題）で単行本デビューを果たした坂井希久子《さかいきくこ》さんにとって、二〇一五年に刊行された本書は、七冊目の単行本でした。自身の両親をモデルに描き、ドラマ&映画化もされた『泣いたらアカンで通天閣』（二〇一二年祥伝社刊→祥伝社文庫）や、ある伝説を残した野球選手について描いた『ヒーローインタビュー』（二〇一三年角川春樹事務所→ハルキ文庫）など、いずれの作品にも鮮《あざ》やかな印象が残っていますが、坂井さんには恋愛小説や官能小説から、家族、人情、スポーツと、一作ごとにジャンルの幅を広げてきた開拓&挑戦の作家、というイメージが強くあります。なかでも、初の文庫シリーズで初時代小説となる「ぜんやシリーズ」は、第一巻の『ほかほか蕗《ふき》ご飯　居酒屋ぜんや』（二〇一六年ハルキ文庫）は、昨年第一回髙田郁《たかだかおる》賞&第六回歴史時代作家賞クラブ新人賞を受賞。時代小説に苦手意識がある人にとっても、読書の世界が広がるきっかけになる作品だと確約します。

そしてまた、本書の終盤で〈使い道のない僕の愛情は、全部こいつにくれてやろう〉とサビ子を引き取ることを考えた翔が、いつか猫以外に愛情を使う姿を読める日がくることを、「楽しみに」待ちましょう。

（この作品『虹猫喫茶店』は平成二十七年四月、小社より四六判で刊行されたものです）

虹猫喫茶店

一〇〇字書評

切・り・取・り・線

購買動機（新聞、雑誌名を記入するか、あるいは○をつけてください）

□（　　　　　　　　　　）の広告を見て	
□（　　　　　　　　　　）の書評を見て	
□ 知人のすすめで	□ タイトルに惹かれて
□ カバーが良かったから	□ 内容が面白そうだから
□ 好きな作家だから	□ 好きな分野の本だから

・最近、最も感銘を受けた作品名をお書き下さい

・あなたのお好きな作家名をお書き下さい

・その他、ご要望がありましたらお書き下さい

住所	〒				
氏名		職業		年齢	
Eメール	※携帯には配信できません	新刊情報等のメール配信を 希望する・しない			

この本の感想を、編集部までお寄せいただけたらありがたく存じます。今後の企画の参考にさせていただきます。Eメールでも結構です。

いただいた「一〇〇字書評」は、新聞・雑誌等に紹介させていただくことがあります。その場合はお礼として特製図書カードを差し上げます。

前ページの原稿用紙に書評をお書きの上、切り取り、左記までお送り下さい。宛先の住所は不要です。

なお、ご記入いただいたお名前、ご住所等は、書評紹介の事前了解、謝礼のお届けのためだけに利用し、そのほかの目的のために利用することはありません。

〒一〇一-八七〇一
祥伝社文庫編集長　清水寿明
電話　〇三（三二六五）二〇八〇

祥伝社ホームページの「ブックレビュー」からも、書き込めます。
www.shodensha.co.jp/bookreview

祥伝社文庫

虹《にじ》猫《ねこ》喫《きっ》茶《さ》店《てん》

平成30年5月20日　初版第1刷発行
令和6年9月15日　　　第3刷発行

著者　坂《さか》井《い》希《き》久《く》子《こ》
発行者　辻 浩明
発行所　祥伝社《しょうでんしゃ》
東京都千代田区神田神保町3-3
〒101-8701
電話　03（3265）2081（販売）
電話　03（3265）2080（編集）
電話　03（3265）3622（製作）
www.shodensha.co.jp
印刷所　堀内印刷
製本所　ナショナル製本
カバーフォーマットデザイン　芥 陽子

  ISBN978-4-396-34419-1 C0193